야호夜壺

야호夜壺(하) 하근찬 전집 9

초판 1쇄 발행 2021년 10월 15일

지은이 하근찬
펴낸이 강수걸
기획실장 이수현
편집장 권경옥
편집 신지은 김리연 윤소희 강나래
디자인 권문경 조은비
경영관리 공여진
펴낸곳 산지니
등록 2005년 2월 7일 제333-3370000251002005000001호
주소 부산시 해운대구 수영강변대로 140 BCC 613호
전화 051-504-7070 | 팩스 051-507-7543
홈페이지 www.sanzinibook.com
전자우편 sanzini@sanzinibook.com
블로그 http://sanzinibook.tistory.com

ISBN 978-89-6545-754-1 04810
ISBN 978-89-6545-749-7 (세트)

* 책값은 뒤표지에 있습니다.
* 잘못 만들어진 책은 구입처에서 교환해드립니다.
* 본 전집은 문화체육관광부가 주최하고 한국문화예술위원회가 주관하며 국민체육진흥공단에서 후원하는 2021년 한국작고문인선양사업의 일환으로 제작되었습니다.

하근찬 전집 9

야호夜壺

下

산지니

발간사

밑바닥을 향한 진실한 시선

세상은 속도에 차이는 있겠지만 늘 변해왔다. 그 변화에 사람들은 순응하기도 하고 저항하기도 하면서 발걸음을 맞춰왔다. 좋은 작가에게 우리가 거는 기대가 있다면, '새로운 눈'으로 세상의 변화를 보여주는 것이다. 작가가 보여주는 세계는 새로운 세상의 창조와 같다. 작가가 개성적으로 바라보는 창조적 관점은 세계에 새로운 옷을 입히는 것과 같기 때문이다.

하근찬은 한국전쟁 이후의 상처를 민중의 관점에서 어루만지면서 '치유의 서사'를 펼쳐 보인 좋은 작가다. 그는 전쟁 이후의 혼란한 세계 속에서 '새로운 눈'으로 창조적 소설 작품을 써낸 존재다. 진실을 향한 집념을 가진 작가는 좋은 작품들을 남긴다. 하근찬은 '새로운 눈'과 '진실을 향한 집념'으로 사실의 기록자에 머물지 않고 진정한 창작자가 되었다.

작가는 맑고 정상적인 눈을 가져야 한다. 건강한 눈으로 항상 세상을 골고루 넓게, 그리고 똑바로 바라보아야 한다. 똑바로 바라본다는 것은 바꾸어 말하면 어떤 현상의 밑바닥에 흐르는 진실을 꿰뚫어 보아야 한다는 뜻이다.

세상을 골고루 넓게 바라보는 것도 중요하지만, 똑바로 바라보는, 즉 꿰뚫어 보는 안광이 작가에게는 더욱 중요하다. 그렇지 않고서는 세상이 빚어내는 갖가지 일들의 의미를 파악할 수가 없는 것이다.(하근찬, 「진실을 꿰뚫어야 하는 안광(眼光)」, 『내 안에 내가 있다』, 엔터, 1997, 274쪽.)

하근찬은 세상을 바라보는 '눈'에는 두 가지가 있다고 보았다. 하나는 '세상을 골고루 넓게' 바라보는 눈이고, 또 하나는 '세상을 똑바로' 바라보는 눈이다. 그렇다면 작가가 강조하는 '똑바로 바라보는 눈'이란 무엇일까? 그것은 나타나는 현상에만 머물지 않고, 그 현상의 밑바닥에 있는 원인을 꿰뚫는 혜안을 말한다. '사건이 있었네!'에서, '왜 이 사건이 일어났을까?'라고 질문하는 탐구정신이기도 하다. 하근찬은 '바로 본다는 것'은 보이는 것에만 시선을 두지 않고, "밑바닥에 흐르는 진실"을 밝히는 것이라고 했다. 진실을 위해서는 깊이, 그리고 많이 생각해야 하고, 현상 이면에 담긴 원리와 작용하는 힘을 밝혀내는 노력을 해야 한다.

하근찬은 밑바닥에 흐르는 진실을 탐구한 작가였다. 웅숭깊은 그의 이 시선과 거룩한 문학적 성취는 한국문단에서 보기 드문 문학적 자산이다. 그럼에도 그의 문학세계를 전체적으로 살필 수 있는 전집이 없었으며, 참고할 만한 좋은 선집도 간행되지 못했다는 것은 참으로 안타까운 일이었다.

하근찬 탄생 90주년을 맞아 구성된 '하근찬 문학전집' 간행위원회는 다음과 같은 목표를 설정하였다.

첫째, 하근찬 작품 세계 전체를 충실히 복원하고자 했다. 그간 하근찬의 소설세계는 단편적으로만 알려져 있었다. 하근찬의 등단작 「수난이대」는 일제강점기와 한국전쟁으로 이어져온 민중의 상처를 상징적으로 치유한 수작이다. 그러나 그의 문학세계는 「수난이대」로만 수렴되는 경향이 있었다. 하근찬은 「수난이대」 이후에도 2002년까지 집필 활동을 하면서, 단편집 6권과 장편소설 12편을 창작했고 미완의 장편소설 3편을 남겼다. 문업(文業)만으로도 45년을 이어온 큰 작가였다. '하근찬 문학전집' 간행위원회는 하근찬의 작품 세계를 '중단편 전집' 8권과 '장편 전집' 13권으로 나눠 총 21권을 간행함으로써, 초기의 하근찬 문학에 국한되지 않는 전체적 복원을 기획했다.

둘째, 하근찬 문학세계의 체계적 정리, 원본에 충실한 편집, 발굴 작품 수록을 통해 자료적 가치를 확보하려고 노력했다. 하근찬 문학전집은 '중단편 전집'과 '장편 전집'으로 구분하여 간행했다. 먼저 '중단편 전집'은 단행본 발표 순서인 『수난이대』, 『흰 종이수염』, 『일본도』, 『서울 개구리』, 『화가 남궁 씨의 수염』을 저본으로 삼았다. 이때 각 작품집에 중복 수록된 작품은 제외하여 편집하였다. 또한 단행본에 수록되지 않은 알려지지 않은 하근찬의 작품들도 발굴하여 별도로 엮어냈다. 이를 통해 전집의 자료적 가치를 높였다. 다음으로, 장편의 경우 하근찬 작가의 대표작인 『야호』, 『달섬 이야기』, 『월례소전』, 『산에 들에』 뿐만 아니라, 미완으로 남아 있는 『직녀기』, 『산중 눈보라』, 『은장도 이야기』까지 간행하여 전체 문학세계를 조망할 수 있도록 했다.

셋째, 젊은 세대들의 감각과 해석을 반영하여 그의 문학에 새로운 생명력을 불어넣고자 했다. 하근찬의 작품세계가 펼쳐 보이고 있는 한국현대사의 진실한 풍경들도 젊은 세대들에 의해 읽히지 않으면 의미가 반감될 수밖에 없다. 하근찬 문학의 새로운 해석의 발판을 마련하기 위해, 젊은 연구자들의 충실하고 의미 있는 해설을 덧붙였다. 또한, 개작, 제목 바뀜, 재수록 등을 작품 연보에서 제시하여 실증적 가치를 높이기 위해서도 노력했다.

한 작가의 문학적 평가는 전집이 간행되었을 때 비로소 그 발판이 마련된다고 한다. 1957년에 등단, 집필기간만도 45년의 문업을 이루어온 장인적 작가에 대한 본격적 연구의 발판이 60여 년이 지난 이제야 비로소 마련되었다는 것은 안타까운 일이다. 하근찬의 문학세계에 대한 새로운 조명이 2021년 문학전집 간행과 함께 활기를 띨 수 있기를 기대한다.

2021.10.

『하근찬 문학전집』 간행위원회

송주현 · 오창은 · 이정숙 · 이중기

일러두기

1) 『하근찬 중단편전집』과 『하근찬 장편전집』은 하근찬의 소설세계를 일반 독자들에게 널리 소개하고, 그 문학적 의미가 현대적으로 재해석되도록 하는 데 목적이 있다.

2) 이 책의 작품 수록 순서는 단행본으로 발간된 순서에 따랐으며, 출전을 작품의 끝부분에 밝혀두었다.

3) 작가가 지문에서 사용한 방언과 비표준어는 작품을 훼손하지 않는 범위 내에서 현대어로 바꾸었으며, 작가가 의도적으로 구분해서 사용한 '목덜미'와 '목줄기'는 그대로 살렸다.
예 : 밑둥(밑동), 끄나불(끄나풀), 성냥곽(성냥갑), 넓데데한(넙데데한),
아리숭(아리송), 열적어(열없어), 나꿔채다(낚아채다), 후줄그레한(후줄근한),
열어제끼다(열어젖히다) 등.

4) 작가 고유의 표현은 그대로 살렸다.
예 : 오리막(오르막), 고깃전(어물전), 변솟간(변소), 동넷방(동네 방),
생각키는/생각히는(생각나는) 등.

5) 한 작품에서 같은 뜻의 단어를 표준어와 비표준어 또는 방언을 혼용해서 사용한 경우 하나로 통일했다.
예 : 뒤안/뒤란 → 뒤안, 복받치는/북받치는 → 복받치는,
홀홀단신/혈혈단신 → 혈혈단신, 질급/질겁 → 질겁,
부시시/부스스 → 부스스, 돋우다/돋구다 → 돋우다 등.

6) 명백한 오류에 해당하는 표현과 문장은 바로잡았다.
예 : 병신스럽게 → 병신같이, 고물스런 → 고물 같은,
못지않는 것 → 못지않은 것, 엄청나는 → 엄청난, 마지못하는 듯 → 마지못한 듯,
대추만씩한 열매 → 대추만큼씩 한 열매 등.

7) 영어 표현의 경우 현행 '외래어표기법'에 따르는 것을 원칙으로 했다.

차례

제3부

벼랑에 서서

1

빵— 빠빵 빵— 빠빠응
빠응빠응 빵빠빵—
빵— 빠빠응 빠응빠응빠응
빵— 빠빵빵

나팔소리가 울리기 시작했다. 트럼펫이었다.
그리고 곧 날라리소리도 일어났다.

삘— 릴 삐일리일리일
삐일릴릴 삐일릴—
삘— 리리일 삐일리일릴
삘— 릴릴릴

북소리도 들리기 시작했다.

둥— 두둥 둥— 두두웅
두웅두웅 둥두둥—

아리랑이었다.

서커스가 들어온 것이다. 강변 자갈밭에 자리를 잡은 서커스단에서 점심때가 지나자 나팔을 불고 북을 치기 시작한 것이다.

나팔소리는 온 읍내에 울려 퍼졌다. 그리고 멀리 강기슭 언덕 위에 자리 잡고 있는 수용소의 높다란 철조망 안으로도 흘러들어가고 있었다.

포로수용소였다. 반공포로들이 수용되어 있는 것이었다. 거제도에서 분리되어 육지의 몇몇 곳으로 분산 수용된 반공포로들의 일부가 이곳에 자리 잡고 있는 것이다.

점심 식사를 마친 포로들이 풀밭에 여기저기 나와 앉아 철조망 밖으로 멀리 서커스단 쪽을 바라보고 있다. 더러는 입에 담배를 물고 있고, 더러는 질근질근 껌을 씹고 있다. 모두 박박 깎은 머리인데다가, 작업복 등허리에는 P · O · W 세 글자가 아무렇게나 시꺼멓게 내갈겨졌다. 포로라는 뜻이다.

포로들은 흘러오는 나팔소리에 어쩐지 기분이 좀 쓸쓸해지는 듯 별로 말들이 없다. 개중에는 고개를 푹 떨어뜨리고, 수심의 함정 같은 곳으로 빠져 들어가고 있는 사람도 몇 있다. 빵— 빠빵 하는 트럼펫 소리도 그렇지만, 삘리릴 삘리릴 하는 날라리 나팔소리가 더욱 가슴 안쪽 깊숙한 곳을 건드리는 것이다. 그리고 나팔소리뿐 아니라, 바람에 펄럭거리고 있는 서커스단의 덩그런 천막과 울긋불긋한 깃발이 또한 기분을 울적하게 한다.

이제 봄도 다 가고, 차츰 신록이 짙어지고 있다. 초여름으로 접어든 햇살은 한결 눈부시기만 하다.

이렇게 화창하고 눈부신 계절이지만, 서커스단의 나팔소리는 어쩐지 쓸쓸하고 처량한 가락으로만 울린다. 서커스단의 가락에는 계절이 없는 것 같다. 가을철 · 겨울철은 말할 것도 없고, 봄 · 여름에도 그 가락은 여전히 애조인 것이다. 특히 그 날라리 소리가 그런 것이다.

철조망 안에 갇혀 있는 신세들에게는 서커스단의 가락은 더욱 짙은 애조일 수밖에 없다. 고향의 부모 생각, 혹은 처자 생각을 비롯해서 어린 시절의 가지가지 추억까지가 가슴 안쪽 깊숙한 곳으로부터 짜릿하게 고개를 쳐드는 것이다. 그리고 지금의 갇힌 신세가 한없이 처량하고 답답한 것으로 느껴지는 것이다. 애조란 어쩌면 그런 묘한 작용을 하는 가락인지도 모르겠다.

담배를 빨거나, 껌을 씹거나, 혹은 고개를 푹 떨어뜨리고 앉아 있을 뿐, 별로 말들이 없는데, 난데없이 누군가가 고함을 지르기 시작했다. 고함이 아니라, 노래였다.

"청천 하늘에는 별도나 많고—
요내야 가슴에는 수심도 많다—"

흘러오는 나팔소리의 가락에 맞추어 냅다 뽑아 올리는 것이었다.

"아리랑 아리랑 아라리요—
아리랑 고개를 넘어간다—"

한쪽 가에 외톨로 앉아, 푹 고개를 떨어뜨리고 있던 사람이 별안간 얼굴을 쳐들고 노래를 부르기 시작한 것이다. 아무래도 좀 정상은 아닌 것처럼 보인다.

"좋다—"

"명창이야—"

"정 주사가 최고구나—"

"헛헛허……."

"핫핫하……."

모두 그를 향해 웃음을 터뜨렸다.

그러자 그도 좀 멋쩍은 듯 뒤통수를 긁으며 빙그레 웃었다. 나이가 꽤 들어 보였다. 머리를 박박 깎았고, 그동안의 고생을 말해주는 듯 거멓게 찌든데다가, 얼굴이 약간 부석부석하기까지 해서, 나이가 얼마나 되었는지 잘 알 수가 없으나, 얼른 보아도 서른은 좋이 넘어 보인다.

"정 주사! 저 노래도 한 번 불러 보소."

나팔소리의 곡조가 바뀌었던 것이다. 미아리 눈물 고개 임이 넘던 이별 고개…… 어쩌고 하는 것이었다. 이것은 아리랑처럼 아련하게 다가오는 애조가 아니라, 온통 간장을 긁어내고 눈물을 짜내는 듯한 비조(悲調)였다. 한창 인기가 대단한 유행가였다.

"저 노래 한 번 불러 보라니까. 정 주사!"

그러나 아무 반응이 없이, 정 주사라고 불리는 그 사람은 멀뚱히 서커스단 쪽을 바라보며 나팔소리에 귀를 기울이기만 한다.

그러자 곧 누가 먼저인지도 모르게 모두 나팔소리의 곡조를 따라 그 유행가를 부르기 시작했다.

"철사줄로 두 손 꼭꼭 묶인 채로—

뒤돌아보고 또 돌아보고—

맨발로 절며 절며……"

포로들의 합창인 셈이었다.

이 유행가는 어찌나 인기가 있고 전파력이 강하든지, 철조망 안에까지 스며들어와 있었던 것이다. 이 노래를 모르는 포로는 거의 없다시피 했다. 간장을 긁어내고 눈물을 짜내는 듯한 그 비감에 찬 가락은 포로들의 우수를 긁어내주고 짜내주는, 시원한 구실을 하는 것인지도 몰랐다. 아무튼 인기가 대단했다.

"감옥살이 그 얼마나 고생을 하오—

십 년이 가도 백 년이 가도—

살아만 돌아오소……"

날라리도 삘리릴 삘리릴 애끓는 소리를 지르고 있었고, 트럼펫도 빵빠빵 빵빠빵 목이 메고 있었다.

"울고 가신 이 고개여—

한 많은 미아리 고개—"

합창이 끝나자, 포로들은 기분이 묘하게 쓸쓸해져서 잠시 모두 입들을 다물고 말이 없었다. 그러다가 누군가가,

"정 주사 좀 보라구!"

하는 소리에 침묵이 깨졌다.

"저런!"

"우지?"

"우네."

"응—"

과연 그 정 주사라는, 나이 많은 포로의 거멓고 부석부석한 얼굴

에 두 줄기 눈물이 지렁이처럼 하염없이 기어내리고 있었다. 그렇게 흘러내리는 눈물을 그는 닦을 생각도 없이 내버려두고 앉아 이번에는 코까지 훌쩍거리기 시작하는 것이었다. 아무래도 좀 나잇값도 못하는 머저리가 아니면, 머리가 약간 어떻게 된 게 틀림없었다.

"쌍, 병신새끼!"

누군가가 못 보겠다는 듯이 내뱉었다. 구질구질한 눈물을 보니 공연히 화가 나는 모양이었다.

그러나 그는 들었는지 못 들었는지, 여전히 훌쩍훌쩍 울고 있었다.

"마누라 생각이 나는 모양이지?"

"그런 모양이구먼."

"마누라 이름이 머라더라……?"

"갑…… 머라던데……."

"맞아. 갑년이라던가, 갑내라던가……."

다름 아니라, 그것은 태석이었던 것이다. 갑례 남편 말이다. 갑례 남편 태석이가 살아서 이렇게 여기 반공포로수용소에 갇혀 있는 것이었다. 죽었는지 살아 있는지 도무지 소식을 알 길이 없던 사람이 말이다.

서커스단의 나팔소리는 또 딴 곡조로 바뀌고 있었다. 세상이란 백사지, 인생은 나그네…… 어쩌고 하는 옛날 유행가였다.

태석이가 해방을 맞이한 것은 송화강(松花江) 근처에서였다.

태석이는 징병에 끌려 나가 훈련을 마치자 관동군에 편입되어 소만(蘇滿) 국경지대에 배치되었던 것이다. 코가 얼어붙도록 춥다는 사연을 적어 고향 집에 한 번 편지를 보낸 것은 그 소만 국경지대에서였다. 아무튼 무지무지하게 추운 곳이었다.

이듬해 여름, 정확히 말하면 8월 9일, 소련군의 공격이 시작되었다. 관동군의 알맹이는 이미 태평양 지역으로 빼돌려진 뒤여서, 전차와 강력한 화력을 앞세운 소련군의 공격 앞에 관동군은 속수무책이었다. 허수아비 쓰러지듯 쓰러지며 후퇴에 후퇴를 거듭했다.

삼십 킬로그램이나 되는 짐을 짊어지고 밤낮없이 강행군으로 후퇴를 하며, 때로는 추격해 오는 적을 맞아 싸워야 하는 일본 병대들의 고난은 이루 말할 수가 없었다.

태석이는 마침내 어느 전투에서 짐을 벗어던지고 고량*(高粱, 볏과에 속한 한해살이 재배 식물)밭 속으로 줄행랑을 치고 말았다. 그러나 소용이 없는 일이었다. 어떤 농가에 들어가 중국옷으로 갈아입은 태석이는 남으로 남으로 걸음을 재촉했다. 며칠 후, 송화강 근처에 이르렀을 때는 이미 해방이 되어 있었다. 해방이라는 말에 태석이는 이제 살았구나 싶으며 가슴이 울렁거렸다. 그러나 어느 길목에서 소련 군인에게 붙들리고 말았던 것이다. 소련 군인은 태석이의 옷을 벗겨보더니, 야폰쓰케(일본인)라는 것이었다. 훈도시(일본 사람들이 사타구니를 가리는, 폭이 좁고 긴 천)를 보고 그러는 것이었다. 아무리 그렇지 않다고 고개를 내저어도 소용이 없었다. 그래서 결국 태석이는 소련군에게 붙들린 신세가 되고 말았다. 태석이는 그놈의 훈도신가 지랄인가를 왜 풀어 내던지지 못하고, 그대로 사타구니에 차고 있었던가 하고 얼마나 후회를 했는지 모른다. 그 거지 발싸개 같은 훈도시 한 장 때문에 운명이 백팔십 도로 달라지고 말았던 것이다. 남쪽으로 남쪽으로 해방된 고국을 찾아 돌아가서 부모처자와 감격적인 상봉을 해야 할 몸이 일본군 포로들 속에 섞여 고국과는 정반대 방향인 북쪽으로 북쪽으로 끌려가는 몸이 되었으니 말이다. 참 피를 토할 노릇이었다.

포로의 한 사람이 되어 하바롭스크라는 곳으로 끌려간 태석이는 거기서 꼬박 사 년 동안 중노동을 했다. 피눈물이 나는 세월이었다.

태석이의 정신상태가 약간 정상에서 벗어난 사람처럼 되어버린 것은 그 강제노동수용소에서였다. 본래 태석이는 딸만 여섯이나 되는 집안에 외아들로 태어나 애지중지 고생을 모르고 자랐기 때문에 의지가 그다지 강한 편은 아니었다. 그러나 그렇다고 뭐 남달리 약한 것도 아니었다. 그저 보통이었다. 그저 보통 의지에 보통 건강상태인 사람으로서는 제대로 온전하게 배겨낼 수 없는 곳이 강제노동수용소인지도 몰랐다. 무엇보다도 그놈의 칼날 같은 바람을 견딜 수가 없었다. 시베리아 벌판을 불어오는 그 몸서리쳐지는 바람과 눈 속에서의 겨울 노동은 사람을 미치게 하고도 남았다. 게다가 먹는 것도 도무지 말이 아니었다. 차라리 일본군 시절이 얼마나 좋았는지, 그립기만 할 지경이었다. 일본군 시절에는 그래도 배고픈 줄은 몰랐던 것이다.

결국 태석이는 나사가 몇 개 빠진 사람처럼 되어버리고 말았다. 우습지도, 아무렇지도 않은 일에 히들히들 웃게 되었고, 그런가 하면 난데없이 울화가 터지는 듯 악— 고함을 지르기도 했고, 그리고 곧잘 어린애처럼 콧물을 흘렸다. 남들이 다 잠든 깊은 밤에 혼자 일어나 앉아 질금질금 눈물을 흘리는 일도 있었다. 정신이상이라고까지는 할 수 없을는지 모르지만, 아무튼 좀 나사가 몇 개 빠지거나 헐렁해진 것만은 사실이었다. 몸도 쇠약해져 있었다.

그런 생지옥에서 사 년이란 세월을 용케 견뎌내고, 오 년째 되던 해, 포로들 가운데서 조선 사람만 분류되어 귀국의 길에 올랐다. 조선 사람만 풀려 고국으로 돌아가게 되었다는 소식을 들었을 때, 태석이는 눈물 · 콧물을 마구 흘리며 엉엉 소리 내어 울었었다. 정말 꿈같은 일이었다. 그리고 그때처럼 조선 사람으로 태어난 것을 고맙고 다행한 일로 생각한 적은 없었다.

그러나 그런 감격과 기쁨도 기차에 흔들리는 며칠 동안뿐이었다. 이제는 고향에 돌아가 그리운 부모처자와 상봉하게 되리라 싶었던 것은 한낱 부질없는 꿈이었다. 고국은 두 동강이 나서, 삼팔선이라는 것이 가로놓여 있었던 것이다. 기차는 북한 땅에 멎었고, 모두 그곳에 내려졌다. 실상 고향에 돌려보내기 위해서 그렇게 싣고 온 것이 아니라 딴 수작인 것이었다. 모조리 군복을 때려입혀버리는 것이었다. 인민군 군복이었다. 북한에 고향이 있는 사람들도 마찬가지였다. 기가 막힐 노릇이었다.

그래서 태석이는 이번에는 엉뚱하게도 인민군 전사가 되고 만 것이었다. 일본군 졸병에서 포로로, 강제노동수용소의 포로에서 이번에는 난데없는 인민군 전사로…… 참 기구하기도 한 신세였다.

그해 여름, 6 · 25가 터졌다. 태석이네 부대도 전선에 투입되었다. 태석이는 처음에는 그저 얼떨떨하기만 했으나 곧 가슴이 울렁거렸다. 뭐 그들이 말하는 소위 남반부 해방이니 영웅적인 투쟁이니 하는 따위 수작 때문이 아니라 어쩌면 이번엔 고향에 돌아갈 수 있을지도 모른다는 생각에서였다. 고향땅이 가까워지기만 하면 까짓 놈의 것 총이고 뭐고 다 내던져버리고 죽기 아니면 살기로 빽소니를 치리라 마음먹고 있었다.

그러나 결국 태석이는 고향을 향해 뺑소니를 치는 꿈을 이루지 못한 채 포연과 총탄 속을 헤매다가 미군 앞에 두 손을 들고 나서는 몸이 되고 말았다. 포로가 되고 만 것이었다.

만주에서는 소련군의 포로가 되어 시베리아로 끌려가더니, 이번에는 미군에게 사로잡힌 몸이 되어 거제도로 끌려간 것이었다. 그리고 거기에서 반공포로로 분리되어, 이곳 육지의 수용소에 옮겨와 있는 처지가 된 것이었다.

거멓게 찌들 대로 찌들고, 부석부석 부은 몰골이 된 것도 무리가 아니었다. 그리고 서커스단의 나팔소리에 절로 눈물이 쏟아질 만도 한 노릇이었다.

냇물 가에 여남은 사람의 여자들이 나란히 앉아 빨래를 하고 있다. 이 여자들은 어제도 그저께도, 그리고 그 전날도 그 전날도 똑같은 자리에 앉아 빨래를 해왔으며, 내일도 모레도 또 다음 날도 그다음 날도 같은 자리에서 빨래를 할 사람들이다. 드문드문 제멋대로 자리를 잡고 앉아 빨래를 하는 여느 아낙네들과는 얼른 보아도 어딘가 좀 다르다. 미군부대의 세탁부들인 것이다.

포로수용소가 있기 때문인지 모르지만 이곳에는 꽤 큰 미군부대가 주둔하고 있는 것이었다. 그 미군부대에서 쏟아져 나오는 세탁물을 빨아내는 것이 여자들의 일과인 것이다.

아무리 빨래에 익숙한 여자들이라고는 하지만, 하루 종일 앉아서 빨래를 한다는 것은 용이한 일이 아니다. 그것도 하루 이틀이 아니라, 연일(連日)을 말이다. 고달픈 직업이다.

그래서 그런지, 여남은 사람이 나란히 앉아 빨래를 하는데도 별로 말들이 없다. 그저 자기 몫으로 돌아오는 빨래를 빨아내느라 여념이 없는 것이다. 자꾸 말을 해댈 것 같으면 피로가 더 쉬 오는지도 모를 일이다.

그러나 오늘은 좀 달랐다. 모두 공연히 자꾸 지껄여대며 웃어젖히는 것이었다. 서커스단의 나팔소리 탓인 게 분명했다. 곧장 멋들어지게 곡조가 바뀌며 쓸쓸한 가락으로 흘러오는 나팔소리에 여자들은 공연히 가슴이 설레는 듯, 멀리 서커스단의 덩그런 천막과 울긋불긋한 깃발을 바라보곤 하는 것이었다.

여남은 사람 가운데는 처녀도 몇 사람 섞여 있었다. 그 처녀들이 더욱 들뜨는 것 같았다. 서커스단의 나팔소리는 애수를 불러일으키는가 하면, 이런 처녀들에게는 아련한 그리움 같은 것을 안겨다 주기도 하는 것이다. 말하자면 과거를 많이 가진 사람들, 그늘을 많이 지닌 사람들에게는 그것은 보다 쓸쓸하고 처량한 가락으로 울리는 것이고, 그렇지 않고 과거보다는 미래를, 그늘보다는 밝은 면을 많이 간직한 사람들에게는 그것은 아련한 그리움과 짜릿하고 신나는 가락으로 울리는 것이라고 할 수가 있다. 가령 국민학교 아이들 같은 꼬마들에게는 그것은 전적으로 즐거움과 기쁨에 넘치는 신나는 가락인 것이다.

아무튼 몇 사람의 처녀는 곧장 어디가 근질근질한 듯 얌전히 빨래만 빨고 있질 못했다.

"아이고, 이 양발 좀 보소—"

한 처녀가 공연히 양말 한 짝을 높이 쳐들며 소리를 질렀다. 물론 미군의 군용양말이었다. 매일 수없이 빨아온 양말인 것이다. 뭐 새삼스럽게, 양말 좀 보소— 할 건더기가 아무것도 없는 것이다. 좀 딴 양말보다 크고 헐렁하게 늘어져서 마치 무슨 자루 같긴 하지만 말이다. 마음이 들뜨면 공연히 아무렇지도 않은 일이 새삼 우습게 느껴지는 때가 있는 법이다.

"아이 보기 싫어—"

딴 처녀 하나가 맞장구를 친다.

"꼭 머 같노. 축 늘어진 기……."

"꼭 그것 같네?"

"머?"

"모르겠나?"

"모르겠는데…… 머 같다 말이고?"

"핫핫하……."

"힛힛히……."

"헷헷헤……."

그 축 늘어진 길쭘한 양말을 보고 무엇을 연상하는지 모르지만, 모두 한바탕 좋게 웃어댄다.

웃음이 가라앉자, 이번에는 한 처녀가 흘러오는 나팔소리의 곡조에 맞추어 노래를 부르기 시작했다. 금순아 굳세어다오, 북진통일 그날이 오면…… 어쩌고 하는 유행가였다. 제법 목소리가 매끈매끈한 편이었다.

"…… 영도다리 난간 위에 초생달만 외로이 떴다—"

노래가 끝나자,

"재창이야—"

"앙콜—"

"슛콜—"

하고 떠들어댄다. 그러자 맨 가에 앉아 말없이 빨래를 하고 있던

아낙네 하나가,

"큰애기들이 오늘은 우짠 일로 저렇게 기분이 좋지?"

자기도 매우 기분이 좋은 듯 빙그레 웃었다. 초록색 저고리를 입고 있었다.

그것은 다름 아닌 갑례였다.

갑례 역시 오늘은 별로 고달픈 줄을 모르고 빨래를 하고 있었다. 물론 서커스의 나팔소리 탓이기도 했다. 그러나 그것보다도 어제 영칠이한테서 편지가 왔던 것이다. 혼자 어린애를 데리고 어머니까지 모시느라고 얼마나 고생을 하느냐고, 곧 한 번 휴가를 가게 될 것 같다는 사연이었다. 곧 한 번 휴가를 오게 될 것 같다는 말에 갑례는 간밤에 이슥토록 잠을 이루지 못했었다. 영칠이가 군대에 나간 지도 어언 이 년이나 다 되어가지만 그동안 편지만 여러 차례 왔을 뿐 한 번도 휴가를 온 일은 없는 것이다. 그런데 이번에는 곧 휴가를 오게 될 것 같다니 잠이 잘 올 턱이 없었다.

간밤에 잠을 덜 잤는데도 이상하게 오늘은 기분이 좋았다. 여느 때 같으면 이렇게 오후가 되면 팔다리가 뻐근하고 허리도 뻣뻣하게 굳어드는데, 오늘은 그런 줄도 모르겠는 것이다.

게다가 서커스단이 들어와서 구성지게 나팔까지 불어대는 것이 아닌가. 유쾌할 수밖에 없었다.

갑례는 아직까지 한 번도 서커스 구경을 한 일이 없었다. 사람이 원숭이처럼 줄을 탄다는 둥, 불속으로 뛰어들기도 하고, 입에서 불을 뿜어내기도 한다는 둥, 혹은 계집애들이 자전거를 거꾸로 타기도 하고 사람의 머리 위에서 물구나무를 서기도 한다는 둥, 이야기로는 많이 들어왔지만 말이다.

정말로 그럴까, 한 번 보았으면 했는데, 마침 그게 들어온 것이다. 우선 그 덩그런 천막과 울긋불긋한 깃발부터가 호기심을 불러일으키기에 족했고, 빵— 빠빵, 삘— 삐삘하는 나팔소리 역시 야릇한 힘으로 사람의 마음을 근질근질하게 긁어 일으키는 것이었다. 영칠이가 휴가 오면 함께 꼭 한 번 구경을 해야지……. 갑례는 이런 생각을 하며, 벌써부터 가슴이 설레고 있었다.

이렇게 갑례가 군대에 나간 영칠이 생각에 젖으며 빨래를 하고 있는데, 저 건너편 포로수용소 언덕길을 트럭이 한 대 서서히 미끄러져 내려오고 있었다. 포로들의 작업반이었다. 오후의 작업차 출동하는 것이었다. 열댓 명의 포로들을 태운 트럭은 언덕길을 미끄러져 내려와 냇가의 자갈밭에 멎었다. 바로 빨래를 하고 있는 냇물 건너편이었다. 전에 없던 일이다. 종전에는 포로들을 실은 트럭이 미끄러져 내려와도 어디론지 멀리 냇물을 따라 사라져가기 일쑤였는데 말이다. 오늘은 무슨 일로 바로 저 건너편에 갖다 포로들을 내리는 것일까. 빨래를 하던 여자들은 모두 일손을 멈추고 구경을 했다.

트럭에서 내린 포로들은 제각기 삽을 한 자루씩 들고 냇가의 자갈을 파서 트럭에 담기 시작하는 것이었다. 헬멧을 쓰고 탄띠를 두른 두 사람의 감시병은 착검을 한 총을 하늘로 받쳐 들고, 작업을 하는 포로들 주변을 서성거리고 있었다. 반공포로들이지만, 수용소의 철조망 바깥에 나오면 감시가 이만저만이 아니다.

"모두 머릴 빡빡 깎았구나."

이렇게 말한 것은 갑례였다.

"그런 줄 인제 알았능게?"

곁의 아낙네가 웃는다.

"언제 가까운 데서 본 일이 있어야 말이지예."
"인제 가까운 데서 잘 좀 보소."
"핫핫하, 잘 바서 머 하능교?"
"와요. 그것도 구경 아닝게. 남자 구경……."
"핫핫하……."
"포로는 남자 아닝게? 앙그렁게 헷헷헤……."
그리고 아낙네는,
"가족들이 저런 줄 알만 어떻겠노."
하고 혼잣말처럼 중얼거렸다.
"기가 찰 노릇이지예."
"저 중에는 마느라가 있는 사람도 있을 낀데……."
"있지예."
"마느레 생각이 얼매나 나겠노."
"……."
"자식이 있는 사람도 있을 끼라. 마느래랑 자식을 두고, 저기 무신 신세고 말이다. 쯧쯧쯧……."
아낙네는 갑자기 측은한 생각이 드는 듯 혀까지 찼다.
갑례 역시 어쩐 일인지 말문이 막히며, 몹시 기분이 어두워지는 것이었다. 포로들을 측은해하는 그 말에 그렇게까지 우울해질 까닭이 없는데 이상한 일이었다.
한창 부지런히 자갈을 펴 싣던 포로들은 휴식시간인 듯 연장들을 놓고 그 자리에 모두 퍼져 앉았다. 개중에는 벌렁 누워버리는 사람도 있었다.
포로들 가운데 태석이도 섞여 있었다. 태석이는 이마에 내밴 땀을 닦으며, 냇물 건너 나란히 앉아 빨래를 하고 있는 여자들을 멀뚱히 바라보고 있었다.

태석이뿐 아니라, 드러눕지 않고 앉아있는 포로들은 모두 여자들 쪽을 바라보고 있는 것이었다. 드러눕지 않는 까닭이 바로 거기에 있다는 듯이 말이다. 마치 모두 굶주린 짐승 같은 표정들이었다. 찰랑찰랑 흘러가는 맑은 물가에 팔다리를 걷어붙이고 앉아 물에 발을 담그기도 하면서 빨래를 하고 있는 여자들의 모습은 여느 때의 모습보다 한결 아리따워 보이고, 싱싱해 보이고, 먹음직해 보이기까지 하는 모양이었다. 포로들 가운데는 침을 질 흘리고 있는 자도 있었다.

"보자…… 왼쪽에서 두 번째 것은 깔친데……."

"세 번째 것도 틀림없이 깔치야."

"그렇군. 그러나 그건 호박인걸."

"호박이라도 좋겠다. 지금 같아서는……."

"헛헛허…… 그야 물론 그렇지. 호박도 깔친 깔치니까."

'깔치'란 처녀라는 뜻이다. 그 무렵 한창 유행하던 말인데, 그 유행어는 '미아리 눈물 고개'만큼이나 전파력이 강했던지, 수용소의 철조망을 넘어 포로들 사이에까지 침투되어 있는 것이었다.

"맨 오른쪽 것은 깔친 아닌 것 같지만, 꽤 괜찮은데."

"저 초록색 저고리 말이지?"

"응."

"글쎄, 반반하군."

포로들의 시선이 일제히 초록색 저고리에게 집중되고 있었다. 태석이의 시선 역시 마찬가지였다.

잠시 그 초록색 저고리의 빨래하는 모습을 무심히 바라보고 있던 태석이는,

"아!"

하고 약간 놀라는 것이었다.

"아니……?"

태석이는 곧장 두 눈을 끔벅거렸다. 그리고 머리를 이리 기웃 저리 기웃했다. 아무래도 무엇이 좀 이상한 모양이었다.

빨래하고 있는 여자들의 등허리 쪽에서 햇빛이 비치고 있었기 때문에 그늘이 져서 얼굴이 잘 보이지 않았고, 또 꽤 폭이 넓은 냇물이어서 거리도 제법 되어, 햇빛이 바로 비친다 하더라도 얼굴을 제대로 알아볼 수는 없을 것 같았다. 그러나 그 초록색 저고리가 낯익은 저고리인 것이었다. 태석이의 아득한 기억 속에 그 초록색 저고리가 분명히 떠오르는 것이 아닌가. 혼례식을 올리고 이튿날 신행을 할 때 갑례가 입었던 저고리가 바로 초록색 저고리였던 것이다. 어느덧 십 년 가까이 된 옛날 일이지만, 이상하게도 그 초록색 저고리가 가장 화사하게 잘 받았던 때문인지도 몰랐다. 아무튼 태석이는 그 초록색 저고리를 보자, 아! 하고, 갑례가 머리에 떠올랐던 것이다. 그렇다고 지금 저 눈앞의 초록색 저고리가 바로 기억 속의 그 초록색 저고리라고 할 수는 없는 일이지만 말이다. 갑례만이 초록색 저고리를 입으라는 법은 없는 것이니까.

그러나 그렇게 생각해서 그런지 모르지만, 어쩐지 앉아서 빨래를 치대고 있는 그 초록색 저고리의 여자가 어딘지 모르게 갑례를 닮은 것같이 느껴지는 것이었다. 그 앉음새랄지 손놀림 같은 것이 결코 생소하게 여겨지지가 않았다. 아득한 기억 속에 분명히 낯익

은 것으로 떠오르는 것이었다.

그렇다면 어쩌면 저게 바로 갑례가 아닌 것일까. 그런 생각이 들자, 태석이는 가만히 앉아 있을 수가 없었다. 별안간 벌떡 일어섰다. 그리고 냅다 냇물 쪽으로 뛰어가려 했다.

태석이의 약간 정상이 아닌 것 같은, 난데없는 행동에 놀란 것은 감시병이었다.

"야 이 새꺄!"

"어디 가는 거야!"

"휙—"

"휙휙휙—"

두 감시병은 냅다 호각을 불며 후닥닥 달려들어 태석이를 붙잡았다. 그리고 한 감시병이 주먹으로 한 대 그 볼때기를 쥐어박았다.

"이 새끼 정신이 있나 없나!"

"어딜 가는 거야!"

한 대 얻어걸린 태석이는 얼떨떨한 듯 곧장 두 눈을 끔벅거리다가, 이번에는 그만 빨래하는 여자들 쪽을 향해,

"여보—"

하고 소리를 지르는 것이 아닌가.

"여보—"

그러자 포로들은 모두 와— 웃음을 터뜨렸다. 드러누워 있던 포로들이 일어나, 그것 참 재미가 좋은 일이라는 듯이, 왓핫하…… 웟헛허…… 웟힛히…… 제멋대로 웃어젖혔다.

두 감시병도 어이가 없는 듯,

"머, 여보—라? 저기 너거 여보 있나?"

"이 새끼 돈 거 아냐?"

하면서 웃음을 참지 못했다.

태석이의 여보— 소리는 냇물을 건너 빨래하는 여자들 귀에도 들렸다.

"여보라 카제?"

"응."

"앗핫하……."

"웃홋호……."

여자들도 웃음을 터뜨렸다.

"우리가 지 마느래같이 보이는 모양이제."

"미친 모양이지."

"미칠 만도 할 끼라."

"그럴 끼라."

갑례도 분명이 그 여보— 소리를 들었다. 이상하게 가슴이 찡했다. 그러면서도 웃음이 나왔다. 그녀 역시 여느 여자들과 마찬가지로 그저 어떤 포로 하나가 머리가 좀 돈 모양이라고 생각하는 것이었다. 그게 바로 다름 아닌 남편 태석인 줄은 꿈에도 모르고 말이다.

"저런 사람 마느래가 봤으면 어떻겠노."

갑례는 안됐다는 듯이 이렇게 중얼거리고 있었다. 앞으로 흘러내리는 초록색 저고리 고름을 어깨 너머로 넘기면서.

서커스단의 나팔소리는 여전히 쓸쓸한 가락으로 흘러오고 있었다.

갑례가 이곳으로 와 살게 된 지도 어느덧 두 해하고 반년이 되어

간다. 삼 년 전 그때, 영칠이를 따라 이곳으로 오고 말았던 것이다.

그때, 홍싯골에서 도망치다시피 평촌으로 돌아가던 갑례는, 갑례야— 갑례야— 갑례야— 하고, 이 산 저 산에 메아리가 되어 들려오는 영칠이의 목소리에 걸음을 멈추었다. 그래서 뒤쫓아 오는 영칠이와 만났던 것이다.

헐떡거리며 정신없이 뒤쫓아 온 영칠이 앞에서 갑례는 스스럼없이 울었고, 그리고 그 순간 모든 것을 결심했었다. 이제 어디라도 좋으니, 그가 가는 대로 따라가리라고, 그래서 그의 아이를 낳아 기르며, 그의 좋은 아내가 되리라고.

그러나 그렇게 마음을 먹긴 했지만, 막상 시집에 가서 보따리를 싸려고 드니, 설움 같은 것이 앞을 가려 견딜 수가 없었다. 그리고 아무래도 시어머니에게 이야기를 하고 떠나야만 될 것 같았다. 아무리 딴 남자와 살러 떠난다고는 하지만 시어머니에게 아무런 말도 없이, 도둑고양이처럼 몰래 살짝 빠져나가 버릴 수는 도저히 없는 노릇이었다. 그러나 그게 여간 힘 드는 일이 아니었다. 좀처럼 무어라고 입이 떨어지지가 않았다. 그래서 갑례는 사흘을 시들시들 망설였다. 밤으로 살짝살짝 농속의 패물이랄지, 옷가지 같은 것을 정리를 하면서 말이다. 그러다가 외가에서 기다리고 있는 영칠이의 독촉을 받자, 마침내 갑례는 이를 악물었다. 그때 집에 시누이가 한 사람 와 있었다. 아무래도 시어머니보다 그쪽이 말하기가 나을 것 같아, 갑례는 그 시누이에게 입을 뗐다. 살러 가야겠다는 말에 시누이는 눈이 휘둥그레지는 것이었다. 그러나 붙잡을 수도 없는 일이라는 듯이 나직이 한숨을 쉬며 고개를 끄덕거리기만 했다. 몹시 안됐는 모양이었다. 물론 이야기는 곧 시어머니에게 들어갔다. 영일댁이는 언제 와도 올 일이었다는 듯이, 오히려 담담한 얼굴이었다. 곧장 관세음보살만 찾았다. 그리고 어린애는 어떻게 할 작정이냐고 물었다. 갑례는 데리고 가겠다고 대답했다. 사실, 상용이를 놓아두고 갈 생각은 추호도 없었다. 그런 생각은 아예 해보지도 않았다. 자기가 낳은 자식을 버리고, 자기만 살러 가다니, 그건 갑례에게 있어선 말도 안 되는 소리였다. 그러나 영일댁이는 안 된다는 것이었다. 놓아두고 가라는 것이었다. 단호했다. 애비도 없이 키운, 유복자나 다름없는 상용이었다. 그것을 놓아두고 가다니, 도저히 될 말이 아니었다. 그래서 결국 갑례는 간다는 인사도 없이, 이른 새벽에 도둑고양이처럼 몰래 빠져나가는 도리밖에 없었다. 물론 상용이를 데리고 말이다. 사람으로서 할 짓이 아니었으나 하는 수 없었다. 새벽어둠 속으로 도망치다시피 마을을 떠나가는 갑례는 설움이 가슴에 물처럼 흥건히 고이는 것 같았다. 꽤 싸늘한 새벽이었다.

이렇게 시집을 청산한 갑례는 영칠이와 함께 평촌에서 이백 리가량이나 되는 지금의 이곳 읍내로 흘러왔던 것이다. 이곳으로 온 까닭은 여기에 영칠이의 사촌형이 한 사람 꽤 괜찮게 살고 있기 때문이었다. 이런 경우, 친척이 더 이해를 해주지 않을지 모르지만, 그래도 우선 당장 아무도 아는 사람이 없는, 전혀 생소한 곳보다는 나을 것 같았던 것이다.

와보니, 역시 친척이 있는 곳이 나았다. 미우나 고우나 사촌형은 방 하나를 얻어주는 것이었다. 그리고 형수 되는 사람은 솥단지랄지 밥그릇 같은 것, 고추장이니 된장이니 하는 것들을 염려해주었다. 그리하여 갑례와 영칠이의 살림은 시작된 것이다.

조그마한 방 한 칸이긴 했지만, 그들의 첫 보금자리는 아늑하고 즐겁기만 했다. 영칠이는 곧 일자리도 얻게 되었다. 사촌형이 경영하고 있는 정미소에 다니게 된 것이다.

갑례는 이제 좀 세상을 사는 것 같은 맛이 났다. 그러나 그 사는 것 같은 맛도 오래 가지는 않았다. 영칠이가 군대에 나가고 만 것이었다. 서른이 넘었는데도 소집영장이 나왔던 것이다. 전쟁이 한창 심한 때여서 서른이 훨씬 넘은 장정들까지 마구 뽑아 가는 판이었다. 어느덧 배가 만삭이 된 갑례는 또 암담한 눈물을 흘려야만 했다. 참 더럽기도 한 팔자이고 더럽기도 한 세상이었다. 전 남편 태석이가 일본군에 징병되어 나갈 때도 배가 만삭이 되어가고 있었는데, 이번에도 또 그런 것이 아닌가. 정말 얄궂은 일이 아닐 수 없었다.

영칠이는 군대에 나가게 되자, 평촌 외가에 가 있는 어머니를 이곳으로 데려왔다. 홍싯골이 불타버리자, 평촌댁이는 친정에 가 얹혀 있었던 것이다.

갑례는 이번에는 딸을 낳았다. 새로 시어머니가 된 평촌댁이가 삼바라지*(해산바라지)를 했다.

그리하여 갑례는 상용이와 새로 난 아이를 기르고, 새 시어머니를 돌보며, 영칠이가 돌아올 날을 기다리는 몸이 되었다. 고달픈 신세였다. 미군부대 세탁부로 다니게 된 지도 어느덧 두 해가 가까워 온다.

2

냇물에서 빨래를 하고 있는 초록색 저고리의 여자를 본 뒤로 태석이는 어쩐지 더 마음을 걷잡을 수가 없었다. 우울해서 견딜 수가 없는 것이었다. 그게 갑례일 턱은 없다고 태석이는 생각하고 있었다. 자기가 너무 마누라 생각을 해왔기 때문에 초록색 저고리를 보자, 그만 그게 갑례인 것처럼 착각을 한 것이지, 갑례가 여기가 어디라고 이곳 냇물에서 빨래를 하겠느냐 싶었다. 지금쯤 갑례는 무얼 하고 있는 것일까! 평촌 집에서 다소곳이 아직도 자기가 돌아오기를 기다리고 있는 것일까? 아니면 혹시…… 태석이는 그 다음은 생각하고 싶지가 않았다. 현기증이 이는 것이었다. 어느덧 집을 나온 지도 십 년이 다 되어가니, 그동안에 무슨 일이 있었는지 알 수가 없는 노릇이었다. 십 년이면 강산도 변한다는데 말이다.

태석이는 차츰 입맛까지 잃어가고 있었다. 서커스단의 나팔소리만 아니라도 좀 덜하겠는데, 공연히 그놈의 서커슨가 뭔가가 들어와서 삘릴릴 삘릴릴 하고 남의 간장을 긁어대니 더욱 우울해서 죽겠는 것이었다. 밤에 흘러오는 나팔소리는 더 한층 사람을 심란하게 했다. 곧 철조망이고 뭐고 박차고 뛰어나가고 싶은, 근질근질한 충동을 일으키기까지 했다.

"아이구—"

태석이는 참다못해 그만 막사 안이 울리도록 소리를 질러버리기도 했다.

그럴 때면 으레 막사 안엔 웃음이 터졌다.

"정 주사 또 시작하는데……."

"답답해서 못 견디겠다 그 말씀이지."

"먹은 기 체했나 바."

"아냐, 체한 게 아니라, 여보— 생각이 난 거야."

"빨래하는 여보— 말이지?"

"핫핫하……."

"헛헛허……."

그러나 그렇게 답답하고 우울한 태석이의 가슴속이 봇물 터지듯 시원하게 툭 터질 날이 다가왔다. 제법 이제 여름 맛이 나는 어느 날이었다. 정확하게 말하면 1953년 6월 18일이었다.

그날은 아침부터 날씨가 저기압이었다. 태석이는 온몸이 나른하고, 팔다리가 자근자근 쑤셨다. 골치도 어쩐지 띵했다.

"비가 오겠구나."

태석이는 벌써 노인네처럼 날씨를 몸으로 짐작할 수가 있었다. 기압에 따라 몸의 상태가 현저히 달라지는 것이었다. 기압이 낮아질 것 같으면, 온몸이 누구한테 맞아 골병이라도 든 사람처럼 뻑적지근하고 쑤셨다. 만주에서의 고생, 시베리아에서의 고생, 그리고 이번 전쟁통에 겪은, 말할 수 없는 고통이 온몸에 응혈(凝血)이 되어 있는 모양이었다.

아닌 게 아니라 그의 예측대로, 오후가 되면서 하늘이 나직하게 흐려지더니, 해질녘부터는 부슬부슬 빗방울이 떨어지기 시작했다.

저녁 식사를 마치자, 태석이는 몸이 아프다는 핑계로 곧 자리에 누워버렸다. 그러나 물론 잠이 오는 것은 아니었다. 멀뚱멀뚱 천장을 바라보며, 이런 생각 저런 생각, 심란한 생각들을 뒤적이고 있었다. 비오는 밤은 덩그런 막사가 어쩐지 더 허전하고 우중충하게 느껴졌다. 따뜻한 온돌방이 한없이 그리웠다. 온돌방에 누워보지 못한 지도 십 년인 것이다. 온돌방의 따뜻한 아랫목에 등허리를 대고 누운 기분이 어떤 것이었던가. 이제 그 기억조차 희미할 지경이었다.

비가 부슬부슬 오는데도 서커스단의 나팔소리는 여전히 울려오고 있었다. 이렇게 비오는 밤에도 야간공연을 하는 모양이었다. 이런 비오는 밤에 몇 사람이나 구경을 하러 갈 것인가 싶으니, 어쩐지 딱한 생각이 들기도 했고, 또 이런 비오는 밤에 줄을 타고 물구나무를 서며, 온갖 재주를 부려야 하는 서커스장이들도 처량한 인생들이로구나 싶기도 했다.

꽥— 어디서 기차가 들어오는 듯 기적소리가 들려온다. 비오는 날은 기적소리도 여느 때보다 훨씬 가깝게 들리고, 또 이상하게 그것은 아련한 친근감 같은 것과 쓸쓸한 향수 같은 것을 안겨다준다.

"음—"

태석이는 정말 어디가 아픈 사람처럼 신음소리를 하며 옆으로 돌아누웠다.

그런데 무슨 일인지, 막사 안이 약간 수런수런해졌다. 조금 전에 간부 한 사람이 어디로 나갔다 오더니, 무슨 말을 듣고 온 모양이었다. 아무래도 수군수군하는 것이 예삿일은 아닌 것 같았다.

"아니, 무슨 일이야?"

"오늘 밤에 무슨 좋은 일이 있다는 거야."

"좋은 일?"

"응."

옆에서 수군거리는 소리에 태석이도 귀가 솔깃했다.

"무슨 좋은 일일까?"

"글쎄, 무지무지하게 좋은 일이라는 거야."

"무지무지하게 좋은 일?"

"응."

"무지무지하게 좋은 일이 멀까?"

"글쎄 말이야."

"앗하— 알겠다. 깔치를 하나씩 들여보내 줄 모양이지."

"머, 깔치를?"

"응."

"이 막사 안에?"

"응, 그렇잖음 무지무지하게 좋은 일이 머 있나 말이다."

"글쎄…… 깔치를 하나씩 안겨준다면, 아유— 정말 하나님 감사하게……."

"헷헷헤……."

"힛힛히……."

이렇게 제멋대로 좋아서 히히거리기도 했다.

취침시간이 가까워지자, 간부 한 사람이 말했다.

"모두들 잘 들으시오. 오늘 밤은 취침시간이 없소. 잠잘 생각들을 마시오."

그러자 막사 안은 무슨 이런 일이 있나 싶은 듯 와글와글해졌다.

"조용히들 해요! 조용히! 취침시간이 없다고 실망은 말고, 지금부터 각자 소지품을 정리하시오. 버릴 것은 버리고, 필요한 것만 한 뭉치로 잘 꾸리도록……."

짐을 꾸리라는 말에 누군가가,

"헤— 이동이구나."

실망했다는 듯이 뇌까렸다.

지금까지 여러 차례 이동을 겪었는데, 번번이 그것은 한밤중에 이루어졌던 것이다.

"짐을 꾸리고 나면 누워도 좋으나, 절대로 잠은 자지 말도록—잠든 사람은 오늘 밤의 무지무지하게 좋은 일에서 제외되니까, 알아서 하도록…… 알겠소?"

"예—"

모두 대답이 힘찼다. 무지무지하게 좋은 일이 무엇인지 모르지만, 아무튼 기대가 큰 모양이었다.

"간부님! 무지무지하게 좋은 일이 멉니까?"

누군가가 물었다. 몹시 궁금한 것이었다.

"아직은 비밀이요. 확실한 것은 나도 잘 몰라요. 그러나 곧 알게 될 테니까, 어서 짐이나 꾸리도록…… 좌우간 이동은 아니니 그쯤 알고……."

막사 안은 별안간 발칵 뒤집히다시피 되고 말았다. 이동은 아닌데, 소지품 정리라니…… 그러면 혹시…… 모두 눈들을 번들거리며 짐을 꾸리기 시작했다.

태석이도 일어나 주섬주섬 짐을 꾸렸다. 얼떨떨했다. 이동은 아닌데, 짐을 꾸리라니…… 그럼 석방이란 말인가? 이 밤중에 석방을 한단 말인가? 태석이는 가슴이 뛰었다. 알 수 없는 노릇이었다.

빗소리는 차츰 커지고 있었다.

소지품 정리를 마친 포로들은 모두 기대에 찬 얼굴로 지껄여대며, 자리에 눕기도 하고 그냥 앉아 있기도 했다. 잠을 자려는 사람은 한 사람도 없었다. 과연 무지무지하게 좋은 일이 무엇인가, 자못 긴장들이 되는 모양이었다. 태석이 역시 누워서, 무슨 일일까? 무슨 일일까? 곧장 가슴을 죄고 있었다.

빗소리와 함께 밤은 깊어갔다.

무지무지하게 좋은 일이라는 그 일이 마침내 눈앞에 닥친 것은 밤이 아주 깊어서였다. 정확하게 말하면 영시(零時)였다.

국군 장교 한 사람이 막사 문을 열고 뛰어들었다. 비에 온통 젖어 있었다. 비는 소낙비가 되어 마구 내리퍼붓고 있는 것이었다.

"기상―!"

장교는 얼굴에 흘러내리는 빗물을 손등으로 씩 닦으며 소리쳤다.

"빨리! 빨리! 기상―!"

포로들은 모두 뛰어 일어났다. 어느덧 잠이 든 포로들도 있었다. 그런 사람은 옆 사람이 마구 두들겨 깨웠다. 태석이도 어렴풋이 잠이 들려고 하다가 깜짝 놀라 벌떡 일어났다.

난데없이 이 밤중에 국군 장교가 뛰어든 바람에 모두 눈들이 휘둥그래졌다.

"모두 들어라! 너희들은 오늘 이 시간을 기해서 석방이다! 시간이 급해서 긴 이야기는 안 하겠다. 나중에 다 알게 될 것이다. 지금부터 밖으로 뛰어나간다! 그리고 철조망을 넘는다! 알겠나?"

"예―"

"철조망이 가위로 잘려 있을 것이다. 정문도 열려 있을 것이다. 미군들에게 붙잡히면 안 된다. 예광탄이 날아가는 방향으로 뛰어라! 알겠나?"

"예―"

막사가 떠나갈 듯했다.

"자아, 그럼 모두 석방이다―! 뛰어나가라―!"

포로들은 좋아서 어쩔 줄을 몰랐다.

“와—”

“야—”

“왔구나—”

“살았구나—”

“가자—”

“뛰자—”

“야—”

“와—”

과연 무지무지하게 좋고도 남을 일이 아닐 수 없었다. 꿈같은 사실이었다.

포로들은 앞을 다투어 뛰어나갔다. 억수로 쏟아지는 빗줄기도 아랑곳없었다. 옷 같은 것 젖는 게 문제가 아니었다. 지옥에서 살아서 나가는 판인데, 빗줄기가 무슨 상관이란 말인가. 오히려 시원하고, 신나고 미칠 듯 기분 좋기만 했다.

이미 다른 막사에서도 포로들이 마구 뛰어나오고 있었다.

“아이고— 아이고—”

태석이는 환성인지 비명인지 알 수 없는 소리를 냅다 지르며 뛰고 있었다. 너무나 감격에 벅차 오열 같은 것이 쏟아져 나오는 것이었다. 답답하고 우울해서 견딜 수 없던 가슴속이 봇물 터지듯 툭 터지고 있었다. 집을 떠난 지 십 년 만에 처음으로 맛보는, 미칠 것 같은 감격이었다.

벌써 예광탄들이 파아란 꼬리를 그으며 무수히 날고 있었고, 탕탕탕탕…… 총소리가 요란하게 울리고 있었다.

"악—"

갑례는 소리를 지르며 잠을 깼다.

어떤 남자가 방문을 왈칵 열고 얼굴을 쑥 방 안으로 들이밀었던 것이다. 얼굴도 보통 얼굴이 아니라, 두리반만큼이나 크고 넙데데한 얼굴이었다. 그런 얼굴을 쑥 들이밀며, 싱그레 웃었던 것이다.

물론 꿈이었다. 얄궂은 꿈이 아닐 수 없었다.

방 안은 어두웠다. 그리고 좍— 비 쏟아지는 소리가 요란했다.

갑례는 이마에 내밴 식은땀을 닦았다. 그리고 잠시 무서워서 가만히 웅크리고 있다가 오줌이 마려워 일어났다. 윗목에 요강이 놓여 있었다. 물론 꽃요강이었다. 갑례는 어둠 속에 요강을 더듬었다. 쉬 손에 닿지가 않아, 일어서서 전깃불을 켰다.

꽃요강 위에 올라앉아 볼일을 보며 갑례는 자고 있는 세 사람을 멀뚱히 내려다보았다. 국민학교 2학년인 상용이는 개구쟁이답게 온통 이불을 차넘기고, 한쪽으로 굴러나가 자고 있었다.

그리고 세 살짜리 남이도 배를 내놓고 자고 있었고, 시어머니 역시 이불을 덮지 않은 채 새우처럼 꼬부라져 자고 있었다.

요강에서 내려온 갑례는 차례차례 잠자리를 바로잡아주고, 전깃불을 껐다. 그리고 제자리에 들어가 누웠다. 그러나 좍— 쏟아지는 요란한 빗소리 때문인지, 얄궂은 그 꿈 때문인지, 도무지 잠이 오지 않았다. 무슨 꿈이 그런 꿈이 다 있는 것일까? 그 두리반 같은 얼굴의 남자는 도대체 누구일까?

어쩌면 아는 사람인 것 같기도 하고, 전혀 그렇지 않는 사람인 것 같기도 하고…… 아리송하기만 했다.

그러고 있는데, 어디선지 총소리가 들려왔다.

탕탕탕탕탕탕…….

"아니!"

갑례는 깜짝 놀라 가만히 귀를 기울였다. 미군부대 쪽인 것 같았다. 어쩌면 포로수용소 쪽인 것 같기도 했다. 도대체 무슨 일일까?

탕탕탕탕탕탕…….

총소리는 연달아 일어나고 있었다. 이 밤중에, 더구나 이렇게 소낙비가 쏟아지고 있는데 어찌된 일인지 알 수가 없었다.

갑례는 으스스 몸이 떨려 목을 움츠리며 이불 속으로 깊숙이 묻혀 들어갔다.

3

신작로를 트럭이 한 대 뿌연 먼지를 날리며 달리고 있었다. 길바닥이 고르질 못해서 트럭은 곧잘 훌떡훌떡 뛰었다. 그럴 때마다 태석이는 들썩들썩 엉덩방아를 찧었다. 한창 볕이 내려쬐는 오후였다. 콧등에는 식은땀 같은 것이 내돋고 있었다. 그러나 태석이는 그저 감개가 무량하기만 한 얼굴이었다. 그럴 수밖에 없는 것이, 거의 십 년 만에 지금 고향으로 돌아가고 있는 참인 것이다. 기차로 두 시간가량 와서, 좀 전에 읍내 정거장에 내려 점심 요기를 조금 하고, 마침 고향 면 소재지 쪽으로 가는 트럭이 있어서 집어탔던 것이다.

십 년 만에 달리는 고향길, 더구나 만주로 시베리아로, 또 전란의 불바다 속으로 끌려 다니며 갖은 고초를 겪다가, 구사일생으로 돌아가는 고향길이니, 감개가 무량하지 않을 도리가 있겠는가. 드문

드문 다가와서는 뒤로 멀어져 가는 가로수들의 짙은 신록도 눈부시게만 보였고, 여기저기 모내기가 한창인 들녘 풍경은 가슴 벅차게까지 했으며, 멀리 이어진 낯익은 산줄기와 그 위로 둥둥 떠가는 구름송이도 어쩐지 아련한 친근감 같은 것을 자아내게 했다. 모든 것이 그저 뿌듯한 감격으로 비치는 것이었다. 훌떡훌떡 뛰는 트럭에 실려 들썩들썩 엉덩방아를 찧어도 마냥 즐겁기만 했다.

훌떡훌떡 뛰는 트럭에 흔들리고 있는 것은 태석이 혼자만이 아니었다. 예닐곱 사람 되었다. 버스가 다니지 않기 때문에 걷기 아니면 닥치는 대로 트럭을 집어타는 수밖에 없었다. 그리고 트럭들도 대개 화물이 무겁지 않으면 사람을 실을 것으로 알고 있었다. 얼마씩 운임을 받는 재미로 말이다. 그런 것이 묵인되던 시절이었다.

예닐곱 사람 모두 태석이에게는 낯선 사람들이었다. 그런데 그 가운데 한 사람은 어쩐지 어렴풋이 안면이 있는 사람처럼 보였다. 아무래도 생소하지가 않는 얼굴이었다. 특히 그 코가 그랬다. 들창코인 것이었다. 그러나 그게 누군지 도무지 분명해지지가 않았다. 어쩌면 평촌 마을 사람 같기도 했고, 같은 면내 사람 같기도 했으며, 혹은 엉뚱하게도 이북이나 만주 땅에서 본 듯한 얼굴이기도 했다. 십 년이란 세월은, 더구나 이리저리 끌려 다니며 고생을 한 모진 세월은 사람의 눈을 이렇게도 흐리멍덩하게 만들어버리는 것인가 싶으며, 태석이는 곧장 그 사람의 그 유별난 들창코께를 힐끗힐끗 바라보았다.

오십이 넘어 보이는 사람이었다. 들창코 밑에 제법 수염을 검실하게 기르고 있었다. 그리고 머리에는 철에 맞지도 않는 허름한 중절모를 쓰고 있었다. 바지저고리에 말이다.

이 사람 역시 태석이를 곧장 힐끗거리고 있었다. 아까 트럭에 오를 때부터 벌써 눈여겨보는 것이었다. 태석이의 박박 깎은 머리와 행색을 자꾸 훑어보며 긴가민가 싶은 모양이었다.

그러다가 어쩌다가 두 사람의 시선이 똑바로 마주쳤다. 그러자 그 사람은 잠시 머뭇거리다가,

"앙이, 혹시 태석이 아닌가?"

하고 입을 열었다.

"예, 깁니더."

역시 아는 사람이었구나 싶으며 태석이는 히죽 웃었다.

"핫하— 이거 참! 핫하—"

그 중절모는 놀라서 말이 잘 나오질 않는 듯 곧장 코 밑의 검실한 수염을 꿈틀거렸다.

"뉘신지……?"

"나 모르겠능가? 보자— 벌써 십 년 가까이 댔제?"

"예."

"그러니 잊어삐릴 만도 하겠구나."

"……."

"나 펭촌에 안 사나."

"예— 그렇십니꾜. 글씨, 많이 안면이 있어서 자꾸 봤심더."

중절모는 다름 아닌 인공 때 평촌 마을 인민위원장을 지낸 그 사람이었다. 부락 토지개혁위원장까지 겸한 그 들창코 말이다.

"그래 이 사람아, 그동안 어디 있다가……?"

"만주에서 소련 놈한테 안 끌리갔습니꾜. 시베리아로 말입니더."

"시베리아로?"

"예."

"하—"

시베리아라는 말에 들창코는 어쩐지 좀 눈빛이 어색해지며, 그러나 겁나는 일이라는 듯이 입을 딱 벌렸다. 다른 사람들도 모두 눈이 휘둥그레져 가지고 새삼스럽게 태석이의 위아래를 훑어보는 것이었다.

트럭은 또 훌떡훌떡 뛰었다. 태석이는 엉덩방아를 찧으면서도 공연히 신이 나서 지껄여댔다. 모두가 자기 말에 놀라 눈이 휘둥그레지는 것이 여간 기분 좋지가 않은 모양이었다.

"시베리아서 얼매나 고생했는동 말도 못 합니더. 억씨기 춥운 곳입니더. 거기서 사 년 고생하다가 이북으로 안 나왔습니꾜. 조선사람만 골라서 이북으로 딜꼬 나오더니, 구만 인민군에 때리넣더라니까예. 내 참 더럽어서……."

인민군이 됐다는 말에 모두 숨을 죽이고 눈들만 끔벅거렸다. 인공 때 부역을 한 들창코도 그때 일이 온몸에 으스스하게 느껴지는 듯 코 밑의 수염을 가늘게 떨었다.

"그래서 이번 6·25 때 끌리 안 나왔습니꾜. 죽을 뻔했심더. 그러다가 포로로 붙잡히서 거제도로 어디로 끌리다니다가 이번에 석방됐심더."

"하—"

"반공포로로 말입니더."

"그랬구만, 쯧쯧쯧…… 얼매나 고생이 많앗겠노."

들창코는 안됐다는 듯이 혀까지 차며 대구 고개를 끄덕였다.

"말도 몬 합니더, 말도 몬 해. 아으—!"

십 년 동안의 고생이 한꺼번에 되새겨지는 듯 태석이는 온몸을 버르르 떨었다. 그리고 그 지긋지긋한 고생에서 벗어나 이렇게 지금 꿈같은 고향길을 달리고 있다는 사실이 새삼스레 벅찬 감격으로 가슴에 되살아 오르는 듯,

"후유—"

커다란 어깻숨을 내쉬었다.

그리고,

"우리 집은 우째 돼 있습니꼬?"

그제야 집 소식을 묻는 것이었다.

"모두 잘 있습니꼬? 우째 됐습니꼬?"

"……."

들창코는 얼른 뭐라고 대답이 나오지가 않아 우물쭈물했다.

"우리 아부지랑 어무이랑 잘 기십니꼬?"

"응, 그런데……."

"……?"

"음—"

"그런데예?"

"어르신네께서……."

"……?"

"저……."

"돌아가싰다 말입니꼬?"

"응."

"언제예?"

"몇 해 전에."

"그래예, 음—"

태석이는 무겁게 두 눈을 내리감았다. 그러나 아주 비탄에 잠기는 듯한 표정은 아니었다.

아직 아버지의 죽음이 피부 가까이 느껴지지가 않는 모양이었다. 십 년이란 세월이었으니, 그동안에 그런 변고가 전혀 없었으리라고는 생각하지 않는 듯한 얼굴이기도 했다.

잠시 멍하게 앉아서 트럭에 흔들리고 있던 태석이는 이번에는,

"우리 각신 잘 있는동 모르겠심더?"

하고 히죽 웃으며 물었다.

여러 사람이 있는 앞에서, 더구나 자기보다 연장인 사람에게 물어볼 성질의 것이 아니었다. 그러나 십 년 만에 돌아오는 길이니, 좀 멋쩍지만 물어본다고 해서 크게 허물될 것도 없었다. 실상 가장 궁금한 것은 그것인 것이었다.

그 말에 모두 웃음을 띠었다. 그 심정 잘 이해하겠다는 그런 웃음들이었다. 들창코도 흭 웃었다. 그러나 그는 얼른 웃음을 거두고 난처한 표정으로 바뀌고 있었다.

어떤 대답이 나오는가 궁금한 듯 모두 들창코에게 시선을 집중했다. 십 년 만에 환고향한다는 이 기구한 젊은이의 색시가 그동안 어떻게 되었는지 꽤 흥미들이 가는 모양이었다.

그러나 들창코는 대답이 없었다. 그저 고개를 끄덕끄덕하면서 쩝쩝 두어 번 입맛을 다시는 것이었다. 고개를 끄덕끄덕하는 품으로 보아서는 그냥 잘 있다는 뜻인 것 같은데, 입맛은 왜 다시는 것일까. 알 수 없는 표현이었다.

그리고 들창코는 슬그머니 고개를 돌려 한눈을 팔면서,

"그 못자리 억씨기 넓기도 하다."

이렇게 엉뚱한 소리를 했다.

자연히 모두 시선을 그쪽으로 돌렸다. 태석이도 더 어떻게 물어 볼 수가 없어 그만두어버렸다. 왜 입맛을 다셨을까? 속으로 궁금증은 더했으나 말이다.

잠시 후, 트럭은 산허리를 이리저리 돌면서 고갯길을 오르기 시작했다. 이 고개를 넘으면 이제 고향 면인 것이다. 태석이는 벌써 이상하게 가슴이 벅차오르고 있었다. 십 년 전 이 고개를 넘어 고향을 떠나던 일이 머리에 떠오르기도 했다. 그때는 고개에 하얗게 눈이 내려 있었다. 눈 속을 터벅터벅 걸어서 어디로 가는지도 모르는 길을 어깨에 타스키[견대(肩帶)]를 두르고 무슨 영광된 곳으로 향하는 것처럼 끌려갔던 것이다. 그때부터 벌써 발가락이 시려서 몹시 고통을 느꼈던 일이 지금도 기억에 선하다. 그로부터 십 년이란 세월 동안, 정말 얼마나 많은 고통 속을 지나왔는지, 생각할수록 가슴이 벅차지 않을 수 없었다.

고개는 그다지 대단한 것은 아니었다. 트럭은 곧 고갯마루에 올라섰다.

"오오—"

마침내 감격을 터뜨렸다.

저 아래 후련하게 펼쳐진 고향 면— 흐르는 내와 야산들, 그리고 여기저기 산재해 있는 마을들…… 십 년이면 강산도 변한다지만, 이 고향의 풍경은 조금도 변한 것 같지가 않았다. 옛날 그대로 다정하고 아늑하게 펼쳐져 있는 것이었다.

태석이는 어느새 평촌을 찾아냈다. 들녘 한쪽으로 뻗어 내린 산

줄기 아래 자리 잡고 있는 아늑한 평촌 마을. 꿈에도 잊지 못하던 고향 마을. 어쩌면 고향 집이 가물가물 보이는 듯도 했다. 그러나 곧 마을은 부옇게 흐려지고 말았다. 태석이의 두 눈에 감개무량한 것이 홍건히 괴어오르고 있었다.

트럭은 꾸불꾸불한 고갯길을 서서히 미끄러져 내려가고 있었다.

영일댁이는 염불로 세상을 살아가고 있었다. 갑례가 상용이를 데리고 새벽에 어디론지 도망치다시피 떠나가 버리자, 한동안 영일댁이는 머리를 싸매고 자리에 드러누웠다. 며느리는 하는 수 없다 치지만, 손자 녀석까지 하루아침에 눈앞에서 사라져 버렸으니, 세상 살 건더기가 있을 턱이 없었다. 가뜩이나 시들시들한 몸이 이제 다시 일어나질 것 같지가 않았다. 그러나 모진 것은 목숨인 모양이었다. 딸들의 눈물어린 바라지에 결국 영일댁이는 다시 일어나게 되었다. 딸들이 번갈아가며 와서 온갖 정성을 다했던 것이다.

그때부터 영일댁이는 손에 염주를 들기 시작했다. 전에는 그저 이따금 입으로 관세음보살을 뇔 뿐이었으나, 이제 제법 잘그락잘그락 염주까지 헤아리게 된 것이었다. 그리고 절에도 자주 다니게 되었다. 보름이 멀다 하고 절을 찾아가서, 부처님 앞에 영감의 명복을 빌고, 아들이 살아 있기를 빌고, 또 손자 녀석이 어디 가서 병이나 앓지 않길 비는 재미로 세상을 살아가는 것이다.

이렇게 영일댁이가 덜렁 혼자가 되자, 우선 집안 살림이 걱정이었고, 또 농사가 염려되었다. 그래서 딸들이 한자리에 앉아 의논을 했다. 그 결과 딸 가운데 하나가 이 집으로 들어와 살림과 농사를 맡아 살기로 합의가 되었다. 다섯째 딸이 그렇게 하기로 했다. 별로 자기네 살림도 대단치 않고, 또 당장 사위가 하는 일도 없어서 안성맞춤이었다. 장사를 하다가 실패를 본 것이었다. 그러니까 다섯째 사위가 처가살이를 하게 된 셈이었다. 딸들 가운데는 혹 그렇게 되면 이 다섯째 앞으로 친정 재산이 다 넘어가는 것이 아닌가 하고, 슬그머니 낯빛이 달라지는 사람도 있었으나 우선 그렇게 하는 도리밖에 다른 수가 없었다. 그리고 그 점은 미리 분명히 해놓은 것이었다.

아무튼 그렇게 해서 영일댁이는 다섯째 딸 금란이네 식구와 함께 살게 되었다. 사위 추 서방은 처가살이지만 그런 기색은 조금도 없이 자기 살림인 양 곧잘 집안일, 농사일을 꾸려나갔다. 물론 머슴도 한 사람 들여 가지고 말이다. 추 서방은 술과 담배도 별로 즐기지 않았고, 노름 같은 것에는 아예 눈도 돌리지 않는 색시 같은 사람이었다. 이런 사위와 한집에 살게 된 것을 영일댁이는 차라리 잘 된 일이라고 생각했다. 아들 없는 며느리란 여간 거북하고 힘이 씌는 것이 아니었다. 어차피 갈 바엔 일찍 잘 갔다는 생각이었다. 그러나 손자 녀석 생각을 하면 가슴이 찡해서 견딜 수가 없었다. 그럴 때면 으레 영일댁이는 염주를 헤아리며 염불을 해대는 것이었다.

그날도 영일댁이는 외손자 녀석이 마당 대추나무 그늘에서 동네 아이들과 어울려 놀고 있는 것을 마루에 앉아 바라보며 염불을 하고 있었다.

"나무아미타불 관세음보살 나무아미타불 관세음보살……."

손자 녀석 생각이 나는 것이었다. 자그락자그락 염주를 헤아리며, 상용이는 지금쯤 어디서 무얼 하고 있을까, 학교나 잘 다니는지, 벌써 2학년이 되었을 텐데…… 이런 찡한 생각에 잠겨 있는데,

누군가가 대문으로 성큼 들어섰다.

얼른 보니 꼭 상이군인 같았다. 상이군인이라도 아주 형편없는 상이군인 말이다. 머리는 빡빡 깎고 있으며, 옷은 어쩌면 저렇게 후줄근할까. 그리고 저 보따리는…… 영일댁이는 지나가던 상이군인이 뭐 구걸이라도 하러 들어오는 줄 알고 멀뚱히 바라보았다. 그러나 다음 순간 영일댁이는 자기도 모르게 벌떡 자리에서 일어났다. 그 후줄근한 상이군인 같은 사람의 입에서,

"어무이예!"

이런 소리가 나왔던 것이다.

"앙이!"

"어무이 납니더!"

"아이고— 내 아들 앙이가! 내 아들!"

"어무이에—"

"아이고 아이고— 이기 우짠 일이고! 이기 이기……."

"……."

"응이? 이기 꿈이가 생시가! 응이? 이기 이기……."

영일댁이는 마치 실성한 사람처럼 마루에서 맨발로 마구 뛰어 내려가 태석이를 덥석 끌어안았다. 그리고 냅다 울부짖는 것이었다.

"아이고 아이고— 내 아들이 살아 있었구나, 살아 있었구나— 살아서 이렇게 돌아왔구나, 돌아왔어— 아이고 아이고— 얼매나 고생했노, 얼매나 얼매나…… 이기 꿈은 아니제? 그제? 아이고 아이고…… 내 아들아, 내 아들아—"

"어무이예 어무이예—"

태석이도 보따리를 아무렇게나 땅바닥에 떨어뜨려놓고 어머니

를 안고 마구 울었다.

이렇게 마당에 서서 두 모자는 십 년 만의 상봉에 목이 메어 울음을 그칠 줄을 몰랐다. 대추나무 그늘에서 놀던 아이들도 어찌된 영문인지 몰라 눈이 휘둥그래졌고, 난데없는 울음소리에 이웃 사람들도 놀란 얼굴로 모여들었다. 그리고 곧 논에도 기별이 가서, 새참을 가지고 나간 금란이도 헐레벌떡 뛰어왔고, 추 서방도 쫓아 들어왔다. 모내기가 문제가 아닌 것이었다.

집안은 온통 발칵 뒤집히다시피 되고 말았다. 죽은 사람이 살아서 돌아온 거나 마찬가지니 그럴 수밖에 없었다. 사실, 아무도 태석이가 지금까지 살아 있으리라고는 생각하지 않았다. 영일댁이 역시 절에 갈 때마다 아들이 살아 있기를 부처님에게 빌곤 했지만 실제로 살아 있을 것이라는 생각은 먹어지지가 않았다. 안타까운 마음에 그저 그렇게 축원을 드리는 것뿐이었다. 아직 그의 제사를 지내는 판은 아니었으나, 그러나 모두 태석이는 이미 이 세상 사람이 아니라고 단념하고 있었다. 그런데 이렇게 홀연히 살아서 돌아왔으니, 정말 꿈같은 일이 아닐 수 없었다.

금란이도 동생 태석이를 붙들고 울음을 터뜨렸고, 추 서방 역시 눈에 눈물을 글썽글썽하면서,

"아이고 이 사람아! 이기 우짠 일이고? 이기 이기……."

좋아서 어쩔 줄을 몰랐다.

모여든 마을 사람들도,

"아이고, 세상에 세상에……."

"죽은 사람 살아온 기나 마찬가지구나, 마찬가지라."

"지금까지 어디 있다가 인제사 돌아오노."

"쯧쯧쯧…… 저 얼굴 좀 보소. 얼매나 고생했길래……."

"아이고, 인제 영일댁이 죽어도 한이 없겠네, 한이 없겠어."

"세상에 세상에……."

이렇게 모두 한 마디씩 입을 열며 감격해 마지않았다.

이런 감격의 소용돌이 속에서도 태석이는 가슴 한쪽이 철렁 내려앉는 것을 어쩌지 못했다. 마누라의 얼굴이 보이지 않기 때문이었다. 누구보다도 좋아서 정신없이 뛰어나와야 마땅할 갑례의 모습이 보이지 않는 게 아닌가. 혹 너무 뜻밖의 일에 놀라고 기쁨에 벅차서 부엌 속에라도 숨어서 못 나오는 것일까. 그러나 그것도 아닌 것 같았다. 그렇다면 친정에라도 갔단 말인가. 아니면…… 도대체 어떻게 된 것일까.

방에 들어가서 어머니가 꺼내주는 옷을 갈아입은 태석이는 불쑥 금란에게 물었다.

"이 집 메누리는?"

그 말에 금란이는 얼른 대답이 나오지 않아 우물쭈물하며 난처한 표정을 지었다.

그러자 대신 영일댁이가 입을 열었다.

"야야, 지금까지 기다리고 있을 여자가 어디 있겠노. 십 년이 다 됐는데……."

"……."

"그까짓 색시야 천지 아이가, 천지…… 자, 어서 그리 좀 눕어라."

"음—"

태석이는 눈앞이 캄캄해지는 것 같았다. 아까 트럭에서 들창코가 쩝쩝 입맛을 다시던 일이 생각났다. 그렇다면 마누라가 지금까지 얌전히 자기를 기다리고 있길 바란 것이 어리석었단 말인가. 태석이는 어머니가 내려주는 베개를 베고 무너지듯 아무렇게나 드러누워 버렸다.

드러누워 말없이 눈을 감고 있던 태석이는 잠시 후,

"알라를 낫을 낀데, 알란 우애댔능교?"

하고 눈을 떴다.

그 말에는 영일댁이도 약간 당황하지 않을 수 없는 듯,

"관셈보살—"

했다.

그리고,

"지금 아홉 살 안 묵었나?"

하자,

"그래예? 아들인교, 딸인교?"

"아들 앙이가."

"어딨능교? 잔교*(재인가요)?"

마루에 서서 방 안을 들여다보고 있는 금란이의 아들, 그러니까 생질을 보고 지 애냐고 묻는 것이었다.

"앙이다. 나중에 이야기하꾸마. 우선 푹 한숨 자거라."

"……."

"너거 아부지 돌아가신 줄은 아나?"

영일댁이는 아버지 안부는 묻지 않고, 제 여편네랑 자식에게만 신경을 쓰는 것이 좀 섭섭한 모양이었다.

"예, 오다가 들었심더."

"관셈보살—"

"……."

"한숨 자거라."

그러나 쉬 잠이 올 턱이 없었다. 태석이는 누워서 멀뚱멀뚱 천장을 바라보았다. 파리똥이 가아맣게 눌어붙은 천장, 그 퇴색된 무늬, 그런데 그 무늬가 어쩐지 낯익은 무늬였다. 잘 기억을 되살려 보니, 그 무늬는 십 년 전의 무늬 바로 그것이었다. 그러니까 천장이 십 년 전 그대로인 것이었다. 태석이는 그 가아맣게 파리똥이 눌어붙고 퇴색된 천장이 얼마나 정답게 느껴지는지 몰랐다. 비로소 아늑한 고향 집에 돌아왔다는 실감이 짜릿하게 온몸을 흐르는 것 같았다. 그리고 지금 누워 있는 곳이 고향 집 온돌방이라는 생각이 들자, 전신의 긴장이 절로 스르르 풀리며, 커다란 하품이 나오는 것이었다.

그날 저녁은 집안 식구랑 이웃 안노인들까지 한방 모여 앉아, 태석이의 이야기에 밤이 깊어가는 줄을 몰랐다. 세상에 고생을 한 이야기가 많지만, 이렇게도 기구하고 몸서리쳐지는 이야기는 처음이라는 듯이 모두,

"아이고—"

"저런!"

"우야꼬!"

"쯧쯧쯧……."

"기가 차네, 기가 차."

하면서 침들을 꿀컥 삼키기도 했다.

아무리 재미있는 옛날이야기도 이처럼 구미를 돋울 수는 없는 모양이었다.

영일댁이는 이야기를 들으면서 곧장 관세음보살을 찾았고, 눈물을 질금거렸다.

시베리아의 강제노동 이야기를 듣고는 금란이도 그만,

"아이고, 지독한 놈들, 지독한 놈들……."

하면서 녹아 흐르는 물코를 닦았다.

추 서방도 두 눈에 번질번질 물기가 어리고 있었다.

세상에 나서 고생을 하는 사람이 많지만, 이렇게도 지긋지긋한 고생만 골라서 십 년 동안이나 겪다니, 정말 이에서 신물이 나고도 남겠다고, 모두 태석이의 거멓게 찌들고 부석부석 부은 얼굴을 바라보며 측은해서 못 견디었다.

부엌에서는 닭고기 고는 냄새가 구수하게 풍기고 있었다.

이튿날 오후, 태석이는 어머니와 함께 아버지 산소를 찾아갔다. 산소는 평촌에서 오 리 정도 떨어진 선영에 있었다.

산소를 찾아가면서, 태석이는 비로소 아버지가 인공 때 빨갱이들에게 학살을 당했다는 사실을 알았다. 그 말을 어머니로부터 듣고, 태석이는 너무나도 의외의 일에 눈이 휘둥그레졌다. 그저 노인이 신병으로 돌아가신 줄 알았는데 참 어처구니가 없는 이야기였다. 더구나 아버지의 시체가 눈 뜨고는 볼 수 없었다는 말에 태석이는 몹시 기분이 우울해지며 속이 와들와들 떨리기까지 했다.

"머 우앳다고 아부질 그렇게……?"

"멘장질 한 것밖에…… 멘장질 한 것도 그놈들은 죄가 대던 동……."

"면장예? 아부지가?"

"그래, 너거 아부지 멘장질 안 했나."

"음—"

태석이는 고개를 끄덕거렸다. 어째서 아버지가 학살을 당했는지 짐작이 가는 듯이 말이다. 그리고 아버지가 면장이었다는 것도 뜻밖의 일이 아닐 수 없었다. 면장이 아니었더라면 그런 참변을 당하진 않았을 텐데…… 싶으니 안타깝기까지 했다. 태석이는 고개를 떨어뜨리고 터벅터벅 힘없이 걸음을 옮겼다. 착잡한 심경인 것이었다. 결코 본의가 아니었고, 불가항력인 노릇이었지만, 자기도 한때는 아버지를 학살한 그놈들과 한패거리였다는 생각을 하니 견딜 수가 없었다. 입맛이 써도 이만저만 쓴 것이 아니었다. 소위 인민군 전사로서, 총을 들고 남으로 남으로 침공해 왔었으니 말이다. 반공포로가 되어 석방되기는 했지만 말이다. 그리고 그는 그들의 소위 무자비한 투쟁이라는 잔인성을 잘 알고 있기 때문에, 아버지가 얼마나 참혹하게 돌아가셨는가 짐작이 가는 것이었으며, 그런 처참한 죽음을 당할 때, 그 고통이 어떠했을까 생각하니 몸서리가 쳐졌다. 악— 고함을 질러버리고 싶은 충동을 느끼기까지 했다.

십 년 만에 모처럼 어머니와 함께 고향의 들길을 걷는 판인데, 그만 기분이 형편없이 구겨져 버리고 말았다. 길가의 아카시아나무에 꽃이 우거져 그 향기가 쏟아지는 듯했으나, 태석이는 도무지 그런 것 감탄할 생각이 없었다.

산소는 선영의 한쪽 양지바른 곳에 마련되어 있었다. 딴 조상의 무덤들과는 얼른 보아도 구별이 되는 것이었다. 아직 쓴 지가 몇 해 되지 않은 묘라는 것을 쉬 알 수가 있었다. 잔디 때문인 듯했다. 지금 한창 잔디가 파랗게 덮이고 있는 중이었다. 그리고 상석도 아직 조금도 이끼가 서리지 않은 새 것이었다. 묘갈이랄지, 망주·문석(文石) 같은 것은 세워져 있지 않았으나, 봉분 앞에 상석은 잘 마련되어 있었다.

태석이는 아버지의 무덤 앞에 멀뚱히 서서 눈만 대구 끔벅거렸다. 영일댁이는 가지고 온 술병과 잔을 상석 위에 놓고, 태석이를 돌아보았다. 그러자 넋이 나간 사람처럼 서 있던 태석이는 상석 앞으로 다가가서 술병을 들어 잔에 술을 쳤다. 그리고 무릎을 꿇고 공손히 절을 했다. 그렇게 태석이가 재배를 하고 일어서자, 그만 영일댁이는 울음을 터뜨렸다. 아무렇게나 퍼져 앉아 봉분의 잔디를 어루만지며,

"아이고, 영감아 영감아— 우리 태석이가 돌아왔구마— 돌아왔어— 아이고 아이고."

목을 놓아 우는 것이었다.

그 바람에 태석이도 그만 설움이 복받쳐서 그 자리에 퍽 꿇어 엎드려버렸다. 그리고,

"아부지요—"

하고 어깨를 들먹거리며 흐느껴 울기 시작했다.

"아이고 아이고— 우리 태석이가 살아서 돌아왔는데— 영감아 영감아— 와 말이 없능교, 말이 없어— 아이고 아이고—"

"아부지— 으흐흐흐……."

두 모자의 울음소리는 호젓한 산기슭에 울려 퍼졌다.

어디선지 산새도 울고 있었다.

4

몇 해 전, 그 몹시 바람이 불던 날 밤, 공비들의 손에 의해 불바다가 되어 잿더미로 화하고 말았던 홍싯골은 이제 다시 제 모습을 찾아 되살아나고 있었다. 아직도 군데군데 거멓게 그을은 담이랄지 질그릇 같은 것이 남아 있고, 타다 남은 나무 밑동이 그날 밤의 무서웠던 재난을 말해 주는 듯 을씨년스럽게 서 있기는 했으나, 꽤 여러 가호의 집들이 새로 세워졌고, 송두리째 숯등걸이 되지 않은 마을의 감나무들은 다시 가지에 푸릇푸릇 잎사귀를 달고 되살아 오르고 있었다. 마을 뒤 산기슭에 있는 감나무 숲은 여전히 무성한 녹음을 이루고 있었다. 거기까지는 불이 댕기지 않았던 것이다. 감 농사는 올해도 평년작 이상일 듯 파란 열매들이 주렁주렁 수없이 달려 햇빛에 반짝거렸다.

그처럼 폐허가 되었던 홍싯골이 다시 이렇게 제 모습을 찾아 되살아나게 된 것은 전적으로 이 감나무 숲 때문이라고 할 수 있었다. 아무리 집이 불타고 마을이 폐허가 되었다고는 하지만, 이 거창한 재물 덩어리가 그대로 남아 있는 한 홍싯골을 버릴 수는 없었던 것이다. 만일 이 감나무 숲까지 모조리 숯더미가 되었더라면 어쩌면 홍싯골은 영영 다시 되살아나지 못하고, 자취를 감추고 말았을는지도 모른다.

이듬해 봄, 맨 먼저 홍싯골을 찾아든 것은 윤 생원이었다. 윤 생원은 뽀뚜리와 함께 겨울을 처남한테 가서 얹혀 지내고, 해동이 되자 곧 돌아왔던 것이다. 다른 사람들이 모두 홍싯골을 버린다 하더라도, 윤 생원만은 다시 홍싯골을 일으켜 보리라, 겨울 내내 마음먹곤 했던 것이다. 그러나 자기가 살던 곳을, 더구나 흙과 나무뿌리에 의존해서 살던 사람들은 그곳을 쉽사리 등질 수가 없는 법이다. 감나무 숲 주인들은 물론 돌아왔지만, 그렇지 않은 집들도 하나 둘 도로 모여들었다. 그래서 다시 논을 갈고, 밭뙈기를 일구어 나갔다. 시꺼먼 폐허가 되었던 홍싯골이 봄과 더불어 되살아나기 시작한 것이다.

그러나 돌아오지 않은 집들도 꽤 되었다. 삼분의 일, 그러니까 예닐곱 집은 지금까지도 소식이 없는 것이다. 논마지기도, 변변한 밭 한 뙈기도 가지지 못한 그런 집들이었다. 그런 집들은 잿더미가 되어버린 홍싯골로 굳이 돌아와야 할 까닭이 없었던 것이다. 달리 살 곳을 찾아 아주 떠나 가버린 것이었다. 영칠이네도 영 소식이 끊어지고 만 집 가운데 하나였다.

그리고 또 이 홍싯골에서 자취를 감추어버리고 만 것이 하나 있었다. 그것은 꺼꾸리였다. 꺼꾸리는 마을 사람들에게 뭇매를 맞고, 절름절름 어디론지 떠나버리고 말았던 것이다. 마을이 불타버린 이튿날, 동네 사람들은 홧김에 꺼꾸리를 붙들고 마구 주먹질을 해댔던 것이다. 마을이 이렇게 잿더미로 화해버린 것이 누구 때문인지 아느냐고, 이 팔푼이도 못 되는 자식, 시키지 않는 일은 잘도 한다고, 썩 어디로 꺼져 버리지 못하겠느냐고 말이다. 꺼꾸리가 지서에 공비가 나타난 것을 알리러 간 것이 결코 잘못일 수는 없었고, 또 마을 사람들도 으레 그래야 되는 것으로 알고 있었으나, 그러나 그 결과가 이런 처참한 꼴이 되고 보니 눈들이 뒤집혀 마구 그 화풀이를 꺼꾸리에게 해댔던 것이다.

꺼꾸리는 자기 때문에 마을이 그렇게 잿더미로 화해 버렸다는

것을 알자, 뭇매를 맞으면서도,

"아이야— 아이야— 아구— 아구—"

소리를 지를 뿐, 조금도 반항을 하지 않았다.

눈두덩이 부어오르고, 얼굴이 온통 시퍼렇게 멍들어 가지고 꺼꾸리는 마치 자기의 잘못을 뉘우치기라도 하는 것처럼 말없이 절름절름 마을을 떠나갔던 것이다. 그런 몰골로 떠나가면서도 자기의 잔뼈가 굵은 이 홍싯골에 안타까운 정이 깃드는 듯, 혹은 이렇게 잿더미가 되어버린 것이 못 견디게 가슴 아픈 듯 지르르 눈물을 흘리고 있었다. 그리고 마을 노인들에게는 꾸뻑꾸뻑 절까지 하는 것이었다. 지금까지 자기를 돌보아준 그 은혜를 못 잊겠다는 듯이 말이다.

그런 꺼꾸리가 윤 생원은 몹시 측은하고 불쌍해서,

"음—"

뜨거운 침을 꿀컥 삼켰었다. 두 눈구석에는 물기가 어리고 있었다.

한 해 한 해 연세가 더해짐에 따라 윤 생원은 조그만 일에도 곧잘 눈물이 솟았다. 누선의 긴장이 풀린 모양이었다. 일종의 노쇠현상이었다. 공연히 여러 가지가 자꾸 눈물겹고 측은한 생각이 들었다. 꺼꾸리의 가련한 인생도 그런 일 가운데 하나였고, 며느리 순녀가 아직도 아이를 가지지 못하는 일도 그런 것이었다. 그러나 뭐니뭐니해도 가장 윤 생원의 가슴을 아프게 하는 것은 갑례의 일이었다. 갑례의 일을 생각하면 곧 눈시울이 뜨거워지며 한숨이 나왔다. 그렇게 꼬장꼬장하던 성품이 이제는 눈에 띄도록 물컹해진 것이었다. 일흔이 넘었으니, 그럴 만도 한 노릇이었다.

갑례가 영칠이를 따라 어디론지 살러 갔다는 사실을 확인한 것은 홍싯골이 잿더미가 된 그해 겨울이었다. 처남한테 가서 얹혀 지

내던 윤 생원은 갑례의 일이 궁금해서 어느 날, 평촌을 찾아가 보았던 것이다. 바로 사돈네 집으로 들어가지 않고, 먼저 동생한테 찾아갔었다. 갑례 고모 선호댁이 말이다. 거기서 이야기를 들은 윤 생원은 땅이 꺼지는 듯한 느낌이었다. 마을에 퍼졌던 소문이 헛소문이 아니었던 것이다. 영칠이 그 고얀 놈하고 하필 말이다. 정말 기가 찼다. 윤 생원은 사돈 대할 낯이 없어 그냥 돌아갈까 했으나, 사람이 그런 법이 없는 것이어서, 걸음이 잘 내디뎌지지 않았으나, 굳이 사돈네 집엘 들렀었다. 그래서 안사돈 앞에 마치 자기가 무슨 잘못이라도 저지른 것처럼 사과를 했었다. 그러자 사돈은 도리어 자기가 면목이 없는 듯 난처해서 어쩔 줄을 몰랐었다.

갑례한테서 직접 소식이 온 것은 이듬해 가을이었다. 홍싯골로 편지가 왔던 것이다. 불효 여식의 죄를 용서해 달라는 긴 사연 끝에 영칠이는 군대에 나가고, 자기는 새로 낳은 딸아이와 상용이, 그리고 시어머니를 모시고 미군부대의 세탁을 하며 잘 있으니, 안심하시라는 말이 적혀 있었다. 그 말에 윤 생원은 알 수 없는 노여움이 치솟아 턱수염을 덜덜 떨었다. 그렇게 창피를 무릅쓰고 둘이 도망을 갔으면 한데 붙어서 잘 살기라도 해야 할 일이지, 영칠이 그 고얀 놈은 왜 또 갑례를 놓아두고 군대에 가다니…… 더구나 제 에미까지 맡겨놓고 말이다. 생각할수록 심화가 끓어서 견딜 수가 없었다.

"머 미군부대 세탁을 하메 잘 있어? 시어머일 모시고? 빌어묵을 넌……."

절로 욕까지 튀어나왔다.

그러나 그럴수록 찡한 것이 부모의 마음이었다. 세월이 가도 잊혀지지 않는 것이 자식 일인 듯, 윤 생원은 곧잘 갑례 생각을 하며 눈물겨워하곤 했다. 편지 주소를 들고 한 번 찾아가 볼까도 싶었으나, 그러나 그것은 그만두었다. 막상 찾아가 사는 꼴을 직접 눈으로 보았을 때의 일을 생각하면 절로 울화가 터지는 것이었다. 그런 처지에 시어머니까지 먹여 살리고 있다니 말이다. 시어머니도 누가 허락해준 시어머니도 아닌데 말이다. 도저히 그 꼴은 못 보겠는 것이었다. 그 대신 윤 생원은 그 주소에 곶감도 보내주고, 콩이니 팥이니 녹두 같은 것도 보내주고, 메주도 쑤어서 보내주었다. 말하자면 그것이 이쪽의 소식인 셈이었다.

윤 생원의 걱정은 멀리서 혼자 고생하는 갑례뿐이 아니었다. 당장 눈앞에 있는 뿌뚜리도 은근히 걱정이 되는 것이었다.

뿌뚜리도 어느덧 열일곱이 되어 있었다. 어찌나 숙성한지, 엉덩이 같은 것은 벌써 제 올케 언니 못지않았다. 목덜미도 살이 올라 미끈했다.

뿌뚜리의 그런 큰아기 태에 윤 생원은 슬그머니 걱정이 머리를 쳐들었다. 이게 제 언니 갑례와는 달리 성질이 여간 활발한 게 아니었다. 남자들과 내외를 하는 법이 없었다. 말괄량이였다. 이런 말괄량이가 오히려 얌전을 빼는 새침데기보다 안심이 되는 법인데, 부모 마음은 그렇지가 않았다. 도무지 내외라는 것이 없으니, 어떤 녀석한테 그만 뭉개져 버릴지, 마음이 놓이지가 않았다. 아무쪼록 여자는 좀 얌전해 주기를 바라는 것이 부모 마음이었다.

윤 생원이 뿌뚜리를 두고 걱정을 하는 것은 비단 그녀가 남자들과 내외가 없는 말괄량이기 때문만은 아니었다. 벌써 그런 낌새가 보이는 것이었다.

어떤 녀석인지 알 수는 없었지만, 좌우간 담 너머로 수상한 휘파람을 부는 녀석이 있었다. 처음 몇 번은 그저 누가 집 근처를 지나가면서 그러는 것이려니 하고 예사로 여겼는데, 두고 보니 그게 아닌 것 같았다. 우선 그 휘파람 소리가 무슨 노래를 부는 것이 아니라, 휘이어 휘이어 휘이어— 혹은 후후익 후후익 후후익— 하고 꼭 누구를 안타깝게 부르는 가락인 것 같았고, 또 딴사람이 눈치를 챌까봐 몹시 조심을 하는 듯한 그런 저음이었다. 그리고 휘파람을 부는 위치가 노상 같은 위치였다. 바로 뿌뚜리가 자는 작은방 쪽 담 너머였다.

그래서 마침내 어느 날 밤 윤 생원은,

"어떤 놈이고—"

소리를 지르면서 뛰어나갔다.

그러자 휘파람은 뚝 그쳤다.

"어험! 어험!"

윤 생원은 뿌뚜리의 방 쪽으로 가서 담을 넘어다보기까지 했다. 그러나 벌써 아무것도 눈에 띄는 것이 없었다.

그런 일이 있은 뒤로 휘파람 소리는 잠잠해졌다. 그 대신 이번에는 뿌뚜리가 저녁을 먹으면 어느새 집을 빠져나가 버리는 것이었다. 윤 생원은 이거 안 되겠다고, 한 번은 뿌뚜리를 불러 앉혀놓고 단단히 혼을 냈다. 그러자 뿌뚜리는 도리어,

"아부진 친구네 집에 놀로도 못 가게 합니꾜? 내 참!"

이렇게 큰소리였다.

"친구네 집에 놀로 가면 낮에 가지 와 하필 밤에 가노?"

"참, 아부지도…… 걱정도 많심더."

"머가 우째?"

"화내지 마이소. 아부지 몸에 해롭심더."

이러니 참 어이가 없었다.

그래서 윤 생원은 이번에는 밥만 먹으면 사립을 닫아걸었다. 그러나 소용이 없었다. 담을 뛰어넘는지 어쩌는지 기어이 사라져버리는 것이었다. 그렇다고 방 안에 가두어둘 수도 없는 일이고, 손발을 묶어놓을 수도 없는 노릇이고, 참 답답했다. 이것이 벌써 어떤 녀석한테 어떻게 되어버린 것이 아닐까 생각하니 살맛이 뚝 떨어지는 것 같았다.

"자식도 품 안에 자식이라더니…… 맘대로 안 대는구나, 안 대."

윤 생원은 혼자 쓰디쓰게 입맛을 다셨다.

그리고 어서 가을이 되어라 싶었다. 가을이 되어 추수를 마치기만 하면, 적당한 자리를 물색해서 뿌뚜리를 시집 보내버리리라 생각하는 것이었다. 그래야만 마음이 놓일 것 같았다. 마음이 놓일 뿐 아니라, 그래야만 이제 자기의 할 일을 다 하는 것 같았다. 일흔을 넘은 몸이니, 언제 어떻게 될지 모르는 것이다. 어떻게 되기 전에 뿌뚜리를 시집 보내버려야 죽어도 눈이 감길 것 같았다.

열일곱이면 아직 좀 빠를지 모르지만, 그 성숙한 품으로 보아 충분하며, 설사 충분하지 않다 치더라도 윤 생원은 올 가을을 넘기고 싶은 생각은 조금도 없었다.

산비둘기가 뽀뽀꾸꾸 뽀뽀꾸꾸…… 울고 있었다. 윤 생원은 두원이와 함께 감나무 숲 저쪽에 있는 밭뙈기를 파 일구고 있었다. 보리를 베어내고 콩을 심는 것이었다.

윤 생원은 이제 괭이질이 여간 힘에 겹지가 않았다. 곧잘 헛심이 씌어지곤 했다. 작년보다도 현저히 달라진 듯한 느낌이었다. 연세가 연세이니만큼 그럴 수밖에 없었다. 워낙 정정한 편이라 그렇지, 보통 사람 같으면 괭이질은 고사하고, 이제 자기 몸도 주체하기가 힘들 판이었다.

그래서 땅을 파 일구는 일은 주로 두원이가 하고, 윤 생원은 앉아서 흙을 고르며 콩을 묻어 나아갔다.

콩을 묻어 나아가면서 윤 생원은 갑례 생각을 하고 있었다. 지난달에 부친 메주를 잘 받았는지 궁금한 것이었다. 그리고 아직도 미군부대의 세탁 일을 하고 있는지, 어린것은 이제 세 살이 되었겠구나, 상용이는 학교에 잘 다니는지…… 공연히 자꾸 걱정이 되고, 또 측은한 생각이 들었다. 뽀뽀꾸꾸 뽀뽀꾸꾸…… 산비둘기 우는 소리가 전에는 우습고 재미있게 들렸는데, 이제 그렇지가 않고, 어쩐지 서럽게 우는 소리로 느껴졌다.

해는 어느덧 중천에 와 있었다.

"야야, 좀 쉬가메 해라. 덥다."

"개안심더."

"날씨가 인제 지법 덥운데……."

윤 생원은 손등으로 이마에 내밴 땀을 씻었다.

그러고 있는데, 감나무 숲길을 누군가가 냅다 이쪽으로 달려오는 것이 보였다. 뿌뚜리였다.

"저런 년 보래."

윤 생원은 이맛살을 찌푸렸다.

달려오는 것도 좀 큰아기답게 얌전한 맛이 없고, 이건 두 팔꿈치를 옆으로 마구 흔들어대며 고개까지 끄덕거리는 것이 아닌가. 무슨 그렇게도 급한 일이 있는지 말이다.

뿌뚜리는 저만큼 헐레벌떡 달려오면서 벌써 고함을 냅다 지르는 것이었다.

“아부지— 형부 왔심더—”

“……?”

“형부 왔심더— 형부! 형부!”

“머?”

윤 생원은 자리에서 일어섰다. 형부가 오다니 도대체 어찌 된 일일까. 영칠이 그 고얀 놈이 왔단 말인가.

“형부 왔어예. 아부지.”

“어니 형부?”

“어느 형부라니, 형부가 몇이나 댑니꼬?”

“…….”

“평촌 형부 말입니더.”

“머라?”

평촌 형부라는 말에 윤 생원은 두 눈이 퉁방울처럼 휘둥그레졌다.

“앙이, 정말이가?”

두원이도 깜짝 놀랐다.

“정말이예.”

“…….”

“보이소, 저기 형부 안 오는가.”

“어메!”

아직 평촌 정 서방인지 알아보지는 못하겠으나, 과연 감나무 숲길을 웬 남자 한 사람이 이쪽으로 걸어오고 있는 게 보였다.

"음—"

윤 생원은 가벼운 경련 같은 것이 온몸을 흘러내리는 듯 눈꺼풀과 턱수염을 바르르 떨고 있었다.

점점 가까워지는데 보니, 아닌 게 아니라 정 서방인 것 같았다. 옛날의 그 허여멀쑥하던 얼굴은 간 곳이 없고, 거멓게 찌들고 부석부석하기까지 했으며, 또 어찌된 영문인지 머리까지 박박 깎은 모습이니, 얼른 보면 잘 알아보지 못할 것 같았으나, 정 서방이라는 말을 듣고 보니, 틀림없이 그것은 정 서방이었다. 소식이 끊긴 지 십 년 만에 살아서 나타나다니, 정말 세상에는 꿈같은 일도 더러 있는가 보았다. 지금까지 소식이 없는 사람이 산 사람일 턱이 없다고 단념하고 있었는데 말이다. 만일에 살아 있다 하더라도 영영 돌아올 수 없는 엉뚱한 땅에 주저앉아버렸을 것으로 생각했는데 말이다.

윤 생원은 얼른 손에 묻은 흙을 털며,

"야단났구나, 야단났어."

자기도 모르게 속으로 이렇게 뇌고 있었다.

십 년 만에 살아서 나타난 사위니, 반가운 마음이야 이루 말할 수가 없었다. 그러나 한편 이 일을 어쩔 것인가 하는 생각이 무의식중에 들지 않을 수 없는 노릇이었다. 이렇게 사위가 돌아왔는데, 딸자식은 엉뚱한 곳으로 가버렸으니 말이다.

윤 생원은 정신없이,

"아이고 이 사람아—"

하면서 사위에게로 다가갔다.

"아니 이 사람아!"

두원이도 달려갔다.

빙그레 웃으며 꾸벅 인사를 하는 태석이를 붙들고 윤 생원과 두원이는,

"이기 우짠 일이고? 아이고 이 사람아—"

"아니 이 사람아, 어디 있다가 이렇게……."

곧 어쩔 줄을 몰랐다.

태석이도 가슴이 벅차서 얼른 말이 나오지 않는 듯,

"허허허 허허허……."

곧장 웃기만 했다.

뿌뚜리도 덩달아 좋아서 싱글벙글했다.

"자 이 사람아, 어서 집으로 가세."

윤 생원은 콩 심는 일 같은 건 아무것도 아니라는 듯이 성큼성큼 앞장을 선다. 두원이도 마찬가진 듯 태석이의 뒤를 따랐다.

벌써 순녀는 점심을 새로 짓느라고 야단이었다.

사랑방으로 들어가자, 태석이는 무릎을 꿇고 장인에게 다시 정식으로 절을 했다. 그 절을 윤 생원은 옛날과는 달리 자기도 고개를 꽤 숙이며 받았다. 그리고 잠시 감개가 무량한 듯 말이 막혔다. 두 눈구석에는 물기가 약간 비치고 있었다.

"그동안 별로 없었심니꾜?"

태석이가 먼저 입을 열었다.

"그래."

"……."

"이 사람아, 자넨 얼매나 고생했노?"

"예."

"어디 있다가 인제사 이렇게 돌아왔는가?"

"후유— 말도 못합니더."

"그렇겠지. 벌써 십 년 앙이가."

그러자 옆에 있던 두원이가,

"그동안 어디 있었띠노?"

정말 궁금한 일이라는 듯이 물었다.

"온갖 군데 다 안 있었나. 젤 첨엔 소만국경에 가 있었지."

소만국경이라는 데가 어딘지, 그리고 그게 무슨 말인지 몰라 윤 생원은,

"머? 소망국겡?"

했다.

"예, 만주 말입니더."

"하하, 만주에 가 있었구만."

"예, 거기 있다가 소련 놈들한테 포로가 안 댔심니꾜."

"저런!"

"해방대고 말입니더."

"해방댔는데 와 포로가 되노?"

"훈도시 때문에 안 그랬습니꾜."

"훈도시? 훈도시가 머고?"

"훈도시는 일본 놈들…… 불알 싸는 거 아잉니꾜."

"음—"

"일본 놈들은 다 훈도실 차고 있심더."

"음—"

윤 생원은 듣기가 고약한 듯 음— 음— 했다. 그리고,

"와 그것 때문에 포로가 대노?"

역시 궁금한 모양이었다.

"그걸 차고 있다고 일본 놈이라 안 캅니꾜."

"자네도 차고 있었나?"

"예."

"머할라고 그런 걸 차고 있었노?"

"누가 차고 싶어서 찼습니꾜. 일본 병정들은 다 안 찹니꾜."

"그랬더라도, 해방이 댔을 때 마아 안 벗어 내삐리뿌고……"

"글씨 말입니더. 그걸 미처 몰랐다니까예."

"쯧쯧쯧…… 훈도신가 먼가 그놈의 기 자넬 망쳤구나그려."

"맞심더."

그러자 두원이가 웃음을 터뜨렸다. 태석이도 웃음이 나왔고, 윤 생원도 웃었다. 훈도시 덕택에 방 안에 한바탕 웃음이 감돌았다.

"그래, 소련 놈한테 포로가 대서 우째 댔노?"

윤 생원은 다음이 몹시 궁금한 모양이었다.

태석이의 그 다음 이야기, 그러니까 시베리아 강제노동 이야기부터는 윤 생원은 이맛살을 찌푸리며,

"저런 수가 있나!"

"허허 저런!"

"쯧쯧쯧……."

하고, 듣기만 해도 정나미가 떨어지는 듯 몹시 어두운 표정을 지었다.

두원이 역시 그런 모양이었다. 두원이는 자기가 북해도에 징용 가서 고생하던 일을 머리에 떠올리고 있었다. 그러나 그건 약과였다는 생각이 들며, 태석이한테 무척 동정이 가는 것이었다. 그리고

자기는 그 정도로 무사히 귀국한 것이 여간 다행한 노릇이 아니었다는 듯이 가만히 안도의 숨을 내쉬기도 했다.

과거의 지긋지긋한 괴로움도 일종의 회상담이 될 때는 오히려 신이 나고, 어떤 으스스한 쾌감까지 느껴지는 모양인지, 태석이는 곧잘 손짓까지 해가며 열을 올렸다.

어느새 뽀뚜리도 마루에 와서 앉아, 형부의 고생담에 귀를 기울이고 있었다. 마치 재미있는 옛날이야기라도 듣는 듯이 말이다.

점심상이 오자, 일단 이야기는 그쳤다.

"자아, 어서 들게. 찬이 너무 없네."

"앙입니더."

"그런 대로 많이 묵게."

"예."

윤 생원은 그처럼 고생을 한 사위가 측은해서 못 견디겠는 모양이었다. 그리고 그 고생을 견디고, 기어이 이렇게 살아서 돌아온 것이 여간 대견하지가 않은 듯,

"한 그릇 다 비워야 대내."

하며 눈으로 곧장 어루만지듯 했다.

상을 물리고서였다. 담뱃대에 불을 붙인 윤 생원은 무슨 말을 꺼낼 듯 꺼낼 듯하면서 잠시 담배만 빨아댔다. 그러다가 태석이가 아까 이야기의 계속을 꺼내려 하자, 먼저 자기 이야기부터 들으라는 듯이 얼른 입을 열었다.

"그런데…… 자넬 볼 낯이 없네."

침울한 목소리였다.

"와예?"

태석이는 그 뜻을 알아듣지 못하는지, 윤 생원의 얼굴을 똑바로 바라본다.

"자네가 그렇게 고생을 하고 돌아왔는데, 자네 안사람이 없으니……"

그제야 태석이도 얼굴빛이 금세 침울해지며, 입맛을 다셨다.

"자네가 이렇게 돌아올 줄 알았더라면 그긴들 그런 마음을 묵었겠나마는……."

"……."

"십 년 동안이나 소식이 없다 보이 그만 그기……."

그러자 태석이는,

"우짭니꼬. 하는 수 없지예."

이렇게 말하는 것이었다.

그러나 체념을 해버린다는 뜻이 아니었다.

"그동안의 일은 하는 수 없는 기고…… 어디 있는동 찾아야지예."

과거만 잊어버린다는 뜻이었다.

"음—"

"어디 있는동 지가 대강 압니더."

"머?"

"지가 대강 알아예."

"음—"

"한 번 봤십더."

"봤어?"

"예."

"언제?"

"얼마 전에예."

"음—"

"냇가에서 빨래를 하고 있십띠더."

"음—"

윤 생원은 곧장 음— 음— 했으나, 두 눈은 빛나고 있었다.

태석이는 얼마 전, 그 냇물에서 빨래를 하고 있던 초록색 저고리의 여자가 틀림없는 갑례라고 이제는 거의 단정하고 있는 것이었다.

"찾으로 갈랍니더!"

태석이의 이 말에 윤 생원은,

"그래야지, 그래야지."

고개를 끄덕거렸다.

"주소 있십니꺼?"

"있고말고……."

"아— 그럼 댔심더."

그러자 윤 생원은,

"이 사람아, 나하고 같이 가세. 나도 갈라네."

하는 것이었다.

그리고 담배를 크게 빨아 후— 내뿜었다. 속이 후련한 모양이었다. 눈에는 눈물이 어려 있었다.

두원이는 그저 얼떨떨한 듯 멍하게 앉아 듣고만 있었다.

그날 밤, 윤 생원은 밤이 이슥토록 잠을 이루지 못했다. 오래간만에 만나게 될 갑례 생각을 하면 벌써부터 가슴이 찡한 것이었다.

그러나 한편, 본서방이 돌아왔으니, 모든 일이 다 잘 해결되어, 갑례도 이제 그 고생을 면하게 될 것이라 생각하니 흐뭇하기 한이 없었다. 십 년 만에, 더구나 그런 지긋지긋한 고생과 기구한 세월을 용케 견디고 무사히 돌아와, 이렇게 지금 자기 옆에 누워 코를 골고 있는 사위가 여간 고맙고 미덥지가 않았다. 그리고 그 고얀 영칠이란 놈을 이제 자기 딸한테서 떼 내버릴 일을 생각하니, 고소하기도 하고 시원하기도 했다. 그러나 갑례가 어떤 태도로 나올지 그게 약간 불안했다. 영칠이 그놈한테 정이 들어서, 십 년 만에 돌아온 본서방을 마다한다면 어쩔 것인가 싶었다.

"안 대지 안 대지. 절대로 안 대지."

절대로 용서할 수 없는 일이었다. 그런 태도로 나올 때는 그저 이것이라는 듯이 윤 생원은 공연히 어금니를 물며 어둠 속에서 버쩍 마른 주먹을 불끈 쥐어흔들기까지 했다.

그러나 영칠이 그 고얀 녀석이 무엇이 좋다고, 또 미군부대의 세탁이나 하는 신세가 무엇이 좋다고 그런 태도로 나오겠느냐 싶었다. 본서방이 십 년이나 소식이 없으니 저도 몸부림으로 그러는 것이지 싶었다. 갑례가 절대로 그런 태도로 나올 턱이 없다고, 윤 생원은 스스로 안심을 하며 쥐었던 주먹에서 스르르 힘을 풀었다.

어디선지 닭 우는 소리가 들려오고 있었다.

5

오후반 수업이 끝난 조무래기들이 교문 밖으로 흩어지고 있었다. 깜장 고무신을 신은 상용이도 책보를 허리에 동여매고 땀을 흘리며 집으로 돌아가고 있었다. 책보 속에서는 몽당연필 흔들리는 소리가 딸강거렸다.

조무래기들은 대개, 책보를 그냥 옆구리에 끼거나 들고 가는 것이 아니라 허리에 발끈 동여맨다. 그래야 간편한 모양이다. 자동차가 지나가면 그 꽁무니를 따라 냅다 달리기에도 편리하고 말이다.

그렇게 책보를 허리에 동여맨 조무래기들이 삼삼오오 떼를 지어서, 무슨 재미있는 일이라도 없나 하고 한눈을 팔며 걸어가고들 있는데, 맞은편으로부터 나팔소리가 울려왔다. 서커스단의 선전행렬이었다.

서커스단이 들어온 지도 벌써 근 열흘이 되었지만, 아이들은 여전히 그 나팔소리에 가슴이 울렁거렸다. 특히 그 선전 행렬은 즐겁고 신났다. 나팔도 나팔이고 북도 북이지만 무엇보다도 재미있는 것은 삐죽한 고깔모자를 쓰고 깃대를 든 앞잡이였다. 그 앞잡이의 외쳐대는 소리랄지 실룩거려대는 얼굴, 절름거리는 걸음걸이는 절로 웃음을 자아내게 했다.

상용이도 이미 하굣길에 그 선전행렬과 세 번이나 마주쳤다. 그러니까 오늘은 네 번째인 것이다. 그런데도 여전히 신이 나서,

"사까스다— 야—"

소리를 지르며 냅다 뛰기 시작한다.

상용이가 뛰자, 다른 아이들도 다투어 환성을 울리며 마구 뛴다. 딸강 딸강 딸강…… 책보 속에서 연필 흔들리는 소리들이 요란하다.

오늘도 행렬의 앞잡이는 그 우스꽝스러운 절름발이였다. 삐죽한 고깔모자에 깃발을 들고 오늘은 너불너불한 수염까지 달고 있었

다. 허연 종이수염이었다. 그리고 얼굴에는 분인지 밀가룬지를 아무렇게나 부옇게 칠하고 있었다. 그러니까 온통 허연 노인이 고깔모자에 깃대를 들고 절름거리며 우스갯짓을 해대는 셈이었다.

그 뒤를 북이 따르고, 트럼펫이 따르고, 날라리가 따랐다. 그리고 졸랑졸랑 꼬리를 치며 개도 따르고 있었다.

둥— 두둥 둥— 두두둥

빠응빠응 빵빠빵—

삘— 리리일 삐일리일리일

둥— 두둥둥—

"타까쯔요— 타까쯔! 타까쯔! 재밍능 타까쯔요—"

아이들은 길가에 멈추어 서서 재미가 좋아 못 견디었다.

"힛힛히…… 타까쯔가 머고. 사까스지."

"어른이 알라같이 말한다 그지?"

"수염도 가짜다 그지?"

"종이로 만든 거 앙이가?"

"핫핫하…… 저 눈까리 바라!"

"헷헷헤……."

분인지 밀가룬지 알 수 없는 뿌연 것이 땀에 젖어 지저분하게 얼룩져 있는 가운데서, 커다랗고 흐릿한 두 개의 눈이 빙그레 웃음을 머금고 굴렁거리고 있었다. 아이들이 자기를 보고 재미있어 하는 것이 매우 기분 좋은 모양이었다.

"타까쯔요— 재밍꼬 재밍는 타까쯔요— 오느이 빰도 니이 빰도 타까쯔요— 타까쯔! 타까쯔!"

콧구멍을 벌름거리고, 턱에 매단 종이수염까지 일부러 실룩거려대며, 신을 낸다.

그러자 아이들도 더욱 재미가 나서,

"타까쯔요—"

"타까쯔요—"

흉내를 낸다.

"오느이 빰도 내이 빰도—"

"재밍꼬 재밍능 핫핫하……"

"타까쯔요— 핫핫하……."

"힛힛히……."

그렇게 흉내를 내면서, 그 우스꽝스러운 앞잡이의 곁을 따라, 오던 길을 도로 가는 아이들도 있었다. 상용이도 그 중의 하나였다.

"재미가 하낫도 없는 타까쯔요—"

상용이는 이렇게 소리를 지르고는 헬쭉 웃었다. 그리고 얼른 제가 맨 앞장으로 달려 나가서는 절름절름 저는 시늉을 해댄다.

상용이가 집에 돌아온 것은 긴 여름 해가 거의 뉘엿뉘엿해서였다. 그 선전행렬을 따라 온 읍내를 빙빙 돌았던 것이다. 그리고 다리를 지날 때 더워서 그만 냇물로 내려가 멱을 실컷 감아버린 것이다.

사립을 들어서자, 얼른 상용이의 눈에 띈 것은 군화였다. 웬 투박스럽게 생긴 군화 한 켤레가 자기네 방 앞 토방에 놓여 있었다. 그리고 어떤, 머리를 깎은 남자가 문지방을 베고 누워 있었다.

누굴까? 상용이는 조심조심 다가갔다.

그러자 부엌에서 평촌댁이가 얼굴을 내밀었다.

"와 인자 오노?"

"학교서 공부했심더."

"무신 공불 이렇게 늦게까지 하노. 어서 씻고 방에 들어가 인사해라."

"누군데예?"

"너거 아부지 앙이가. 너거 아부지 휴가 안 왔나?"

아버지가 휴가를 왔다는 말에 상용이는 약간 뜻밖이라는 듯이 혀를 날름했다. 그리고 동여맨 책보를 풀어 조심스럽게 방으로 밀어 넣었다.

으으윽— 크게 기지개를 켜며 문지방에서 머리를 든 것은 물론 영칠이었다. 영칠이는 낮잠으로 벌겋게 충혈된 눈을 끔벅거리며,

"아— 덥다. 상용이가?"

하고 상용이를 바라본다.

그러자 상용이는 얼른 머리를 꾸뻑했다.

"잘 있었나?"

"예."

"학교 갔다 오나?"

"예."

"멫 학년이고? 2학년이가?"

"예."

상용이는 멋쩍은 듯 그저 묻는 말에 예예만 한다.

상용이는 아버지에 대한 생각이 뚜렷하지가 않았다. 아버지라고 하니까 그저 그런가 보다 싶을 뿐, 정말 저게 우리 아버지다 하고 마음에 다가오는 것이 없었다. 어쩐지 아리송하고 서먹서먹한 것이었다. 그럴 수밖에 없는 것이 상용이는 나면서부터 편모슬하가 아니었던가 말이다. 아버지를 여읜 것은 아니었지만, 생사를 알 길이

없으니 없는 거나 마찬가지였다. 우리 아버지는 어디 있느냐고 물어도, 그저 먼 데 가 있는데 나중에 맛있는 것 많이 사 가지고 온다는 그런 대답만 들어왔던 것이다. 그러다가 여섯 살 때, 난데없이 아버지라는 사람을 따라 어머니와 함께 지금 이곳으로 옮겨 왔던 것이다. 맛있는 것도 아무것도 안 사 가지고 온 아버지하고 말이다. 상용이는 그때, 아버지란 사람이 뭐 이렇노 싶었다. 공연히 반감이 가고 시시하게 여겨졌다. 아무튼 아버지라고 하라니까 아버지라고 부르는 판인데, 얼마 안 가서 또 그 시시한 아버지는 어디론지 자취를 감추어버렸던 것이다. 시시하지만, 아버지 어디 갔느냐고 물으니까, 이번에는 군대에 나갔다는 것이었다. 그제야 상용이는 좀 우쭐했다. 그래서,

"엄마, 아부지 개병대 나갔나?"

하고 물었다.

꼬마들은 해병대를 '개병대'라고 했다. 그리고 그 개병대가 제일 기운 세고, 제일 높고, 제일 신나는 것이었다.

그 말에 갑례는,

"아도 참…… 개병대가 머고."

씁쓰레 웃기만 했다.

그래서 상용이는 아버지가 해병대에 나간 것으로 알고 아이들에게,

"우리 아부지 개병대 나갔다 아나? 최고다 아나?"

하고 자랑을 하고 다녔다.

그러나 그것도 잠시 동안일 뿐, 상용이는 아버지의 일을 싹 잊어버리고 말았다. 해병대에 나가기는 했지만, 어쩐지 여전히 시시하

게 여겨지는 모양이었다. 그런데 오늘 이렇게 그 아버지란 사람이 불쑥 들어와서, 문지방을 베고 누워 자다가 기지개를 켜며 일어나 벌건 눈으로 바라보는 것이 아닌가. 높은 것 같지도 않고, 기운 센 것 같지도 않고, 그저 시꺼멓기만 했다.

상용이는 멋쩍을 따름이었다.

그러고 있는데, 갑례가 들어섰다. 남이를 업고 시장에 갔다 오는 길이었다. 평소 같으면 두 돌이 멀지 않은 남이를 좀처럼 업는 일이 없는데, 오늘은 마냥 기운이 나고 마냥 기분이 좋기만 한 모양이었다. 장보자기도 불룩했다. 역시 전에 없는 일이었다. 이마에 땀이 흐르고 있었으나 닦을 생각도 않고,

"아부지한테 인사했나? 와 이렇게 늦게 돌아왔노?"

그러면서도 조금도 나무라는 기색이 아니었다.

등에 매달린 남이는 오이 토막을 하나 얻어들고 방글방글 웃으며 물어뜯고 있었다.

"한숨 잤능교? 덥지예? 부채 거기 있을 낀데……."

갑례는 얼른 장보자기를 부엌에 갖다놓고, 영칠이에게 남이를 내려준다. 그리고 부채를 찾는다.

영칠이는 남이를 받아 안으며,

"어디 우리 남이 물외 맛있나?"

하고 빙그레 웃는다.

남이는 빤히 쳐다보다가,

"엄마, 이 짜얌 누고."

한다.

"아부지 앙이가. 아부지— 하고 불러 보래. 아이고, 우리 남이 이

쁘구나 카시지."

그러자 남이는,

"아뿌찌—"

하고 까만 눈을 반짝거린다.

"오냐— 우리 남이 이쁘구나."

영칠이는 기분이 좋아서 빙글빙글 웃으며 남이를 번쩍 들어올렸다.

그 바람에 남이는 오이 토막을 떨어뜨리고,

"내꺼 내꺼…… 떠여졌다—"

두 다리를 달랑거리며 소리를 지른다.

부채를 찾아든 갑례는 흐뭇한 미소를 띠며, 곧장 두 부녀에게 부채질을 해댄다. 자기의 이마에 흐르는 땀은 아랑곳없이 말이다.

바깥에 서서 이 광경을 바라보는 상용이는 어쩐지 좀 허전한 생각이 들었다. 어쩐지 저는 그 흐뭇한 분위기에서 제외되어 있는 것 같은 느낌이었다. 쓸쓸한 것이었다. 그리고 슬그머니 밸이 꼴리기까지 했다. 묘하게 심사가 틀어져서 상용이는 그만 사립 밖으로 뛰어나갔다.

별안간 상용이가 사립 밖으로 뛰어나갔으나, 아무도 그에 대해서 관심을 가지질 않았다. 방 안에서는 여전히 남이를 중심으로 웃음이 일고 있었고, 부엌에서는 평촌댁이가 모처럼 휴가 온 아들을 위해서 바쁘게 일손을 놀리고만 있었다.

"아부지 시장하실라."

갑례도 곧 일어나 부엌으로 나갈 따름이었다.

사립 밖으로 뛰어나온 상용이는 비탈길을 공연히 한참 달렸다.

어디 갈 데가 있는 것이 아니다. 상용이는 어느 집 담 모퉁이에 멈추어 섰다. 해가 지는 게 보였다. 하늘이 곱게 타고 있었다. 곱게 타는 저녁놀을 바라보며 상용이는 훌쩍훌쩍 울기 시작했다.

상용이도 이튿날 저녁은 그렇지가 않았다. 마냥 즐겁기만 했다. 서커스 구경을 갔던 것이다.

저녁을 먹으면서 갑례가,

"여보, 오늘 밤은 사까스 구경이나 갈까예?"

말을 꺼내자, 상용이는 좋아서 대뜸 뭐라고 입이 떨어지려 했다. 그러나 얼른 아버지라는 사람의 눈치부터 보았다.

"좋지."

영칠이의 입에서 좋다는 말이 나오자,

"야— 신난다!"

상용이는 그만 환성을 울렸다.

그러자 평촌댁이가,

"아이고 야야, 시끄래라. 머가 그리 신나노."

하고 미간을 찌푸렸다. 보나마나 혼자 남을 게 뻔해서 기분이 덜 좋은 모양이었다.

갑례는 약간 난처한 듯,

"니도 갈라고?"

했다.

"나도 갈래. 싸까스 나 한 번도 못 봤어 흥—"

상용이는 곧 울상이 되었다.

"그래그래 가자. 어서 밥 묵어라."

영칠이의 말에 상용이는 마음이 놓이는 듯, 그러나 힐끗 한 번 할머니의 눈치를 본다.

할머니라는 사람 역시 아버지의 경우와 마찬가지로 상용이는 도무지 아리송하기만 했다. 벌써 두 해 동안이나 한방에서 함께 살며, 할머니라고 부르라니까 그렇게 불러오고 있는 터이지만, 그러나 상용이의 어린 머리에도 얄궂다 싶은 대목이 없지 않았다. 상용이의 머리에는 할머니라고 하면 어린애 적부터 업어주고, 코를 닦아주고, 이모저모로 귀여워해 주던 평촌의 그 할머니 하나뿐인데, 별안간 생판 낯선 사람을 할머니라고 부르라고 하니 알 수 없는 노릇이었다. 그래서 상용이는,

"엄마, 이 할무이가 외할무이가?"

하고 물어보았었다.

그러나 아니라는 것이었다. 그냥 할머니라는 것이었다.

"그럼 할무이가 두 개가?"

이 말에는 아무 대답이 없었다.

그 이상은 어린 머리로는 더 파고들 수가 없어, 그저 할머니라는 것은 두 개도 있는 것인가 보다 해버렸다. 그리고 시키는 대로 할무이 할무이 하고 불렀다. 그러나 역시 어딘지 모르게 평촌의 그 할머니와는 달리 마음이 따뜻하게 다가오는 것이 없었다. 어쩐지 서먹하고 썰렁한 것이 사이에 가로놓여 있는 것 같았다. 그래서 상용이는 무슨 일이 있을 때마다 곧잘 그 할머니라는 사람의 눈치를 살폈다.

아무튼 상용이는 부지런히 밥을 먹어치우고 숟가락을 놓기가 바쁘게 마당으로 뛰어나갔다. 미리 밖에서 출발 대기를 하는 것이었

다. 벌써 서커스단의 나팔소리는 멀리서 울려오고 있었다.

결국 평촌댁이 혼자 남고 모두 집을 나섰다.

남이를 업고 영칠이의 뒤를 따라 비탈길을 내려가는 갑례는 기분이 이만저만 흐뭇하지가 않았다. 가슴이 벅차오르기까지 했다. 말로만 듣던 서커스를 난생처음으로 구경하게 되는 기쁨도 기쁨이지만, 그것보다도 내외가 함께 아이들을 데리고 구경을 간다는 사실이 여간 즐겁고 흡족한 것이 아니었다. 사는 보람 같은 것이 짜릿하게 가슴에 잦아드는 것 같기도 했다. 비록 상용이는 씨가 다르기는 하지만 말이다. 그런 아픈 점이 있기는 하지만 말이다.

그리고 갑례는 또 십 년 전, 처음으로 영칠이의 체온이 자기 몸에 와 닿았던 그날 밤의 일을 머리에 떠올리고 있었다. 그 활동사진이 들어온 그날 밤의 일 말이다. 학교 교사 뒤에서의 그 부끄럽고 가슴이 두근거리던 일…… 정말 영칠이가 자기에게 그렇게까지 뜨거운 마음을 먹고 있는 줄은 몰랐었다. 결국 그 영칠이가 이렇게 남편이 되어, 이제는 남의 눈을 가릴 것 없이 버젓이 함께 구경도 다니게 되었다는 생각을 하니 한없이 가슴이 뿌듯했다. 천생연분이란 바로 이런 것을 두고 하는 말인가 보다 싶기도 했다.

그리고 또 십 년 전, 그날 밤 활동사진과 연극 구경을 한 뒤로 오늘 밤 처음으로 다시 구경을 하게 되는 셈이었다. 이래저래 갑례는 기분이 좋을 수밖에 없었다. 남이를 업고 있었으나 걸음이 가쁜가쁜 가볍기만 했다.

등에 업힌 남이도 공연히 좋아서 우쭐거렸고, 상용이도 팔을 냅다 흔들어대며 벌써 저만큼 앞장서 가고 있었다. 영칠이 역시 기분이 매우 괜찮은 듯,

"아, 시원한 바람이 쪼매 일어나는 것 같대이."

어쩌고 하면서 가슴을 쫙 펴기도 했다.

냇둑으로 나서자, 확실히 좀 시원한 바람기가 있는 것 같았다. 서커스단의 천막 근처는 어느덧 불이 밝혀져, 나팔소리와 함께 흥성거리고 있었다. 상용이는 물론이고, 갑례도 영칠이도 절로 걸음이 빨라졌다. 공연히 마음이 바빠지는 것이었다.

서커스가 들어온 지 열흘이 다 되었는데, 여전히 구경꾼이 모여들고 있었다. 극장 하나 없는 메마른 읍이고 보니, 그럴 수밖에 없는 모양이었다. 서커스가 시작될 무렵에는 꽤 넓은 장내가 거의 가득 차 있었다.

갑례네는 둥그런 무대 가까이 바싹 자리를 잡고 앉아 있었다.

서커스가 시작되자, 누구보다도 재미가 좋아서 못 견디는 것은 상용이였다. 상용이는 가만히 앉아 있질 못하고 곧장 감탄사를 발하며 벌떡 일어서기까지 했다. 상용이뿐 아니라 갑례 역시 여간 재미가 나는 것이 아니었다. 어쩌면 사람이 저렇게도 신기한 재주를 부려대는 것인지 참 얄궂기까지 했다. 서커스가 어떤 것이라는 말만 들었을 때에는 설마 하니 그럴까 보냐 싶었는데, 이야기로 듣던 가지가지 재주가 실제로 눈앞에 펼쳐지는 것을 보니 절로 혀가 내둘리지 않을 수 없었다. 영칠이 역시 마찬가진 듯 꿀컥 침을 삼키기도 했고, 딱 입을 벌리기도 했다.

가장 구경꾼들의 인기를 모은 것은 줄타기였다. 공중에 꽤 높이 매단 가느다란 줄 위에서 계집애 하나가 원숭이 부럽지 않게 묘기를 부려대는 것이었다. 알록달록한 꽃양산을 들고서였다. 줄을 타면서 양산을 폈다 접었다 하기도 하고, 뱅뱅 돌리기도 하고, 나중에는 무슨 조환지, 양산을 편 채 머리 위에 간들간들 세우고는 살랑살랑 몸짓까지 해가며 줄을 타는 것이 아닌가. 손에 땀이 쥐어지는 판인데, 계집애는 하얀 이를 드러내 보이며 방글방글 웃기까지 했다.

"야—"

"와—"

"어메—"

"얄궂다 얄궂다—"

"최고다 최고—"

그리고 박수소리와 함께 여기저기서 휙— 휘휙— 날카로운 휘파람소리가 나기도 했다.

다음은 '병신 달밤에 체조'라는 곡예였다.

사회자가 나와서 마이크에다 대고,

"다음은 병신 달밤에 체좁니다. 병신 달밤에 체조! 병신이 과연 달밤에 어떤 체조를 할 것인가…… 많은 박수로 기대해 주시기 바랍니다."

하자, 구경꾼들은 병신 달밤에 체조라니, 제목부터가 벌써 좀 우스운 듯 장내에는 가벼운 웃음이 감돌았다.

제목과 마찬가지로 역시 웃음을 자아내게 하는 내용이었다. 곡예라기보다는 일종의 코미디 같은 것이었다.

우선 등장한 두 사람의 분장부터가 희극이었다. 한 사람은 곱사등이였고, 한 사람은 곰배팔이였다. 그리고 온통 요란한 화장을 하고 있었다. 얼른 보아도 정말 병신 같은 얼굴이었다.

이렇게 두 사람이 나와서,

"야— 다이도 바이다."

"우리 님 생각 간절간절 안 하구나."

어쩌고, 우스갯소리를 주고받으며 병신 시늉을 내기도 하고, 대굴대굴 재주넘기를 하기도 했다. 달밤에 체조를 하는 것이 아니라 방정을 떨어대는 셈이었다.

그런데 재미있는 것은 곰배팔이가,

"이거 뭐야?"

하고 곱사의 불룩한 등을 꾹 누르니까, 이상하게도 곱사의 궁둥이에서 무슨 허연 가루가 푹 풍겨 나왔다. 그냥 풍겨 나오기만 하는 것이 아니라, 뿡! 소리를 내면서 말이다. 말하자면 방귀인 것이었다. 꾹꾹 누르면 뿡! 뿡! 하면서 방귀가 허옇게 푹푹 풍겨 나오는 셈이었다.

나중에는 곰배팔이가 손으로 등을 누르지 않아도 곱사가 얼굴을 한 번 꾹 찡그리니까, 절로 뿡! 하면서 허연 방귀가 풍겨 나오는 것이 아닌가.

제일 신나는 것은 아이들이었다. 아이들은 온통 자리에서 우루루 일어서서,

"야—"

"와—"

"신난다—"

"핫핫하……."

"힛힛히……."

좋아서들 어쩔 줄을 몰랐다.

장내는 웃음과 박수로 떠나가는 듯했다.

그렇게 한참 허연 방귀를 풍기며 두 병신이 시시덕거리고 있는데, 또 하나 병신이 등장했다. 이번에는 절름발이였다. 남자가 아니라 치마저고리였다. 치마저고리라도 형편없는 치마저고리였다. 「장화홍련전」에 계모로 나옴 직한 그런 얼굴이었다. 물론 화장을 그렇게 한 것이었다. 그런 주제에 저고리는 노랑저고리였고, 치마는 다홍치마였다. 이 장화홍련의 계모 같은 절름발이가 머리에 수건을 쓰고 절름절름 나타나자, 그것도 여자라고 곱사와 곰배팔이는 사지를 비비꼬며 좋아서 어쩔 줄을 모른다. 곱사는 뺑뺑 허연 방귀를 한 개 내뿜기도 하면서 말이다.

"아— 다이도 바이다."

"우리 님 생각 간절간절 하구나—"

이제 간절간절 '안 하구나'가 아니라, '하구나'였다.

"아— 저기 어여쁜 우리 님이……."

곱사가 치마저고리 쪽으로 슬금슬금 다가가려 하자,

"아니야, 이 녀석아! 우리 님이란 말이야?"

곰배팔이가 곱사의 불룩한 등을 냅다 눌러대며 제지를 한다. 말할 것도 없이 뺑! 뺑! 뺑! 허연 방귀가 연발이다.

그러자, 가만히 서서 보고 있던 장화홍련의 계모 절름발이가,

"호호호호……."

웃음을 터뜨렸다. 웃음소리가 어쩐지 코를 먹은 것 같기도 했고, 헛김이 새는 것 같기도 했다. 그것은 아무래도 여자의 웃음소리는 아닌 것 같았다.

남자가 치마저고리로 분장한 게 틀림없는 듯했다.

그 웃음소리에 갑례는 저도 모르게 고개가 갸웃해졌다. 어쩐지

어디선가 많이 들은 일이 있는 것 같은 그런 웃음이었다. 그러나 언제 어디서 귀에 익은 웃음소린지 얼른 머리에 떠오르지가 않았다.

갑례는 힐끗 옆에 앉은 영칠이를 한 번 돌아보았다. 그러자 영칠이는 비식 웃으며 예사로 그저,

"그놈의 여자 웃는 소리가 머 그러노."

할 따름이었다.

곱사와 곰배팔이는 한참 그 치마저고리를 두고 서로 자기 것이라고 승강이를 벌이다가, 결국, 그러면 둘이 함께 가서 누구 애인인가 직접 물어보기로 합의가 되었다.

두 병신은 있는 재주껏 병신의 몸짓을 하며 치마저고리의 앞으로 다가갔다. 마치 병신의 매력은 바로 그 몸짓에 있다는 듯이 서로 경쟁을 하며 말이다.

다가가서는,

"당신 내 것이지?"

곱사.

"아니지. 바로 내 것이지?"

곰배팔이.

그러나 치마저고리는 우두커니 서서,

"으흐흐흐……."

곧장 그 헛바람이 새는 것 같은 코 먹은 소리로 웃어대기만 했다.

"아이고 말 좀 해봐요, 여보— 내 것이지?"

"아니지 여보— 내 것이지?"

"으흐흐흐……."

"아이고 웃지만 말고…… 간장이 타는구려."

"정말이구려."

그러자 치마저고리는,

"흐흐흐…… 나 여다 앙이구마. 남다구마."

혀 짧은 소리로 이렇게 말했다.

이 헛바람이 새는 듯한 혀 짧은 소리에 갑례는 귀가 번쩍 했다. 분명히 그것은 아주 귀에 익은 음성이었다. 일부러 누가 그렇게 꾸며서 내는 목소리가 아니었다.

"아니 그럼……?"

갑례는 다시 영칠이를 돌아보았다.

그러나 영칠이는 여전히 별다른 기색 없이 그저 재미있게 구경을 하고 있을 따름이었다.

갑례는 바짝 긴장이 되며, 그 절름발이 여자를 뚫어지게 바라보았다.

"뭐라구요?"

"여자 아니라구요."

"예, 덩마이구마."

"그럼 어디 보자. 정말인가."

"어디 어디 어디……"

곱사와 곰배팔이는 그만 와락 덤벼들어, 저고리 고름을 풀고 치마끈을 끌러버렸다.

그러자 절름발이는,

"자, 보소! 보소!"

하면서 냅다 그 자리에 벌떡 물구나무를 서버리는 것이었다.

그러니 어떻게 되겠는가. 머리에 쓴 수건이 벗겨지고 저고리가 미끄러져 내려가고, 치마가 훌렁 훑어져 떨어졌다. 그리고 잠방이만 입은 벌건 알몸이 불거져 나오고 있었다.

"와—"

"힛힛히……."

"야—"

"꼴좋다. 꼴좋아—"

물론 그것은 남자의 몸뚱어리였다. 다리랑 가슴패기에 털이 검실검실했다.

잠시 그렇게 물구나무를 서 있더니, 이번에는 그만 두 손을 뿔뿔뿔 옮겨서 몸을 움직여 나가기 시작했다. 잠방이만 입은 벌건 알몸으로 둥그런 무대를 빙빙 가볍게 마구 도는 것이었다.

"아흐 아흐 아흐……."

곧장 짐승 같은 얄궂은 소리까지 질러대면서,

장내는 웃음소리와 고함소리로 떠나가는 듯했다.

"우야꼬 우야꼬— 꺼꾸리대이 꺼꾸리—"

갑례는 이렇게 소리를 지르고 있었다.

영칠이 역시,

"저런! 꺼꾸리 앙이가! 꺼꾸리!"

소리를 질렀다.

그것은 틀림없는 꺼꾸리인 것이었다.

곱사와 곰배팔이도 물구나무를 서서 꺼꾸리의 뒤를 뿔뿔뿔 따르기 시작했다. 병신 달밤에 체조치고는 볼 만했다.

"정말 벨일 다 보겠대이. 꺼꾸리가 사까스쟁이가 대다니……."

갑례는 너무나 의외의 일에 얄궂고 신기해서 못 견디었다.

"꺼꾸리 정말 출세했는데, 출세했어. 헛헛헛허……."

영칠이는 우스워서 못 참겠는 듯 껄껄껄 마구 웃어댔다.

상용이 역시,

"야— 헷헷헷헤…… 헷헷헷헤……."

곧장 손뼉을 치며 웃고 있었다.

상용이는 꺼꾸리가 누군지 그런 건 알 턱이 없었다. 그저 그 잠방이만 걸친 벌건 몸뚱어리가 물구나무를 서서 뱉뱉뱉 무대를 도는 것이 재미있어 죽겠는 것이었다. 그 뒤를 따르는 곱사와 곰배팔이 역시 우습기 짝이 없었다.

6

커덩커덩커덩…… 기차 밑이 울리기 시작했다. 철교 위로 들어선 것이다. 차창 밖으로 후련한 시내가 펼쳐졌다. 냇물이 시원하게 흐르고 있다.

태석이는 차창 밖으로 우선 멀리 포로수용소가 있던 언덕 쪽을 바라보았다. 벌건 언덕배기에 철조망은 여전히 빙 둘러쳐져 있었다. 그리고 시꺼먼 막사들이 그대로 보였다. 이제 포로들이 모조리 석방되어 텅텅 비었을 터인데, 아직까지 철조망은 무슨 놈의 철조망이며, 막사는 무슨 막사란 말인가. 태석이는 감개가 무량했다. 불과 얼마 전까지만 해도 저 철조망 속의 신세였던가 생각하니, 어쩐지 기분이 이상했다. 마치 악몽에서 깨어난 뒤처럼 얼떨떨하고 멍하면서도 야릇한 유쾌감 같은 것이 느껴졌다.

"장인어른."

태석이는 곁에 앉은 윤 생원을 돌아보았다. 윤 생원은 담배를 피우며 멀뚱히 바깥으로 눈을 주고 있었다.

"응?"

"저기 저 수용소에 안 있었십니꼬."

"어디?"

"저기 저 언덕 위 말입니더."

"음—"

윤 생원은 고개를 끄덕거렸다. 머리에 쓰고 있는 갓도 끄덕거렸다.

지난해까지만 해도 그냥 맨머리로 다니던 윤 생원이 올봄에는 갓을 하나 마련했다. 그리고 출타를 할 때는 꼭 반듯하게 갓을 쓰는 것이었다.

태석이는 이번에는 냇가로 시선을 옮겼다. 빨래를 하고 있는 여인네들을 죽 열심히 훑어보는 것이었다. 혹시 초록색 저고리가 눈에 띄지 않는가 해서였다. 그러나 거리 관계로 잘 분간할 수가 없었고, 또 어느덧 기차는 철교를 다 지나버리고 있었다. 잠시 후,

꽥—

기적소리를 울리며 기차는 서서히 속력을 늦추기 시작했다. 정거장이 가까워진 모양이었다.

차내는 벌써 내릴 사람들이 채비를 하느라 수런거렸다. 태석이도 일어나 선반에서 짐을 내렸다. 그것은 윤 생원이 가지고 가는 보따리였다. 감자였다.

기차가 서서히 역 구내로 미끄러져 들어가며 차창 밖으로 물탱

크 같은 것이 내다보이자, 태석이는 공연히 가슴이 두근거리기까지 했다. 윤 생원도 갓끈을 다시 고쳐 매며 큰 숨을 쉬었다.

집찰구를 나서자, 윤 생원은 벌써 거기서부터 편지의 주소를 꺼내 드는 것이었다.

집 앞 비탈길에서 친구들과 함께 놀고 있던 상용이는 어떤 갓을 쓴 노인이,

"아니, 용이 앙이가?"

하고 다가서는 바람에 눈이 휘둥그레졌다.

알 수 없는 영감이었다.

"니 용이제?"

"……."

"상용이제?"

그제야 상용이는,

"예."

하고 그 갓쟁이 영감의 뒤에 무슨 보따리를 들고 서 있는 사람을 힐끗 바라보았다. 역시 낯선 얼굴이었다.

그러자 노인은,

"아이고 이 녀석아—"

하면서 상용이의 손을 하나 잡으려 했다.

상용이는 이 영감이 누군데 이러는 것인가 싶어, 잡으려는 손을 얼른 뒤로 돌리며 한 걸음 물러서 버렸다.

"용아, 니 외할아부지 앙이가, 외할아부지. 모르겠나?"

그러자 상용이는 얼른 차렷 자세를 하고는 꾸뻑 절을 했다.

"오냐, 잘 있었나? 용아, 아부지다. 아부지한테 인사디리라."

그리고 윤 생원은,

"이 사람아, 야가 용이 앙이가."

하고 뒤에 서 있는 태석이를 돌아보았다.

가만히 상용이를 지켜보고 있던 태석이는 윤 생원이 돌아보자, 좀 멋쩍은 듯 씩 웃었다. 아홉 살이나 먹은 자기 아들을 처음으로 대하니 기분이 이상한 모양이었다.

상용이는 아버지한테 인사를 하라는 바람에 눈이 다시 휘둥그레졌다. 아버지는 휴가를 와서 지금 집에서 낮잠을 자고 있는데, 또 웬 낯선 사람에게 아버지라고 인사를 하라니, 무엇이 어떻게 되는 셈인지 알 수가 없었다. 할머니도 두 개더니, 아버지도 이제 두 개란 말인가. 상용이는 어떤 반감 같은 것을 느끼며 눈을 대구 깜작거리기만 했다.

곁에 있던 상용이 친구들도 도대체 알 수 없는 일이라는 듯이 호기심에 가득 찬 눈으로 상용이의 아버지라는 사람을 바라보았다.

"와 인사 안 하노? 아부지라니까. 생전 첨 보는 아부지라서……."

그럴 만도 하다는 듯이 윤 생원이 약간 웃음을 띠자, 상용이는 그만 홱 돌아섰다. 그리고 비탈길을 집으로 막 뛰어올라가며,

"엄마— 누구 왔다— 외할아부지 왔다—"

하고 소리를 질렀다.

영칠이와 남이, 그리고 평촌댁이는 방에서 낮잠을 자고 있었고, 갑례는 오늘 공일이어서 미군부대 빨래하러 나가질 않고, 집에서 김치를 담고 있었다.

부엌에서 김치를 버무려 넣고 있는데,

"엄마— 외할부지 왔다—"

고함을 지르면서, 상용이가 쫓아 들어오는 것이 아닌가.

"머? 외할부지?"

갑례는 깜짝 놀랐다. 한 오큼*(한 움큼) 거머쥔 벌건 김치를 단지 안에 얼른 처넣어버리고는 벌떡 일어섰다.

"정말이가?"

"정말이다. 누구하고 둘이 왔다."

"둘이?"

갑례는 김치 국물에 젖은 벌건 손을 물에 두어 번 텀벙텀벙 집어넣고는 사립 밖으로 뛰어나갔다.

멋도 모르고 사립 밖을 뛰어나간 갑례는 그만 질겁을 하고 그 자리에 우뚝 서버렸다. 천만뜻밖에도 아버지와 함께 비탈길을 올라오고 있는 사람은 다름 아닌 옛날 신랑이 아닌가 말이다. 이게 도대체 어떻게 된 일인가 말이다. 정말 너무나도 의외의 일에 갑례는 그만 정신이 아찔해지는 것 같았다. 청천벽력이 아닐 수 없었다. 어디 가 있다가 십 년 만에 이렇게 찾아오는 것일까. 갑례는 마치 죽은 사람이 살아서 돌아오는 것 같아, 반갑기도 하고 겁나기도 하고, 얼떨떨해서 어쩔 줄을 몰랐다. 십 년이 아니라, 이십 년 삼십 년 만에 찾아온다 하더라도 자기만 떳떳하게 몸을 가지고 있었다면 겁이 날 턱이야 조금도 없고, 그저 반갑고 기쁨에 겨워서 눈물이 날 일이지마는, 지금의 처지가 그렇지 못하니, 슬그머니 겁이 안 날 도리가 없었다. 더구나 새남편이 휴가를 와서 지금 방에서 낮잠을 자고 있는 것이 아닌가 말이다.

생각 같아서는 갑례는 그만 어디로 숨어버리고 싶었으나 어찌된 영문인지 도무지 다리가 꼼짝달싹도 하지 않았다. 마치 그 자리에 얼어붙은 것 같았다. 갑례는 경련을 일으킨 듯 가느다랗게 떨리는, 물 묻은 손을 곧장 치마폭에 문질러대며 새파랗게 굳어져서 넋 나간 사람처럼 서 있기만 했다.

그렇게 서 있는 갑례를 본 태석이 역시 멋쩍기 한량없는 모양이었다. 정말 그동안 얼마나 그리던 아내의 모습인지 몰랐다. 몽매간에도 잊지 못하던 모습이었다. 그러나 그 모습이 그냥 고스란히 반가움으로만 다가오는 것이 아니라, 어쩐지 서먹하고 어색하고 멋쩍게 느껴지는 것이었다. 그럴 수밖에 없는 것이, 그녀는 지금 남의 남자 품으로 가 있는 것이다. 직접 이렇게 눈앞에 갑례를 대하기 전에는, 비록 지금은 남의 사람이 되어 있다 하더라도, 더러운 세월 탓으로 어쩔 수 없이 그렇게 된 일이니, 만나면 그런 것 구애됨이 없이 그저 덮어놓고 반갑기만 할 것 같았는데, 그리고 그쪽에서도 그럴 줄만 알았는데, 막상 대하고 보니 그게 아닌 것이었다.

태석이는 입맛이 떫기만 했다. 그러나 그는 좀 어색하지만 두 눈에 웃음을 담았다.

그러자 갑례의 두 눈은 곧 우는 눈처럼 되었다. 반갑고 슬픈 것이 흥건히 뜨겁게 괴어오르고 있었다.

"아이고 야야—"

윤 생원 역시 이렇게 목 메인 소리를 했다.

갑례의 뒤를 따라 사립을 들어서는 윤 생원은 어쩐지 온몸이 뻣뻣하게 굳어지는 것 같았다. 태석이는 성큼 마당으로 들어서질 못하고, 사립에서 잠시 어물어물 안을 기웃거렸다.

낮잠을 자고 있던 평촌댁이는 놀라 후닥닥 뛰어 일어나서 곧장 눈을 비볐고, 영칠이도 기지개를 켜며 벌건 눈으로 일어났다. 남이만 그대로 네 활개를 벌리고 색색 자고 있었다.

평촌댁이는 마당으로 들어서는 갓 쓴 노인이 윤 생원이라는 것을 알자 깜짝 놀랐다. 얼른 밖으로 나가며,

"아이고 오시능게?"

했다.

그렇게 겉으로는 반색을 하였으나, 속은 몹시 얼떨떨하고 멋쩍고 쑥스러웠다. 홍싯골에서 노상 대하던 얼굴이고, 지금은 명색이 사돈간이기도 하지만, 그러나 그 사돈간이라는 것이 떳떳한 것이 못 되고, 이쪽에서 억지로 밀어붙인 관계이고 보니 그럴 수밖에 없었다. 비록 자기에게는 아무 잘못이 없고, 젊은 것 저희끼리 좋아서 저지른 일이지만, 어쩐지 미안스럽기까지 했다.

평촌댁이를 대하는 윤 생원의 심정 역시 비슷했다. 쑥스럽고 어색했다. 그러나 미안스러운 생각 같은 것은 조금도 없었다. 오히려 슬그머니 화가 나며 콧대가 높아지는 것이었다.

그런 윤 생원을 보자, 평촌댁이는 얼른 부엌으로 들어가 버렸다.

누구보다도 당황한 것은 영칠이었다. 영칠이는 마치 고양이를 본 쥐처럼 어쩔 줄을 모르며, 우선 남이를 한쪽 구석으로 밀어붙여 버리고, 이 더운데 군복을 찾아 입느라고 정신이 없었다. 그리고 무슨 죄 지은 사람처럼 허리를 굽힌 채 밖으로 나가서는,

"어서 들어오시이소."

방으로 모시는 것이었다. 마당으로 두어 걸음 들어서 있는 태석이를 누군가 하고 힐끗 한 번 거들떠보면서.

영칠이를 보자, 윤 생원은 공연히 한 번,

"음—"

했다.

공연히가 아니었다. 대뜸 비위가 틀리는 것이었다. 제가 아무리 죄 지은 사람처럼 굽실거리며 친절을 떨어쌓아도 소용이 없었다. 우선 살고 있는 꼬락서니부터가 화가 안 날 도리가 없었다. 남의 집 아래채에 붙어 있는 이 방 꼬락서니가 뭔가 말이다. 아래채라도 좀 번듯하거나, 아니면 방이라도 좀 큼직하거나 말이다. 이건 곧 폭삭 주저앉을 것 같은 아래채에 기어 들어갔다가 기어 나와야 할 그런 방이 아닌가. 이런 데다가 남의 딸을 데려다 처박아두고 저는 또 군대에 나가버리다니. 게다가 이런 데서 미군부대 세탁을 다니며, 시어민가 뭔가까지 먹여 살리도록 해놓았으니 누가 좋다고 하겠는가 말이다. 아무리 너그럽게 보아주려고 해도 도저히 그렇게 되지가 않았다. 그냥 속에서 무엇이 부글부글 끓어오르는 것 같았다.

그러나 방에 안 들어갈 수는 없는 일이었다. 윤 생원은 갓끈을 끌렀다. 그리고 토방으로 올라서서 신을 벗으며 뒤를 돌아보고 태석이에게,

"이리 들어오게, 자네도."

했다.

그러자 영칠이가 얼른,

"누굽니꼬?"

물었다.

윤 생원은 아무 대답을 하지 않았다. 영칠이와 말을 하고 싶지 않았을 뿐 아니라, 무어라고 얼른 대답했으면 좋을지도 몰랐다.

태석이는 심히 난처했다. 윤 생원의 뒤를 따라 얼른 방에 들어가기도 뭐하고, 그렇다고 언제까지나 이렇게 서 있을 수도 없는 노릇이고 말이다. 그리고 태석이는 군복을 입은 영칠이를 보자, 슬그머니 그만 켕기기까지 했다. 워낙 이 군복 저 군복에게 당해온 터이라 그럴 만도 했다. 전적으로 자기 신세는 군복들 때문에 망쳐진 것이다. 일본군복·소련군복·인민군복·미군복…… 이렇게 이 군복에서 저 군복으로 바뀌어가며 온갖 고생을 다했던 것이 아닌가. 군복이라면 어떤 군복이 됐건 이제 이에서 신물이 날 지경이었다. 그런데 자기의 아내를 차지해버린 사람이 또 군복을 입고 있으니, 기분이 좋을 턱이 없었다. 가뜩이나 긴장이 되는 판인데 말이다. 가벼운 전율 같은 것이 등골을 타고 흐르기도 했다.

이렇게 머뭇거리고 있는 태석이를 부엌에서 내다본 평촌댁이는 갑례에게,

"누고, 저 사람?"

하고 물었다.

부엌에 들어가 넋이 나간 사람처럼 서 있던 갑례는 아무 대답 없이 그 자리에 가만히 주저앉았다. 그리고 두 손을 얼굴로 가져가더니, 그만 훌쩍훌쩍 느껴 울기 시작하는 것이었다.

평촌댁이는 이게 무슨 일인가 싶어 눈이 둥그레졌다. 도대체 저 사람이 누구기에 그러는 것인지 영문을 알 수가 없었다. 그러다가 머리에 번쩍 와 닿는 것이 있어,

"아니!"

평촌댁이는 자기도 모르게 나직하게 소리를 질렀다.

"그럼 저 사람이……."

그 다음은 말이 나오지가 않았다.

그렇다면 이건 정말 예삿일이 아니었다. 기가 찰 일이었다. 그러나 아직 확실한 것은 알 수가 없어서, 평촌댁이는 미심쩍은 얼굴로 슬금슬금 밖으로 나가며,

"누군지 모르겠심더만 방으로 좀 들어가이소."

했다.

그리고 그 사람이 들고 있는 보따리를 가서 받았다.

태석이는 어색한 듯 싱긋 웃고는 무거운 걸음을 떼었다. 도리 없이 방으로 들어가는 것이었다.

윤 생원에게 이마가 방바닥에 닿도록 엎드려 절을 하고 난 영칠이는 방으로 들어오는 태석이를 바라보았다. 전혀 낯선 얼굴이었다. 그러나 그저 갑례하고 친척이 되는 사람이겠지 여겼다. 그것이 갑례의 본남편일 줄은 꿈에도 몰랐던 것이다.

그런데 친척간 치고는 아무리 초대면이지만 좀 어쩐지 어색하게 느껴졌다. 어쩌면 몹시 못마땅하게 여기는 것 같기도 했고, 두려워하는 것같이도 보였다. 아무튼 매우 긴장하고 있는 것만은 분명했다.

그 사람이 자리에 빼듯한 자세로 앉았으나, 윤 생원은 아무 말이 없었다. 화난 사람 같은 얼굴을 하고 있을 따름이었다. 자연히 방안에는 어색하고 딱딱한 공기가 감돌았다. 그래서 영칠이 자기가 먼저 입을 열었다.

"누구신지 인사 못 디맀심더."

우선 인사를 청했다.

그런데 그 사람은 몹시 난처한 표정을 지으며 윤 생원을 볼 뿐,

인사에 응하려 하지 않았다. 마치 인사를 해서는 안 될 무슨 곤란한 사정이라도 있는 것처럼 말이다.

두 손을 방바닥에 짚으려다가 말고, 영칠이는 뭐 이런 사람이 다 있나 싶으며 이맛살을 찌푸렸다.

그제야 윤 생원은 일부러 큰소리로,

"음—"

하고는,

"영칠이 자네 잘 듣게."

이렇게 말머리를 떼는 것이었다. 마치 머리빡으로부터 내리누르려는 듯 여간 매정한 어투가 아니었다. 미우나 고우나 사위인 셈인데 말이다.

첫마디에 그만 영칠이는 야코가 죽었다. 그러나 한편 아랫배의 뱃살이 꼿꼿해지며 아니꼽다는 생각이 들기도 했다. 지금 와서 이럴 게 무어냐 싶었다. 무슨 말을 꺼내려는 것인지 모르지만, 결코 저항을 느끼지 않을 수 없었다.

"이 사람이 누군고 하면……."

윤 생원은 똑똑히 들으라는 듯이 잠시 뜸을 들였다가는,

"바로 우리 사울세."

거침없이 내뱉었다.

영칠이는 면상을 한 대 정통으로 얻어맞은 것 같았다. 정신이 얼얼했다. 정말 천만뜻밖의 일이 아닐 수 없었다. 바로 이 사람이 갑례의 남편이란 말인가. 어처구니가 없었다. 그렇게 오랜 세월을 소식이 없다면 틀림없이 죽은 사람으로 알고 있었는데, 솔직히 말하면 안심하고 있었는데, 어디 있다가 십 년 만에 이렇게 살아서 돌아

온 것일까. 영칠이는 눈앞에서 무엇이 와르르 무너지는 듯한 느낌이었다. 그리고 윤 생원이 한 말을 가만히 생각해 보니 온몸의 피가 슬그머니 얼굴로 치솟는 것 같았다. 이만저만한 모욕이 아닌 것이었다. 그 말은 바로 '너는 우리 사위가 아닐세' 하는 말과 같았다. 아무리 그렇지만 사람이 어디 이럴 수가 있는가 말이다. 사람을 무엇같이 생각해도 분수가 있는 것이고, 납작하게 만들어도 사정이 있는 것이지. 물론 자기의 승낙을 얻지 않고, 우리끼리 이렇게 도망오다시피 한 소위는 괘씸하겠지만, 그러나 이미 아이까지 낳고 사는 처지인데, 정말 너무한 것이었다. 같은 값이면 달리 말이 얼마든지 있을 텐데 말이다. 야속하기 짝이 없었으나, 영칠이는 그렇다고 칠십 노인 앞에서, 더구나 명색이 장인인 영감 앞에서, 비록 영감은 자기 같은 것은 사위로 여기지도 않는 터이지만, 좌우간 무얼 어떻게 할 수도 없는 노릇이어서, 낮잠 때문에 핏발이 선 벌건 눈으로 그저 방바닥의 어느 한 곳을 가만히 응시하고 있을 따름이었다. 지그시 어금니를 물면서.

그러자 윤 생원은 좀 지나쳤다는 생각이 드는지, 현저히 누그러진 목소리로,

"십 년 만에 이렇게 살아서 돌아왔네그려."

했다.

그리고 담뱃대에 담배를 꾹꾹 재며,

"좌우간 서로 인사나 나누게."

한방에 앉았는데 어쨌든 서로 인사가 없어서야 되겠느냐는 투였다.

좀 전에 먼저 인사를 청했다가 퇴짜를 맞은 격이 된 영칠이는 이

거 뭐 사람을 놀리는가 싶었다.

태석이 역시 멋쩍었으나, 힉 웃으면서 먼저,

"첨 뵙니더. 나 정태석이라고 합니더."

방바닥에 두 손을 짚으며 머리를 숙였다.

그러자 윤 생원은 다시 참 기가 차는 노릇이라는 듯이,

"음—"

했다.

방 안 공기는 여전히 어색하고 딱딱하기만 했다.

이때, 한쪽 구석으로 밀어붙여 놓았던 남이가 깼다. 남이는 자리에 일어나 앉아 눈을 비벼쌓더니, 방 안에 낯선 얼굴들이 있어서 그런지 그만,

"엄마—"

하고 삐— 울음을 터뜨렸다.

남이를 보자, 태석이는 기분이 묘했다. 갑례가 낳은 아이라는 생각을 하니 어쩐지 이상하고, 자기의 존재가 쑥스러워지는 것 같기도 했다. 얄궂었다. 얼굴이 갑례를 많이 닮은 것 같아 더욱 그랬다. 그리고 그제야 태석이는 간단한 일이 아니구나 하는 생각이 들며, 눈앞이 암담해지기도 했다. 태석이는 지금까지 일을 너무 단순하게 생각하고 있었다. 본남편이 돌아왔으니 으레 본남편한테로 와야 될 것으로만 생각했다. 그리고 당연히 그러리라 생각했다. 그러면 그만인 것이었다. 간단했다. 남의 마누라를 차지하고 있는 녀석도 당연히 그렇게 생가하리라 싶었다. 그동안 남의 마누라를 차지하고 있었던 것만도 뭐한데, 무슨 염치로 본남편이 돌아왔는데도 내놓지 않고 계속 차지하려고 하겠는가 말이다. 사람 같으면 "아이

고 미안합니다" 하고, 선뜻 내놓으리라 여겼다. 태석이는 십 년 동안 고생만 죽도록 했을 뿐, 인생에 대해서는 아직 풋내기였다.

삐— 울음을 터뜨린 남이를 영칠이는 번쩍 안아 문 밖으로 내밀며 단단히 화가 난 사람처럼,

"여보—!"

소리를 질렀다.

말하자면 화풀이를 그런 식으로 하는 셈이었다. 그리고 우리는 엄연한 부부간이다. 이 엄연한 우리 사이를 보아라는 속셈도 은연중에 작용하고 있는 것이었다.

영칠이는 아직까지 갑례를 '여보'라고 부른 적이 거의 없었다. 어쩐지 여보라는 말은 멋쩍어서, 입에서 잘 나오지가 않았다. 대개 '어이' 아니면 '야' 혹은 '갑례야' 이렇게 함부로 불렀다. 그렇게 부르는 편이 훨씬 자연스럽고, 또 '여보'보다 가까운 사이처럼 느껴졌다. 그러나 남이 있는 앞에서, 더구나 장인영감과 마누라의 전남편이 있는 앞에서 '어이'나 '야' 혹은 '갑례야'로 부를 수는 없었던 것이다. 이런 경우는 부르지는 말고, 그냥 말만 해야 되는 법인데, 영칠이는 일부러 멋쩍지만 냅다 '여보'라고 소리를 질렀던 것이다.

그러나 갑례는 아무 반응이 없었다. 대신 평촌댁이가 부엌에서 나와 남이를 받았다.

태석이는 약간 당황하는 표정을 지었고, 윤 생원 역시 뭐 이런 건방진 녀석이 다 있느냐는 듯이 눈을 크게 떴다. 그러나 자기 여편네한테 자기가 '여보'라고 하는데, 뭐라고 흠잡을 수 없는 일이어서 그저 또 한 번,

"음—"

했다.

그러나 생각할수록 고약한 일이어서, 윤 생원은 아직 타고 있는 대꼭지를 땅땅 마구 문지방에 두들겨댔다.

'여보'는 확실히 효력이 나타난 셈이었다. 영칠이는 속이 약간은 후련해지는 느낌이었다.

그날 저녁, 윤 생원은 마침내 문제의 핵심을 건드렸다. 즉, 갑례는 이제 본남편이 돌아왔으니 본남편한테로 돌아가야 된다는 것이었다. 간단했다. 그러나 윤 생원도 그 말을 꺼내는 데 얼마나 힘이 들었는지 모른다.

윤 생원 앞에는 세 사람이 앉아 있었다. 영칠이와 태석이는 물론이고, 그리고 갑례였다. 갑례는 한쪽 구석에 죽은 듯이 쪼그리고 앉아 얼굴을 벽 쪽으로 돌리고 있었다.

갑례는 처음엔 방에 들어오지 않으려고 주인집 부엌으로 숨기까지 했었다. 그러나 윤 생원은 안 된다는 것이었다. 기어이 갑례도 들어와야 된다는 것이었다. 그래야 문제가 해결되는 것이지, 그렇지 않고는 말을 해봐야 소용이 없다는 것이다. 그만두고 그냥 말씀을 하시라고 영칠이가 입을 떼자, 고개를 내저었다. 문제의 중심인물은 갑례인 셈인데, 그 중심인물을 빼놓고 우리끼리 이야기를 해봐야 소용이 없다는 것이다. 갑례가 납득을 해야 된다는 것이다. 제법 개화된 사람 같은 태도였다. 그러나 실은 그게 아니라, 쇠뿔은 단김에 뺀다고, 세 사람을 앉혀놓고, 어떠한 일이 있어도 오늘 밤에 결말을 내버려야겠다는 생각인 것이었다. 밀하자년 갑례를 영칠이로부터 쇠뿔 빼듯이 쑥 뽑아버리자는 셈이었다. 이런 단칸방에 며칠을 머무를 수도 없는 노릇이고, 또 미지근하게 끌고 나가다가는 일이 흐지부지되고 말 염려도 있으니 말이다.

결국 갑례는 칠십 노부의 영을 끝까지 거역할 수가 없어서 방으로 들어왔던 것이다.

방으로 들어온 갑례는 도무지 어디다가 얼굴을 두었으면 좋을지 몰랐다. 이렇게 난처하고, 이렇게 언짢은 자리는 생전 처음이었다. 옛 남편과 지금 남편이 동석한 자리에, 아버지까지 도사리고 있으니 그럴 수밖에 없었다. 지금 남편이 아버지가 정해준 남편이라면 그래도 좀 덜하겠는데, 그것도 아니니 말이다. 갑례는 가시방석에 앉아도 이렇게까지 괴롭지는 않을 것 같았다. 그래서 숫제 얼굴을 벽 쪽으로 돌리고 앉았다.

갑례가 들어와 앉자, 분위기는 더 긴장되는 것 같았다. 영칠이는 이미 윤 생원의 입에서 나올 말이 어떤 것이라는 것을 다 알고 있었다. 들으나마나 그것은 뻔한 것이었다. 그렇지 않다면 굳이 이렇게 갑례까지 불러들일 까닭이 없는 것이며, 또 애당초 갑례의 옛 남편이라는 사람을 여기까지 데리고 올 턱이 없는 것이다. 그리고 아까 "이 사람이 누군고 하면 바로 우리 사울세" 이런 말까지 하지 않던가 말이다. 그러나 영칠이는 절대로 될 일이 아니라고 생각하며, 아랫배에 단단히 힘을 주고 있었다.

태석이는 곧장 갑례를 힐끗힐끗 훔쳐보고 있었다. 그렇게도 잊어지지 않던 마누라가 십 년 만에 이렇게 눈앞에 실물로 앉아 있는데도, 마음 놓고 말을 건네지도 못하는 처지가 몹시 안타까운 모양이었다. 아무리 그렇다 하더라도 좀 참아야 될 자리인데, 약간 또 나사가 헐렁해진 듯 곧장 그쪽으로 눈길을 보내곤 했다.

윤 생원은 갑례가 들어와 앉자, 잠시 담배를 더 빡빡 빨아댔다.

말을 꺼내기가 몹시 힘이 드는 모양이었다. 그러다가 대꼭지를 문지방에 두어 번 땅땅 두들기고는,

"어험!"

했다.

그리고 입을 뗐다.

"내가 말을 안 해도 다 잘 알 일이지만……."

사실 영칠이는 이미 다 잘 알고 있는 터이지만, 그러나 역시 바짝 긴장이 되는 듯 눈을 신경질적으로 깜작거렸다. 갑례는 숨도 크게 못 쉬고 목을 움츠리기만 했다. 그러나 태석이는 그저 가만히 윤 생원을 바라보고만 있었다. 속으로는 장인어른이 한없이 미덥다는 생각을 하면서.

"십 년 동안이나 고생을 하고 본서방이 돌아왔으니 딴생각 묵지 말고, 갑례는 곧 본서방한테 돌아가도록 하고……."

갑례는 그 자리에 굳어져버린 정물 같았다.

"영칠이는 얼마 동안이나마 남의 여편네를 데리고 산 걸 미안시럽게 생각해야 될 길세."

영칠이는 이런 말이 나올 줄을 뻔히 알고 있었으나, 그러나 직접 그런 말을 듣고 보니 역시 한 대 얻어맞은 것 같은 느낌이었다. 그 동안이나마 데리고 산 것을 미안스럽게 생각하라니 참을 수 없는 모욕이었다. 영칠이는 곧 입으로 무슨 말이 튀어나오려고 했으나, 아직 빠르다는 생각으로 꾹 어금니를 물었다.

"자고로 여자란 일부종신을 해야 되는 법잉 기라. 일부종신을 못하는 여자는 그기사 아무짝에도 쓸 데가 없지. 한 번 혼례를 올리고 시집을 가면 그 집 귀신이 대야 댄다 그 말이라……."

갑례에게는 그것은 치명적인 말이었으나, 태석이는 그 일부종신이라는 말이 얼마나 듣기 좋고 고마운 말인지 몰랐다.

"그리고 남자도 본처 소박하는 놈은 죽어서 존 데 못 가는 법이지. 남의 여편네 겁탈하는 놈은 천벌을 받아 마땅한 기고……."

이쯤 되면 정말 가만히 그냥 듣고 앉아 있을 수가 없었다. 마치 영칠이 자기가 갑례를 겁탈이라도 한 것처럼 말이다. 그러나 말은 다 바른 말이어서 뭐라고 대꾸할 건덕지가 없었다. 그래서 영칠이는 나직하게,

"음—"

했다.

그것은 일종의 꿈틀거림이었다. 그냥 밟혀서 뭉개져버리지는 않겠다는 의사표시였다.

그것을 모르는 윤 생원이 아니었다. 이 녀석 봐라 싶었다. 윤 생원은 두 눈에 심지를 세우고는, 잠시 꼿꼿한 자세로 영칠이를 노려보았다. 그리고 시선을 갑례에게로 옮겼다. 단김에 쑥 잡아 뽑아야겠다는 생각이 머리를 지나갔다. 윤 생원은 턱수염을 가볍게 떨며 먼저 갑례에게 물었다.

"갑례야 대답해 봐라. 그랄 끼가, 안 그랄 끼가?"

말하자면 예스냐, 노냐 였다.

즉, 태석이한테 돌아가겠느냐, 안 돌아가겠느냐 이것이었다.

모든 시선이 갑례에게로 집중되었다.

그러나 갑례는 아무 대답이 없었다. 벽 쪽으로 돌아간 얼굴이 약간 더 밑으로 숙여질 뿐이었다.

"응?"

"……."

"그럼 영칠이 자네 말해 보게. 우짜겠는가?"

영칠이 역시 얼른 입이 안 떨어지는 듯 눈만 끔뻑끔뻑했다.

"응? 우짜겠어?"

이래도 가만히 있을 수는 없는 노릇이었다. 사내대장부가 말이다. 영칠이는 나직한 목소리로, 그러나 분명하게 말했다.

"못 그라겠심더!"

순간 팽팽하던 방 안 공기가 바르르 떠는 것 같았다. 윤 생원 얼굴의 쭈글쭈글한 주름살들도 가늘게 떨렸다.

"머가 우째?"

대번에 내뱉는 것이었다.

영칠이는 다시 입을 다물어버렸다. 그러나 결연한 표정이었다. 태석이는 영칠이의 그런 표정이 슬그머니 두려운 모양이었다. 둥그레진 눈을 끔벅끔벅하면서 장인어른을 바라보기만 했다.

"못 그라겠어? 와 못 그라겠노?"

"……."

"응? 말 못하겠나?"

"……."

"할 말이 없제? 남의 여편넬 빼앗은 놈이 무신 할 말이 있겠노."

그러자 영칠이는 그만 얼굴에 발끈 핏대를 세우며,

"빼앗긴 내가 누굴 빼앗았단 말잉교?"

대들 듯이 말했다.

"이누무 자식아! 니가 갑렐 빼앗았지, 그럼 우쨌단 말이고?"

"머요?"

"머요라? 이 후리아들놈의 자식이 누굴 칠라 카능 기가……."

이쯤 되면 이야기는 다한 것이었다.

더 이상 앉아 있을 수가 없어 영칠이는 그만,

"내 참 별꼴도……."

자리를 박차고 벌떡 일어서버렸다.

갑례는 꼭 죽은 듯이 앉아 있었다.

7

"한 꼬뿌 더 주소."

벌써 몇 잔짼지 모른다. 영칠이는 술집 한쪽 구석 비뚜름한 나무 걸상에 궁둥이를 붙이고 앉아, 김치 한 가지를 안주 삼아 소주를 곧장 홀쩍홀쩍 들이켜 대고 있는 것이다.

"소줄 우짤라고 그렇게 자꾸 마시능게? 속에 불이 날라고……."

주모의 미간에 주름이 접힌다. 건성으로 하는 말이 아니다. 슬그머니 걱정이 안 될 도리가 없는 것이다.

"속에 불이 나도 개안쿠마. 한 꼬뿌 더 주소."

"아니, 속에 불이 나도 개안타이?"

"불이 나서 확 타삐릾음 좋겠구마."

"그기 무신 소링게."

주모는 이번에는 눈이 둥그레진다. 아무래도 심상치가 않은 것이다. 들어올 때부터 어쩐지 좀 수상하다 싶더니, 무슨 일이 있었는게 분명했다.

"최 씨 오능게? 휴가 언제까징교?"

이렇게 알은 체를 해도, 도무지 아무 대답도 없이 한쪽 구석으로 가서는 털썩 궁둥이를 내려놓으며 대뜸,

"소주 주소!"

화난 사람처럼 내뱉기만 했던 것이다. 그리고 마치 상처(喪妻)라도 한 사람처럼 우거지상을 하고 앉아, 천장에 매달린 흐릿한 전등불을 멀뚱히 바라보고만 있는 것이었다.

"어서 한 꼬뿌 더 달라니까요!"

"아이고— 그럼 인자 이것으로 더는 없구마. 전부 및 잔인동 아능게? 일곱 잔이구마, 일곱 잔."

"개안쿠마."

"개안타이……."

주모는 이맛살을 찌푸리면서도, 하는 수 없이 또 소주병을 들고 와서 빈 잔에 술을 채워 준다. 한 되들이 병에 가득했던 소주가 어느덧 절만 훨씬 밑으로 내려간다. 사기로 된 찻잔으로 일곱 개를 따라냈으니, 그럴 수밖에 없다.

이렇게 막소주를 배가 부르도록, 더구나 안주도 없이 쭉쭉 소나기술로 마셔댔으니, 온전할 턱이 없었다. 영칠이는 마침내 혀가 꼬부라져 들어가고, 눈이 초점을 잃고 벌겋게 번들거렸다. 그리고 몸뚱어리도 뼈대가 없는 덩어리처럼 흐늘거렸다. 보통 넘는 주량이지만 소주 앞에서는 별수 없었다. 더구나 강술인데다가, 소나기술이었으니 말이다. 그동안 군대에 나가 별로 술 마실 기회가 없었으니 더욱 그럴 수밖에.

정신이 깜박깜박하면서도 곧장,

"항 고뽀 더! 항 고뽀 더!"

혀 짧은 소리로 뇌까려댔다.

여섯 잔까지는 별로 그렇지가 않더니, 일곱 개째를 비우고는 금세 그만 홱 달라지는 것이었다. 빙 도는 모양이었다.

주모는 이제 겁이 나서 도저히 더 술을 줄 수가 없었다. 달라는 대로 자꾸 부어주다가는 무슨 일이 날지 몰랐다.

"없구마! 없구마! 인자 그만이구마!"

선반에 놓인 소주병을 얼른 감추며 고개를 내저었다. 그러나 소용이 없었다.

"가와— 가와— 빠이! 빠이!"

곧장 소래기*('소리'를 속되게 이르는 말)를 질러댄다. 빨리 가져오라는 것이다. 입에서 침이 지르르 흘러내리는 것도 모른다.

"아이고— 보소 보소. 어디 있는강! 빈 병 아닝강!"

주모는 빈 됫병을 하나 번쩍 들어 보이기까지 했다.

그러나 취중이지만, 그 정도 정신은 아직 있는 모양이었다.

"앙이구마 앙이구마. 안지 남았구마. 안지 남았어— 가와— 가와!"

"이 양반이 찍잘 대로 왔나, 우쨌노?"

"항 고뽀 더 가와—"

"내 참, 벨놈의 꼴을 다 보겠네. 아무리 술장살 하지만……."

"머라?"

"……."

"샹!"

영칠이는 그만 들고 있던 술잔으로 탁자를 쾅! 내리쳤다. 잔은 보기 좋게 두 개로 갈라졌다. 말하자면 군대의 근성을 발휘하는 셈이었다. '썅'을 되게 발음하지 못하고 '상' 했지만 말이다. 일선에서 거칠어질 대로 거칠어진 성질이 그대로 튀어나온 것이었다.

두 개로 갈라진 흰 사기 조각을 이번에는 덥썩 집어서 냅다 아무데나 집어던져 버리는 것이 아닌가. 쨍그랑! 쨍그랑! 창문의 유리 두 장이 부서져 버렸다.

"아이구메—!"

주모는 눈이 휘둥그레지고, 입이 딱 벌어졌다. 이런 꼴은 정말 처음이었다. 아무리 술이 취했다지만, 그리고 군복을 입었다고는 하지만, 뭐 이런 개망나니 같은 것이 다 있는지 몰랐다. 술장수를 하다 보니 참 별 더러운 꼴을 다 보았다.

유리 깨지는 소리에 안으로부터 영감이 쫓아 나왔다. 주모보다 열댓 살은 더 많아 보이는 노인이었다. 주독이 오른 듯 코끝이 딸기처럼 빨갰다. 러닝샤쓰에 삼베 중의를 덜렁하게 입고 부채를 든 영감은 무슨 영문인지 몰라,

"와 이카노? 와 이카노?"

곧장 눈을 굴렁거렸다.

"아 글씨, 술 더 안 준다고 꼬뿔 깨서 떤지뻬리잖능게. 내 참 벨놈의 꼬라질 다……."

"술 더 안 준다고?"

"예. 소줄 글씨 안주도 안 놓고 일곱 꼬뿔 마시잖능교. 아무리 그만 묵으라 캐도 들어조야 말이지에."

"앙이 이 사람아……."

영감은 어쩐지 안면이 있는 듯한 모양이었다.

"최 씨 아닝게. 전에 요 아래 정미소에 다니던……."

"아하— 맞다. 군에 나갔더더이, 휴가 온 모양이제? 그런데 우짠 술을 이렇게…… 여보, 최 씨! 최 씨!"

그러자 영칠이는 초점을 잃은 벌건 눈으로 영감을 멀뚱히 바라보더니 마치 대꾸라도 하듯이,

"항 고뽀 더 안 주끼가—!"

또 고함을 내질렀다.

"앙이 이런……."

영감은 어이가 없는 듯, 그러나 딸기 같은 코끝을 쳐들며 히죽이 웃었다. 코끝이 딸기처럼 된, 관록 있는 영감이라 달랐다.

"정마이 안 주끼가—?"

영칠이는 그만 이번에는 앞에 놓인 김치보시기를 덥석 거머쥐다.

주모는 찔끔 목을 움츠리며 영감을 돌아보았다. 영감도 말문이 막히는 모양이었다. 눈을 끔벅거리면서, 과연 김치보시기가 어떻게 되는가 지켜보기만 했다.

"안 주끼가—? 정마이가—?"

김치보시기가 탁자에서 떨어져 번쩍 위로 쳐들려지자, 영감은 냅다 두 눈을 부릅뜨며,

"네 이놈—!"

소래기를 질렀다.

"그 못 놓겠나?"

그러나 아직 영감의 태도에는 여유가 있었다. 발칵 한 것은 아니었다. 그저 으름장이었다.

영칠이는 그런 취중에도 말은 들리는 듯 코로 비스그레 한 번

웃곤,

"몬 놓겠다! 우야 끼고?"

이렇게 직접 영감에게 내뱉었다. 두 콧구멍에서는 말간 콧물이 지르르 흘러나오고 있었다.

"머가 우째? 이누묵 자석!"

참는 것도 한도가 있었다. 영감은 벌컥 핏대를 세웠다. 아무리 소주를 마셨다고는 하지만, 젊은 놈이 누구한테 하던 버릇을 함부로 아무데서나 내놓느냐 말이다.

"머라? 영감이만 젤이가?"

영칠이는 눈에 부처가 완전히 거꾸로 선 모양이었다. 나오는 대로 마구 배앝았다.

"이 후리아들놈 같으이라구! 머 이런 개 같은 놈이 다 있노. 이눔아! 니는 애비도 에미도 없나? 응?"

"없다—"

"이눔 보래! 에라 이누묵 자석!"

영감은 그만 허파가 발칵 뒤집히는 듯 부채를 던지고, 아무거나 손에 닿는 대로 집어 들었다. 그리고 냅다 영칠을 향해 내던졌다. 깨소금 단지였다.

깨소금 단지는 영칠이의 귀때기를 스쳐 벽에 가서 박살이 났다. 깨소금이 보기 좋게 흩어진 것은 물론이다.

"우야꼬— 저 깨소곰! 깨소곰."

주모는 그런 판세 속에서도 깨소금 단지 깨진 것이 안타까워 못 견디었다.

그러자 영칠이도 자리에서 휘청거리며 일어나더니, 들고 있던 김치보시기를 그만 영감을 향해 내던졌다. 김치보시기 역시 영감에게 명중하지는 않았다. 그러나 온통 김치가닥이 날고, 국물이 튀어서, 영감이랑 주모는 엉망이 되었다. 시큼한 김치 벼락을 맞은 셈이었다.

"앙이, 이런 개 같은 놈이!"

"아이고메—! 아이고—!"

영감과 주모의 고함소리에 영칠이는 완전히 정신이 돌아버린 듯, 이번에는 탁자를 번쩍 들어 엎어버리는 것이었다.

"지긴다! 지기! 지기!"

죽인다고 입에 거품을 물면서,

이쯤 되니, 영감도 질리지 않을 도리가 없었다. 어느새 주모는 밖으로 뛰어 나가버렸다.

"모조이 지기 삐린다! 모조이! 모조이!"

다음은 걸상이었다. 기다란 나무 걸상을 번쩍 들더니, 사정없이 내동댕이쳐버리는 것이 아닌가. 꼭 미친 사람 같았다. 두 눈의 검은 자는 한쪽으로 쏠리고, 대부분 흰자위가 번들거렸다.

그런 희멀건 눈으로 이번에는 찬장에 매달린 전등불을 번히 쳐다보며,

"머라고? 자이 들으라고? 이 사람이 바로 우리 사우라? 흐흐흐흐……."

난데없이 무슨 소린지 알 수 없는 소리를 뇌까리고는 히들히들 웃었다.

영감은 이 녀석이 완전히 돌았구나 싶으며, 어이가 없어서 눈을 굴렁거리기만 했다.

"머, 겁탈을 해? 내가 갑렐 겁타이 했다고? 으흐흐흐……"

영칠이의 헛소리는 계속되었다.

"남 예핀네 딜꼬 산 걸 미안하게 생각하라고? 이 후리아들놈의 자식이 누굴 칠라 칸다고? 이누무 영감쟁이!"

영칠이는 그만 허옇게 앞니를 물며, 주먹을 불끈 쥐었다. 그리고 애꿎은 벽을 가서 한 대 쾅! 치는 것이었다.

"이누무 영감쟁이!"

비칠거리면서 또 한 대 먹였다.

"디져라!"

또 한 대.

"디져! 디져!"

그렇게 자기 주먹 터지는 줄도 모르고 마구 벽을 들이치고 있을 때, 빵빵— 바깥에서 클랙슨이 울렸다. 그리고 곧 뛰어든 것은 헌병이었다. 국군 헌병 한 사람과 미국 엠피 한 사람이었다. 합동 순찰반이었던 것이다.

뒤따라 주모도 들어섰다.

미군 엠피는 그렇게 비칠거리며 곧장 벽을 쥐어박고 있는 영칠이를 보자,

"차리 해, 차리 해. 오우 차리 해!"

하면서 껄껄 웃었다.

"야, 이 새꺄! 정신채렷!"

국군 헌병이 뒷덜미를 가서 덥석 잡았으나, 영칠이는 여진히 정신없이 그 모양이었다.

"원, 투, 스트레이트! 차리 해!"

그러면서 엠피도 덥석 영칠이의 팔 하나를 거머쥐었다.

두 헌병에게 끌려 나가면서도 영칠이는 곧장 눈을 허옇게 뒤집어 까고 입에 거품을 물며,

"이누무 영감쟁이! 이누무 영감쟁이! 디져라! 디져! 디져!"

악을 써댔다.

"영감챙이? 까땜!"

엠피는 그만 구둣발로 한 대 질렀다. 거기 서 있는 영감에게 욕지거리를 해대는 줄 알았던 모양이다.

그러자 국군 헌병도,

"이 새끼 돌았어!"

하면서, 저도 덩달아 한 대 질렀다.

"으구! 으구—"

취중에도 아픈 줄은 아는 모양이었다.

그제야 주모랑 영감은 반분이나 풀리는 듯, 엎어진 탁자를 일으키고 걸상을 세웠다.

이튿날, 갑례는 일을 나가지 못했다. 엊저녁에 화가 나서 집을 나간 영칠이가 아침이 되어도 돌아오지 않는 게 슬그머니 걱정이 되기도 했지만, 그것보다도 아버지랑 옛 남편이 그대로 방 안에 도사리고 앉아 있는데, 자기만 일을 간다고 집을 나설 수가 없었던 것이다. 그리고 뒤숭숭하고 심란하기만 해서, 일 같은 것은 도무지 염두에 없기도 했다.

간밤에 갑례는 주인집 부엌방 한쪽 구석에 누워서, 밤이 이슥토록 잠을 이루지 못했다. 이 일을 어떻게 했으면 좋을지, 생각하면

생각할수록 머릿속이 흐트러지고, 한숨이 쏟아질 따름이었다. 이리 돌아눕고, 저리 돌아누웠으나, 그 생각이 머리에서 떨쳐지지도 않았다. 괴로운 밤이었다. 새벽녘에 잠시 잠이 들었으나, 그것도 뒤숭숭한 꿈이었다.

그래 그런지, 갑례는 골머리까지 띵해서 더 맥이 빠지는 것 같고, 우울하기만 했다. 아침상이 났으나, 갑례는 그것을 물려다가 부뚜막에 놓았을 뿐, 설거지를 할 생각도 않고, 그대로 부엌바닥에 남이를 안고 넋 나간 사람처럼 멍하니 앉아 있기만 했다.

정미소 집으로 자러 간 평촌댁이도 거기서 아침을 먹는지 돌아오지 않는다.

오늘 아침 매우 기분이 좋은 것은 상용이뿐인 듯했다. 아침반인 상용이는 책보를 허리에 매고 학교에 가면서, 누가 시키지도 않는데,

"아부지 학교 다녀오겠심더. 외할부지 학교 다녀오겠심더."

이렇게 두 번 절을 하고는 냅다 뛰어나가는 것이었다.

상용이는 간밤에 외할아버지와 새로 나타난 아버지라는 사람 사이에서 잠을 잤고, 아침밥도 외할아버지와 아버지 상에서 함께 먹었던 것이다. 참으로 오래간만에 기분 좋은 하룻밤이었고, 기분 좋은 아침이 아닐 수 없었다. 그리고 상용이는 어쩐지 이번에 나타난 이 아버지라는 사람은 진짜 아버진 것 같은, 그런 야릇한 것이 짜릿하게 다가오는 것이었다. 잘 때 다리 하나를 가만히 몸에 얹어보아도 아무 말이 없었고, 상에 놓인 고기 토막을 일부러 집어다가 자기 밥그릇에 놓아주기도 했던 것이다. 그전 아버지란 사람은 고기 같은 것을 절대로 그러는 일이 없었고, 잘 때 어쩌다가 몸이 닿기만 해도 밀어내버리는 것이었다.

그러니 오늘 아침, 상용이 눈빛이 여느 때보다 훨씬 반짝거리지 않을 수 없었고, 목소리도 한결 낭랑하지 않을 수 없었다.

그런 상용이를 볼 때, 갑례는 더욱 가슴이 멍멍했다. 이 일을 어떻게 했으면 좋을지, 정말 골머리가 아팠다.

부엌에 멍청하게 앉아 있는데, 방에서 윤 생원의 소리가 들려왔다.

"야야—"

물론 갑례를 부르는 소리였다. 그러나 갑례는 못 들은 척 대답을 하지 않았다. 보나마나 또 시작일 게 틀림없었다.

"야야—"

이번에는 하는 수 없었다.

"예?"

"이리 들어오너라."

"……."

갑례는 다시 입을 다물어버렸다. 띵하던 골머리가 쑥쑥 쑤시기 시작하는 것 같았다.

"이리 들어오라니까."

"……."

"야야, 이리 들오라는데, 안 들리나?"

"……."

갑례는 마지못해 몸을 일으켰다. 천근같이 무거운 몸이었다.

갑례를 불러들인 윤 생원은 어쩐지 마음이 조급한 사람처럼 연거푸 담배를 빨며, 들으나마나 뻔한 그 소리를 또 꺼내는 것이었다. 힐끗힐끗 사립께를 내다보면서. 혹 영칠이나 평촌댁이가 돌아오지 않을까 마음이 씌는 모양이었다. 그들이 돌아오기 전에 부디 이야기가 끝나버렸으면 싶은 것이었다. 갑례하고만 잘 이야기가 끝나면 그만이었다. 영칠이 자기야 싫든 말든 아랑곳이 없었다. 당사자인 갑례 마음에 달린 문제인 것이다.

그래서 윤 생원은 차근차근 타이르기도 했고, 절절히 호소하기도 했고, 혹은 엄하게 짓눌러 보기도 했다.

그러나 이야기는 끝이 없었다. 이야기가 많아서 끝이 없는 것이 아니라, 도무지 갑례의 입이 떨어지지가 않았다. 이렇다 저렇다 한마디 말도 없이, 그저 목석처럼 앉아서 굳어져 있기만 했다. 그녀의 무릎에 안긴 남이만 이따금 엄마를 대신하는 듯, '외하이부찌 수염' '외하이부찌 담배' 하고 입을 달싹거렸다.

그렇게 묵묵부답이라는 것은 결국 마음이 움직이지 않는다는 뜻으로밖에 볼 수 없었다. 그렇지 않고 조금이라도 마음에 있다면, 그렇게까지 침묵으로 일관할 턱이 없는 것이다.

윤 생원은 수염을 가늘게 떨고 있었다. 자식이 어디 이런 수가 있는가 싶었다. 더구나 딸 자식이 말이다. 괘씸하기 짝이 없었다.

성질대로 한다면, 그냥 머리끄덩이를 휘어잡고 등짝을 쾅쾅 실컷 좀 두들겨 주었으면 시원할 것 같았다.

갑례까지 끝내 이런 태도로 나올 줄은 정말 몰랐던 것이다. 처음엔 물론 별안간 닥친 일이라 얼떨떨해서 어쩔 줄을 모르리라고는 생각했지만, 하룻밤을 지났는데도 밤새 잘 생각해 보았을 텐데, 끝내 마음을 돌이키지 않다니, 무어 이런 것이 다 있는지, 답답하기 짝이 없었다. 영칠이 그 녀석한테 정이 들어도 아주 단단히 든 모양이었다. 그 고얀 녀석의 어디가 그렇게 좋은지, 참 더럽고 입맛이 썼다.

윤 생원은 답답한 흉중을 연기로 씻어내기라도 하려는 것처럼 곧장 담배를 빨아 들이마셨다가는, 후— 후— 뿜어내곤 했다. 어찌나 연달아 담배를 태워댔는지 혀끝이 다 깔깔했다.

답답한 것은 윤 생원뿐이 아니었다. 태석이 역시 마찬가지였다. 그러나 태석이는 어딘지 모르게 어제와는 표정이 달랐다. 멀뚱히 앉아서 이따금 갑례를 힐끗힐끗 바라보는 것은 어제와 마찬가지였으나, 그러나 그 눈빛이 달랐다. 어제처럼 감격이 어리고 안타까움이 깃든 그런 시선이 아니라, 어쩐지 서먹하고 약간은 야속한 감정이 서리기도 한 차가운 시선이었다. 어제와는 달리, 그녀가 이제 현저히 거리가 멀어진 사람처럼 생각되는 것이었다. 남의 사람이라는 생각이 피부로 느껴졌던 것이다. 어제까지는 그녀가 자기 마누라라는 생각이었는데, 이제는 그게 아니었다. 아득한 옛날에 자기 마누라였을 뿐, 지금은 자기와는 상관이 없는 남이라는 느낌이었다.

그 느낌은 간밤에 비롯된 것이었다. 자기가 돌아왔는데도, 더구나 십 년 만에 돌아왔는데도, 옆에 와서 눕지 못하는 여자를 어떻게 자기 사람이라고 할 수 있겠는가 싶었다. 그야말로 감격적인 잠자리가 되어야 마땅할 일인데 말이다. 태석이는 잠을 이루지 못하고, 자꾸 새우처럼 꼬부라들지 않을 수 없었다. 그리고 갑례가 새 남편이라는 그 남자와 한창 잠자리를 같이하고 있는 장면을 연상해 보자, 태석이는 견딜 수가 없었다. 울고 싶었고, 참혹하기까지 했다. 도저히 그런 여자를 자기의 마누라라고 생각할 수가 없었다. 지금까지의 생각이 너무 단순했다는 것을 그는 그제야 절실히 느꼈다. 말하자면 그것은 커다란 충격이었고 환멸이었다. 생각했던 것과 현실과의 사이에는 그처럼 엄청난 거리가 있었던 것이다. 괴로운 밤이 아닐 수 없었다.

그런 하룻밤을 지나고 나니, 절로 갑례를 보는 눈길이 달라지지 않을 도리가 없었다. 간밤의 기분 같아서는 날이 밝기만 하면 당장 아무 미련 없이 일어나 집으로 돌아가버릴 것 같았으나, 막상 아침이 되고 보니 그건 아니었다. 슬그머니 누그러지는 것이었다. 모든 것이 다 어쩔 수 없는 더러운 세월 탓이었으니 지그시 눈감아버리고, 가능하면 다시 갑례와 함께 그 흐뭇하던 옛날로 돌아가고 싶었다. 아무래도 그게 생짜 남과 새로 시작하는 것보다는 나을 것 같았다. 그리고 그러는 것이 자기를 위해서 갖은 애를 다 쓰고 있는 장인어른에 대한 도리이기도 했다.

감격도 안타까움도 사라지고, 이제 남을 대하는 듯 서먹하고, 어쩌면 야속하기까지 했으나, 아무튼 태석이는 갑례의 입에서 어떤 말이 나올 것인가 궁금해서 곧장 그녀를 힐끗힐끗 바라보았다. 그런데 갑례의 입은 얼어붙어버린 듯 좀처럼 떨어지지가 않는 것이다.

윤 생원도 이제 지친 듯 말이 없었다. 방 안에 잠시 무거운 침묵이 흘렀다.

태석이는 슬그머니 화가 치밀었다. 어쩐지 모욕을 당하는 것 같았다. 아무리 남의 여편네가 되었다고는 하지만, 십 년 만에 돌아온 본남편한테 이렇게 매정할 수가 있는가 싶었다. 더럽다는 생각이 왈칵 솟구쳐 태석이는 쩝쩝 입맛을 다셨다. 그리고 자리에서 일어나며 내뱉듯이 말했다.

"알았구마. 그만두소!"

옛날 같으면, 그리고 어제까지만 해도 반말이었을 텐데, 이제 이렇게 남에게 말하듯 하는 것이었다. 그리고 또 십 년 만에 처음으로 옛 마누라에게 던진 말이 이것이었다. 참 기가 막힐 노릇이 아닐 수 없었다.

당황한 것은 윤 생원이었다. 이제 끝장이 나는가 싶으니, 어처구니가 없는 모양이었다.

윤 생원뿐 아니라, 갑례 역시 당황하는 눈치였다. 곧 무어라고 말을 꺼낼 듯했으나, 자리가 어색해서 말이 잘 나오지 않는 것 같았다.

그 눈치를 알아챈 윤 생원은 대뜸 태석이를 붙잡으며,

"허허— 이 사람 앉게, 앉게."

했다.

"앉아서 머 합니꾜?"

"글씨 앉이라니까."

노인이 붙잡는데 끝내 뿌리칠 수가 없어, 태석이는 멋쩍고 언짢았지만 도로 앉았다.

태석이가 도로 앉자, 윤 생원은 담뱃대를 문 채 변소라도 가는 듯 슬그머니 일어서 나갔다. 물론 자리를 비킨 것이었다.

갑례의 입이 떨어진 것은 잠시 후의 일이었다. 신기한 노릇이었다. 그처럼 얼어붙은 듯 떨어지지 않던 입이 스스로 열렸던 것이다.

잠시, 갑례는 아까보다도 더 긴장이 되는 듯 굳어드는 것 같더니, 두 눈의 속눈썹을 깜작거리며 가만히 얼굴을 태석이 쪽으로 돌렸다. 그리고 나직한 소리로 말하는 것이었다.

"그동안 얼매나 고생이 많았어예?"

너무나 가라앉은 조용한 목소리였다. 그녀의 얼굴 역시 그렇게 가라앉아 핏기까지 없어 보였다. 그러나 그 말에는 십 년 만에 돌아온 옛 남편에 대한 여자의 진정이 절절히 배어 있었다.

태석이는 뜨거운 것이 와 닿는 듯 후끈해지지 않을 수 없었다. 좀 전의 언짢던 기분은 싹 어디론지 가시고 말았다. 정말 십 년 만에 접해 보는 갑례의 진정이었다.

인사치고는 참 싱거운 인사라고도 볼 수 있었다. 하룻밤을 지나고 이제야 겨우 그 말을 하다니 말이다. 그러나 만나서 으레 하듯이, 곧 그 말이 나온 것보다 어쩌면 이렇게 늦어진 데에 오히려 그 말의 밀도가 있는지도 몰랐다. 그 말을 할 적절한 기회를 기다리느라, 그렇게 굳게 입을 다물고 있었는지도 모를 일이었다.

태석이는 상기되어 가슴까지 두근거리며,

"고생이사 말도 몬 하지. 죽었다 살아난 셈인데 머. 아 글써 시베리아까지 끌리갔다이까. 시베리아까지. 내 참……."

이렇게 헐렁헐렁 지껄여댔다. 대뜸 말투도 달라져 있었다. 어느덧 갑례가 옛날 그대로의 자기 마누라로 돌아온 듯한 느낌인 모양이었다. 나사가 또 약간 헐렁해진 사람처럼.

갑례는 살짝 얼굴을 돌리고 가만히 듣고만 있었다.

"그리고 이번 난리에 인민군으로 끌리나와 갖고 포로가 안 댔나. 여기 있는 포로수용소에 있었다이까."

"예?"

갑례는 너무나 뜻밖의 말에 깜짝 놀라지 않을 수 없었다.

"수용소 있을 때, 당신 한 번 봤지."

"……?"

"빨래하고 있더만. 초록색 저구리 입고……."

태석이는 빙그레 웃음을 띠었다.

갑례는 너무나 기가 막히는 사실이어서, 무어라고 말을 했으면 좋을지 모르겠는 모양이었다.

태석이는 웃음을 거두고 정색을 하며 이번에는,

"당신도 그동안 고생 많았지?"

했다.

갑례는 대답이 없었다.

다시 방 안에 침묵이 흘렀다.

잠시 후, 갑례는 후유— 한숨을 쉬더니,

"와 인자사 돌아오싰능교?"

이렇게 말하는 것이었다.

그것은 한탄이기도 했고, 어쩌면 원망이기도 했고, 또 체념이기도 했다. 몇 해만 일찍 돌아왔더라면 만사가 원만했을 텐데…… 때는 이미 늦은 것이었다. 엎질러진 물인 것이었다.

태석이는 후끈해졌던 온몸이 금세 싸늘하게 식어버리는 것 같았다. 아까는 뜨거운 것이 와닿는 것 같더니, 이번에는 썰렁한 것이 느껴졌던 것이다. '누가 인자 돌아오고 싶어서 돌아왔나.' 이런 말이 목구멍까지 올라왔으나, 태석이는 왠지 입이 떨어지지가 않았다. 그리고 슬픈 것이 눈에 핑 돌았다.

그러고 있는데, 사립으로 헐레벌떡 뛰어 들어오는 사람이 있었다. 정미소 집 안주인이었다. 영칠이의 사촌 형수, 그러니까 갑례와는 사촌 동서인 셈이었다.

그녀는 마당으로 뛰어들더니, 숨을 헐떡거리며 서슴없이 소리를 질렀다.

"여보게 동세! 야단났대이, 야단났어!"

옛 남편이 돌아왔는지 어쩐지는 모르지만, 이러고 있을 때가 아니라는 투였다. 여간 괄괄한 여자가 아니었다. 본래 괄괄한 성미인데다가, 일부러 더 그러는 게 분명했다. 평촌댁이에게 이야기를 듣고, 이미 이렇게 된 마당인데, 옛 남편이 돌아왔다고 그쪽으로 돌아가다니 당치않은 일이라고 생각하는 모양이었다. 그래서 방 안에 앉은 남자가 갑례의 옛 남편인 줄을 뻔히 알면서도, 일부러 더 헐떡거리며 사정없이 소리를 지르는 게 틀림없었다.

"와예!"

갑례는 눈이 휘둥그레졌다.

"와예라이, 어서 가 보게! 아이고 동세도 참, 신랑이 다 죽어 가는데, 머하고 있는 기고!"

일부러 누구 들으라는 듯이 '신랑'이라는 말에 힘을 주는 것이었다.

"우야꼬!"

갑례는 소스라치게 놀랐다. 저도 모르게 그만 남이를 그 자리에 버리고 벌떡 일어났다. 부지불식간의 동작이었다. 죽어간다는 말이 그렇게 정신없게 했던 것이다.

벌떡 일어나 밖으로 뛰어나가려던 갑례는 그제야 남이의 우는 소리가 귀에 들어왔고, 또 태석이가 앉아 있다는 것이 의식되었다. 얼른 남이를 도로 안았다. 몹시 태석이에게 미안했다. 그러나 미안하고 어쩌고 하고 있을 때가 아니라는 듯, 갑례는 얼른 밖으로 뛰어나가 고무신을 끌었다.

정미소 집 안주인의 뒤를 따라 황급히 사립문을 나서는 갑례의 뒷모습을 멀뚱히 내다보고 있던 태석이는,

"음—"

무너지는 듯한 신음소리를 했다. 그리고,

"아이고 씨발!"

하며 저도 벌떡 자리에서 일어났다.

변소에 갔다가 한쪽 그늘에 서 있던 윤 생원도 입맛을 쩝쩝 쓰디쓰게 다셨다.

윤 생원과 시선이 마주치자 태석이는,

"갈랍니더!"

했다.

그러자 윤 생원도,

"가세. 음— 나도 갈라네."

하는 것이었다.

영칠이가 다 죽어간다는 소리는 다분히 과장이었다. 헌병대에서 놓여나와 제 발로 정미소 집까지 걸어온 사람을 다 죽어간다고는 볼 수 없었다. 그러나 정미소 집 안주인이 일부러 꾸며서 그런 소리를 한 것은 아니었다. 정미소 일꾼 한 사람이 영칠이가 헌병대에서 맞아서 다 죽어간다는 소리를 어디서 듣고 왔던 것이다. 가족이 와서 데리고 가란다는 것이었다. 그러니 미상불 큰일이 난 게라고 놀라지 않을 수 없었다. 그래서 평촌댁이랑 몇 사람은 헌병대로 달려가고, 안주인은 헐레벌떡 갑례한테 기별을 하러 왔던 것이다.

영칠이는 한쪽 다리를 절름거렸고, 팔 하나를 잘 쓰지 못하겠는 듯 다른 손으로 받쳐 들고는 혼자 걸어 돌아오고 있었다. 헌병대로 달려가던 사람들은 그렇게 혼자 돌아오고 있는 영칠이를 보자 우선 마음이 놓였다. 뻗어져서 곧 어떻게 되어가고 있는 줄 알았는데, 그 정도이고 보니 어쨌든 안도의 숨이 내쉬어지지 않을 수 없었다. 얼굴이 쪽 빠져 두 눈이 퀭했고, 한쪽 눈두덩이 시퍼렇게 멍들어 있었으며, 온 손등이 깨져 형편없이 되어 있긴 했지만 말이다.

갑례가 동서와 함께 정미소 집에 도착했을 때는 이미 영칠이는 돌아와 마당가 수도 곁에 쭈그리고 앉아, 한 손으로 을씨년스럽게 얼굴에 물을 찍어 바르고 있었다.

갑례는 약간 어이가 없었다. 곧 죽어간다기에 얼마나 놀랐는지 아직도 가슴이 두근거리는 판인데, 저렇게 앉아서 얼굴을 씻고 있다니…… 비록 팔 하나를 쓰지 못하는 것 같긴 하지만…… 사람을 놀라게 해도 분수가 있지 싶으며 갑례는 동서에게 살짝 눈을 흘겼다. 그러나 아무튼 다행한 일이 아닐 수 없었다.

동서 역시 어이가 없는 듯,

"앙이, 죽어간단 사람이 우짠 낯은 식고 있능게?"

커다랗게 소리를 질렀다.

모두 웃었다.

대강 얼굴에 물을 찍어 바르고 나서, 영칠이는 마루에 가 드러누웠다. 죽어가는 판은 아니었지만, 역시 온몸이 부서지는 것 같은 모양이었다. 그리고 몹시 속이 쓰린지, 우선 뭐 국물을 좀 달라는 것이었다. 아직 술이 덜 깬 듯, 퀭한 눈이 부옇게 흐려 있었다.

시퍼렇게 멍든 눈두덩과 깨진 손등을 보자, 갑례는 민망스러워서 슬그머니 그만 고개를 돌렸다. 그게 다 자기 탓인 것 같아 난처하고 괴롭기까지 했다.

남의 그런 심정도 모르고, 동서는 오히려 무슨 재미있는 일이라

도 되는 듯이,

"앙이, 대렴*('도련님'의 방언)예, 한 대 치고 한 대 터지고 했능게? 우짜다 그랬능게?"

우스갯소리를 해댔다.

남의 심정을 모르는 것이 아니라, 알기 때문에 일부러 더 그렇게 웃기려 드는 것 같았다.

모두 웃었으나, 평촌댁이만은 웃지 않았다. 후유— 도리어 커다란 한숨을 쉬었다. 아들이 그렇게 남들의 우스갯감이 되어 있는 것이 한탄스러운 모양이었다. 보나마나 술 때문에 그런 게 뻔했다. 그리고 저렇게 되도록 술을 퍼마신 그 심정을 짐작 못하는 바 아니어서 더욱 가슴이 아팠다.

가져온 나물국에 밥을 놓아 한술 뜨고, 영칠이는 곧 잠이 들었다. 그리고 해질 무렵에야 일어나 집으로 돌아갔다. 물론 장인영감이랑 갑례의 옛 남편이 가고 없다는 것을 알고.

그날 밤, 갑례와 영칠이는 여느 때보다 월등히 뜨거운 포옹을 몇 차례나 나누었는지 모른다. 영칠이는 몸이 그렇게 성하지 못하면서도 곧장 갑례를 끌어안았고, 갑례 역시 사정없이 자꾸 영칠이의 품 안으로 파고들었다. 마치 두 사람 다 열병을 앓는 것 같았다. 이처럼 숨 막히게 뜨거운 밤은 아마 처음이었다.

그러나 처음엔 그렇지가 않았다.

영칠이는 갑례에게 등을 돌리고, 시무룩한 얼굴로 말없이 누워 있었다. 몸이 아프기도 했지만, 그것보다도 도무지 기분이 우울하기만 한 것이었다. 마치 갑례에게 무슨 잘못이라도 있는 것처럼 공연히 자꾸 심사가 뒤틀리기도 했다. 갑례의 옛 남편이 돌아온 것이 마치 그녀의 잘못이기나 한 것처럼 말이다.

"여보."

갑례가 불렀으나 소용이 없었다.

갑례는 안타까웠다. 어떻게 해서든지 영칠이의 기분을 풀어주지 않으면 안 될 것 같았고, 자기의 마음도 깨끗이 매듭을 지어버려야 될 것 같았다.

그래서 갑례는 정감이 어린 목소리로,

"여보오."

다시 불렀다.

여전히 영칠이는 대답이 없었다.

"와, 기분이 나빠서 그래예? 머가 기분이 나쁩니꺼?"

"……."

"내가 이렇게 당신 곁에 있는데도 기분이 나빠예?"

"……."

"예?"

갑례는 그만 영칠이를 뒤에서 안아버렸다.

갑례가 먼저 이렇게 남편에게 몸을 가져가기는 처음이었다. 여자가 먼저 남자에게 손을 댄다는 것은 부끄러워서 도저히 있을 수 없는 일이었는데, 참 얄궂었다. 갑례는 절로 발그레 얼굴이 붉어지고 있었다.

영칠이의 등에 발그레 열이 오른 볼을 지그시 누르며 갑례는,

"여보오, 아무 염려 말아예. 난 죽어도 당신 곁을 안 떠나예."

약간 떨리는 목소리로 말했다.

그제야 영칠이는 정신이 번쩍 드는 모양이었다. 얼른 돌아누우

며, 그만 갑례를 품 안에 넣어버렸다. 그리고 팔 하나를 못 쓰는 것도 거짓말인 듯 불끈 힘을 주며,

"딴 맘 묵으만 지기삐릴 끼다."

뜨거운 입김을 갑례의 입술로 가져갔다.

"불 꺼예."

갑례는 스르르 눈을 감았다.

그렇게 시작된 그들의 포옹은 밤이 깊어도 깊어도 끝날 줄을 몰랐다. 말하자면 그들의 애정을 확인하고 확인하고 또 확인하는 셈이었다.

8

냇물에서 빨래를 하는 갑례의 얼굴에 어쩐지 전과는 달리 그늘이 서려 있는 것 같았다. 방망이질도 어쩐지 전보다 힘이 없어 보였고, 빨래를 치대는 것도 맥이 빠져 보였다. 그리고 도무지 말이 없는 것이었다. 전에도 별로 말수가 많은 편은 아니었지만, 그러나 이렇게 벙어리 같지는 않았던 것이다. 곧장 남들의 이야기에 어울렸고, 때로는 우스갯소리를 해서 남들을 웃기기도 했던 것이다. 그런데 이제 남들이 웃어도 그저 약간 웃음기를 띠다가 말 뿐이었고 이야기에는 아예 어울릴 생각도 없는 것 같았다. 어쩌다가 이렇게 찡찡하게 되어버렸는지, 아무래도 이상한 일이라고 모두 생각했다. 어디 아프냐고 물어도 고개를 내저었고, 무슨 걱정거리가 있느냐고 해도 아니라는 것이었다. 그런데 왜 그러는지 정말 알 수가 없

었다. 그녀의 본남편이 십 년 만에 돌아와, 이곳까지 찾아왔었다는 사실을 아무도 모르고 있었던 것이다. 그런 사실을 모를 뿐 아니라 갑례의 지금 남편이 본남편이 아니라는 것도 아무도 몰랐다. 그저 어디서 두 부부가 가족을 데리고 이곳으로 살러 흘러왔거니, 그런데 남자가 군대에 나가자, 살길이 막연해서 이렇게 미군부대에 빨래를 다니거니 생각할 따름이었다. 그러니 요 근래 갑자기 갑례가 우울해진 까닭을 알 턱이 없었다. 남편이 휴가를 왔다가 가더니, 별안간 성격이 달라진 듯 찡찡해진 걸 보니, 어쩌면 오래간만에 접한 남편을 못 잊어 그러는 게 아니냐고, 상사병에 걸렸는가 보다고 킥킥거리기도 했고, 오래간만에 남자를 접하고 나면 우울해지는 것이 아니라, 몸이 가뿐해지는 법이라고, 그리고 자기 남편한테 상사병이 걸리는 여자가 어디 있느냐고, 공연히들 좋아서 수군거리며 웃어대기도 했다. 아무튼 갑례의 그런 갑작스런 변화는 빨래터의 관심거리가 아닐 수 없었다.

갑례는 영칠이가 집에 있는 동안은 별로 우울하지도 심란하지도 않았었다. 간혹 마음이 뒤숭숭해지려 하면, 그럴 필요가 없다고 애써 가라앉히곤 했었다. 연야(連夜) 그의 품 안에서 갑례는 기왕지사 이렇게 되어버린 몸인데, 하고 일부러 더 열심히 자지러졌었다. 이번 일을 계기로 그들의 사이는 더 밀착되는 듯한 느낌이었다.

사실 갑례는 본남편이 돌아오긴 했지만, 그쪽으로 복귀하고 싶은 생각은 거의 없었다. 십 년이란 세월 동안에 그에 대한 정은 이미 희미하게 바랠 대로 바래버린 것이었다. 단지, 정식으로 혼례를 갖춘 사이라는 것만이 머리를 무겁게 할 뿐이었다. 영칠이와의 사이에는 그런 떳떳한 것은 전혀 없고, 처음부터 남의 눈을 피해야 하는 안타깝고 두려운 일만이 되풀이되었으나, 오히려 남녀간의 정이란 그런 떳떳하지 못한 데서 짜릿하게 우러나고, 또 깊어지는 것인 듯, 이제 어쩌려야 어쩔 수 없을 만큼 깊숙이 빠져 들어가 있는 것이었다. 더구나 그에게 자기의 첫 몸을 바쳤다는 것을 생각하면 말이다. 그에게 첫 몸을 바치던 날 밤의 그 감나무 숲에서의 떨리도록 부끄럽고 야릇하던 일은 도저히 잊을 수가 없었다.

그러나 영칠이가 휴가를 마치고 돌아가자, 갑례는 마음의 안정을 잃었다. 자기의 마음을 떠받치고 있던 기둥 같은 것이 없어져버린 듯한 느낌이었다. 어쩐지 뒤숭숭하고 심란했다. 여느 때 같으면 그저 좀 허전할 뿐, 또 속히 휴가를 오길 바라는 심정이었을 텐데, 본남편 때문에 그런 것이었다.

사실, 아무리 다른 남자에게 빠져버렸다 하더라도, 죽었는지 살아 있는지 소식조차 묘연하던 본남편이 십 년 만에 돌아와 일부러 자기를 찾아오기까지 했는데, 그냥 마음이 평온할 턱이 없었다. 더구나 딴 남자의 몸이 되어버린 줄을 알면서도 찾아와서 다시 자기에게 돌아오기를 원하는 터였으니 말이다. 이미 때가 늦어서 도저히 그렇게 할 수는 없다 하더라도, 괴로운 일이 아닐 수 없었다. 십 년 동안이나 고생을 하고 돌아온 사람에게 너무 가혹한 대접인 것이었다. 아무 잘못도 없는 그가 가련하기만 했다. 잘못은 오히려 전적으로 자기에게 있는 듯, 갑례는 몹시 가책이 되기도 했다.

가책은 비단 본남편에 대해서뿐 아니라, 아버지에 대해서도 마찬가지였다. 칠십이 넘은 노부의 그처럼 간절한 소원을 끝내 뿌리쳤으니 자식 된 도리로서 말이 아니었다. 이제 살아야 얼마나 살지 모르는 노인의 마음이나마 편케 해드려야 할 터인데, 편케는 고사하고 오히려 그 뜻을 거슬러 심화를 돋우기만 하는 판이니 불효도 이만저만이 아니었다. 생각해 보면, 자기는 이날 이때까지 한 번도 부친의 마음을 기쁘게 해드린 적은 없고 노상 걱정만 끼쳐 왔던 것이다. 아무리 세상 탓이었다고는 하지만 죄스러운 일이 아닐 수 없었다. 특히 한 마디 상의도 없이, 시집을 버리고 영칠이와 살림을 차려버린 일은 도저히 변명의 여지가 없었다. 그런데 이번에 또 그 뜻을 거역했으니, 이제 부녀의 인연을 끊는다고 해도 할 말이 없을 것 같았다. 어쩌면 자기는 아주 몹쓸 종자가 아닌가, 그런 생각이 들기도 했다.

그러나 다 어쩔 수 없는 일이었다. 아무리 그렇다고는 하지만, 이제 와서 다시 영칠이를 버리고 마음이 내키지도 않는데 태석이한테로 돌아갈 수는 없는 노릇이었다. 누가 뭐래도 할 수 없었다.

그렇게 어쩔 수 없는 일로 마음의 밑바탕은 다져져 있지만, 그러나 사람의 마음이 개운할 수는 없었다. 더욱이 여자의 마음이 말이다.

이런 때는 자기의 심중을 속속들이 털어놓을 수 있는 상대가 한 사람쯤은 있어야 좀 속이 시원한 법인데, 갑례에게는 그런 사람이 아무도 없었다. 물론 가까이 지내는 이웃이 없는 것이 아니고, 빨래터에는 꽤 친하게 사귀는 친구도 있었으나, 자기의 그런 속마음까지를 털어놓을 수 있는 상대는 못 되었다. 갑례는 자기의 지금 남편이 본남편이 아니라는 사실은 여간 친한 사이가 아니고는 좀처럼 입 밖에 낼 수가 없었다. 본남편을 버리고 딴 남자에게 옮겨 앉는다는 것은 여자로서는 더할 나위 없는 수치라 여겨졌다. 아무리 그럴 만한 까닭이 있었다 하더라도. 그러니 그저 속으로 혼자 앓는 도리밖에 없었다.

갑례는 마 서방 생각이 나는 것이었다. 이럴 때 마 서방이 있었으면 얼마나 좋을까 싶었다. 마 서방에게는 자기의 뒤숭숭한 심중을 모조리 털어놓을 수 있을 것 같았고, 마 서방 역시 자기의 그런 심중을 십분 이해해서 시원하게 위로를 해줄 것 같았다. 틀림없이 그 커다란 입으로,

'까짓 거, 사람이 살만 몇 백 년이나 산다고…… 자기 맘 씌는 대로 하는 기라. 싫은 걸 억지로 할 필요는 절대로 없는 기라. 절대로…… 본서방만 어디 사람잉감'

이렇게 시원시원한 소리를 내뱉어줄 것 같았다. 마 서방은 지금 어디서 주인을 정하고 있는 것일까. 혼자 늙는 몸이 아무쪼록 병이나 걸리지 않아야 될 것인데…… 갑례는 어쩐지 코허리가 찡해지기도 했다.

오늘도 갑례는 냇가에서 빨래를 하며, 말없이 이런 생각 저런 생각을 뒤적이고 있었다.

어쩐지 오늘은 슬그머니 상용이 일까지 걱정거리로 머리를 쳐드는 것이었다. 태석이가 깨끗이 자기를 단념할 경우 상용이를 그냥 지금대로 둘지 의문이었다. 아무래도 그냥 둘 것 같지 않았다. 남의 남자한테 살러간 여자에게 아들까지 주어버릴 수는 없다고, 데려가겠다고 할 것 같았다. 그럴 경우, 도저히 거역할 수 없는 일이 아닌가 싶었다. 무슨 염치로 아이까지 안 주겠다고 버티겠느냐 말이다. 그리고 상용이는 저의 아버지한테로 가는 편이 나을는지 몰랐다. 앞으로의 교육문제로 보아서도. 그러나 어미 마음은 그게 아닌 것이었다. 자기의 살붙이를 자기가 거느리지 못하고, 남의 손에 넘긴다는 것은 이만저만 가슴 아픈 일이 아니었다. 비록 저의 아버지

이긴 하지만 새로 여자를 얻을 게 뻔하니, 결국 남의 여자 손에 내맡기는 셈인 것이다. 아이들에겐 아버지란 실상 별 소용이 없는 것이다. 더구나 딴 엄마를 얻은 아버지란. 상용이 나이 이제 아홉 살, 다 키웠다고는 볼 수 있으나, 그렇지만 역시 눈칫밥이 보통 아닐 텐데…… 생각할수록 측은하고 애처로운 일이 아닐 수 없었다.

그런 생각 때문에 눈시울이 뜨끈해져 있는 판인데, 난데없이 누군가가 방망이질을 하다가 말고,

"어메— 저기 좀 보소!"

하고 소리를 질렀다.

갑례는 얼른 그쪽으로 고개를 돌렸다. 모두 일손을 멈추고 그쪽을 바라보았다.

"앙이, 무신 일이고?"

"글씨, 중학상들인데……."

"무신 경사가 났는 모양이제?"

"깃대에 머라고 써 있는데……."

"멀어서 잘 비야 말이제."

다리 위였다. 다리 위로 중학생들의 행렬이 지나가고 있었다. 선두에는 플래카드가 나부끼고 있었다. 시위 행렬인 것이었다.

다리 위에 이르자, 학생들은 매우 기분이 좋은 듯 한 손을 번쩍번쩍 높이 쳐들며 고함을 질러대고 있었다. 다분히 장난기가 있는 그런 시위인 것 같았다.

처음에는 무슨 소린지 잘 알아들을 수가 없었으나 가만히 잘 들어보니,

"휴전 반대!"

"휴전 협정 결사반대!"

"결사반대!"

이런 소리였다.

그 무렵 판문점에서 휴전회담이 한창 결실 단계에 이르고 있었는데, 그에 대한 반대 시위가 전국적으로 벌어지고 있었다. 그 물결이 이 읍내에도 출렁거리고 있는 셈이었다.

"휴전이 머고?"

"글씨…… 결사반대는 기어이 반대한단 뜻인데……."

"그기사 나도 안다. 휴전이 먼동 몰라서 그렇지."

"협정은 먼동 아능게?"

"협정은 머라, 협정이지."

두 아낙네가 주고받는 말에 모두 웃음을 터뜨렸다.

그러자 처녀 하나가,

"휴전은 인자 전쟁 구만두는 거 앙잉교."

했다.

"전쟁 구만두는 기 휴전이라? 그럼 그거 좋은 기네."

"……."

"그런데 와 반대하노?"

"글씨예. 학생들이 반대하는 거 보니, 무신 까닭이 있는 모양이지예."

처녀가 이렇게 말하자, 요즘 도무지 말이 없던 갑례가 웬일로 불쑥 입을 열었다.

"지랄 안 하나! 전쟁 구만두는데 와 반대하노. 그럼 저거가 전쟁 칠 작정잉강!"

몹시 화가 치미는 모양이었다.

오래간만에 갑례의 입에서 그런 신경질적인 말이 튀어나오자, 모두 어리둥절한 표정이었다. 그러나 말은 옳은 말이라는 듯이,

"글씨, 학상들이 공부는 안 하고……."

이렇게 맞장구를 치는 사람도 있었고, 어떤 사람은,

"어디, 학상들이 저거들 마음대로 그러는 줄 아능게? 다 선상들이 시키서 그런 기지."

제법 아는 체하기도 했다.

그러자 어떤 아낙네는,

"아이고, 선상들은 그놈의 전쟁 지긋지긋하지도 않능강."

했고, 어떤 나이가 꽤 된 아낙네는,

"글씨 말이구마. 그놈의 전쟁 부디 끝났으만 좋겠구마. 우리 아들 살아서 돌아오구로……."

하고 후유— 한숨을 쉬었다. 아들이 일선에 나가 있는 모양이었다.

그 말에 갑례는,

"아이고 맞구마!"

저도 모르게 맞장구를 쳤다. 자기는 아들이 아니라 남편이지만 처지는 마찬가지라는 듯이.

그제야 모두 갑례가 왜 학생들의 시위에, 지랄 안 하나! 하고 발끈 신경질을 냈는지, 이해가 가는 듯 고개를 끄덕거렸다.

그러고 있는데, 자갈밭을 터벅터벅 걸어서 이쪽으로 오고 있는 남자가 한 사람 있었다. 잠시 멈추어 서서 다리 위를 쳐다보기도 하면서.

처음에는 아무도 그 남자에게 관심이 가지 않았으나, 그 남자가

곧장 비식비식 웃으며 저만큼 가까이 다가오자 누군가가,

"저 사람 보소. 무신 사람이 자꾸 웃으메 일로 온대이."

했다.

모두 이번에는 그 남자에게 시선을 돌렸다. 갑례도 물론 그 남자를 바라보았다.

그 남자를 보자 갑례는 그만,

"어마!"

깜짝 놀랐다. 금세 얼굴이 발그레 물들며 어쩔 줄을 몰랐다.

뜻밖에도 태석이였던 것이다. 태석이가 다시 찾아온 것이었다.

갑례는 그가 한 번은 더 찾아오리라 생각하고 있었다. 그러나 이렇게 쉬이, 그것도 직접 이 빨래터까지 비식비식 웃으며 찾아올 줄은 몰랐던 것이다.

갑례는 남세스러워서 어디 구멍이라도 있으면 기어들어가 버리고 싶은 심정이었다. 이렇게 미군들의 구질구질한 군복 나부랭이를 빨고 있는 신세를 그에게 보인다는 것도 견딜 수가 없었고, 또 남들이 뭐라고 생각할까 싶으니, 그것도 여간 창피한 일이 아니었다.

그러나 하는 수 없었다. 얼른 일어서는 수밖에. 그렇지 않고 그냥 우물우물 앉아 있다가는 필경 "여보—" 소리가 그의 입에서 나올 것이니, 그렇게 되면 창피는 이만저만이 아닌 것이다. 갑례는 일어나 태석이에게로 다가갔다.

웬 남잔데, 이렇게 빨래하는 데까지 찾아오는가 싶은 듯, 여자들은 모두 호기심이 가득한 눈으로 바라보고 있었다.

"누군고?"

"글씨……."

"신랑은 앙이제?"

"신랑이사 휴가 왔다 안 돌아갔나."

"그럼 먼공?"

"모르지."

"혹시 샛서방 아잉강?"

"히히히……."

이렇게 수군거리다가, 갑례가 돌아와 자리에 앉자,

"누군게?"

물었다.

그러자 갑례는 입에서 나오는 대로,

"사촌오라버니구마."

했다.

"아하— 사촌오라버니구만. 그런데 난 또……."

"……."

"혹시 새서방이나 아잉가 했지. 새서방 같으만 애기 아빠 돌아오면 일러 줄라고. 헷헷헤……."

"……."

"그 사촌 오라버니 참 정도 많제. 사촌 여동생 빨래하는 데까지 찾아오구로."

모두 웃었다.

갑례도 씩 한 번 웃었다. 그러나 어쩐지 얼굴이 화끈 달아오르는 것 같아, 냅다 방망이에 힘을 주어 쾅쾅 두들겨댔다.

그날 저녁, 갑례와 태석이는 중국집 한 구석방에 마주 앉았다.

바깥에서는 비가 내리고 있었다. 해질녘에 구름이 몰려오더니, 어두워지면서 빗방울이 듣기 시작한 것이었다.

이렇게 비가 내리는 저녁에 호젓한 방 안에 단 둘이 마주 앉으니, 그렇잖아도 몹시 멋쩍고 어색한 터인데 더욱 기분이 얄궂었다. 어쩌면 처음으로 만난 처녀 총각 사이처럼 수줍기까지 한 듯, 갑례는 약간 옆으로 돌아앉아 살포시 고개까지 숙이고 있었고, 태석이 역시 꾸어다 놓은 보릿자루처럼 벽에 멀뚱히 기대앉아, 곧장 방 안을 두리번거리기만 했다.

두 사람 다 별로 이런 데에 와본 적이 없어서 더욱 그런 모양이었다. 갑례는 꼭 한 번 영칠이와 함께 이 중국집에 와서 우동을 한 그릇 먹은 일이 있었다. 이곳으로 갓 왔을 무렵이었다. 그러나 그때도 이렇게 방으로 들어오지는 않았었다. 태석이 역시 남자지만, 그동안 그런 신세가 되어 있었던 몸이라, 옛날 징병에 끌려 나가기 전에 몇 차례 이런 곳에 와본 일이 있을 뿐이었다.

이렇게 서먹한 방 안 공기를 와서 휘저어준 것은 보이였다. 이마에 여드름이 몇 개 뾜록뾜록 돋아 오른 녀석이 물 컵을 갖다 놓으며, 갑례와 태석이를 힐끗힐끗 한 번씩 보고는, 공연히 코언저리에 묘한 웃음을 띠며,

"머 디릴까요?"

했다.

그러자, 태석이가,

"머 있노?"

물었다.

"여러 가지 있지요. 잡채·탕수육·해삼탕·팔보채·양장피……."

보이는 마치 신이라도 나는 듯 주워섬겼다.

태석이와 갑례는 멍해지지 않을 수 없었다. 잡채 한 가지만 알겠을 뿐, 그 밖의 것은 도무지 무언지 얼떨떨하기만 했다.

"그리고 우동도 있고, 짜장면도 있심다!"

보이는 빙글빙글 웃었다.

태석이는 그제야 됐다는 듯이,

"잡채하고 우동하고 짜장면 갖다 도고."

자신 있는 것만 시켰다.

"술은요?"

"술?"

태석이는 우물우물하더니,

"막걸리 반 되만 갖고 온나."

했다.

"막걸리요? 히히…… 막걸린 도가에 가야 있심다."

"……."

"빼갈 갖고 오까요?"

"응, 아무끼나……."

"멫 도꾸리요?"

"……."

태석이는 또 멍해지지 않을 수 없었다. '도꾸리'가 무슨 뜻인지 모르겠는 것이었다.

그러자 갑례가 약간 화난 사람처럼 말했다.

"그 총각 참, 우선 쪼매만 갖고 오만 댈 낀데……."

"예—"

보이 녀석은 유별나게 큰 목소리로 대답을 하고는, 아— 신라의 밤이여를 휘파람으로 가볍게 불면서 사라져 갔다.

방 안의 서먹한 공기를 휘저어주기는 한 셈이었으나, 맹랑한 녀석이었다.

"요새 머슴아들은 참 얄궂어예."

갑례의 말에 태석이도,

"그렇구만. 어른 빰치겠는데……."

하고 히죽 웃었다.

이렇게 두 사람 사이에는 자연스럽게 말문이 열렸다.

태석이는 먼저 갑례의 요즘 사는 형편에 대해서 이것저것 물었다. 자기 딴은 갑례를 걱정해서 그런 말을 꺼내는 것이었으나, 갑례는 몹시 언짢았다. 대답하기가 여간 거북하고 쑥스러운 것이 아니었다. 창피하기까지 했다.

"미군부대 빨랠 해주만 한 달에 얼매나 주노?"

이런 말까지 물었을 때는 갑례는 이맛살을 찌푸리며 얼굴을 돌려버리지 않을 수 없었다.

우동, 짜장면, 잡채가 왔다. 그리고 배갈도 한 도꾸리 왔다.

음식을 갖다 놓고 나가면서 보이는 일부러,

"많이들 잡사요."

하고 빙글 웃었다. 그리고 공연히 이마에 내돋은 여드름을 만지작거리며,

"아이고 아파라. 무신 이드름이 이렇게 아픈 이드름이 다 있는지……."

어쩌고 했다.

어쩐지 기분이 덜 좋은 녀석이었으나, 많이 잡수라는데 뭐라고 화낼 수도 없었고, 또 제 이마에 돋아난 여드름을 가지고 제가 아프다는데 뭐라고 상관할 수도 없는 노릇이었다.

앞에 아무렇게나 갖다 놓여진 음식을 보며 태석이는,

"당신 어느 거 묵을래?"

갑례에게 물었다.

"아무끼나예."

"자, 어느 기든지……."

"우동 묵을라예."

"그래, 난 짜장면 묵지."

"우동 잡수시고 싶으만 잡수시고……."

"아니, 난 짜장면……."

갑례는 짜장면 그릇을 태석이 앞에 바싹 갖다 놓아주었다. 그리고 잡채 그릇도 그 앞으로 갖다 놓고, 배갈 도꾸리를 들어 잔에 꼴꼴꼴 따랐다.

태석이는 매우 기분이 흐뭇한 모양이었다. 슬그머니 잡채 그릇을 도로 갑례 앞으로 밀었다.

그들은 마치 십 년 전의 옛날로 돌아간 듯 정다워 보이기만 했다.

잠시 동안, 그들은 음식을 먹느라 말이 없었다. 태석이는 짜장면을 절반가량 먹고 나서 술잔에 손을 댔다. 제법 단숨에 배갈 한 잔을 꿀컥 삼켜버리는 것이었다. 물론 도토리보다 조금 큰 잔이지만 말이다. 그러나 자신이 있어서 삼킨 것이 아니라, 멋도 모르고 그랬던 것이다. 태석이는 본래 술을 별로 좋아하지 않았다. 물론 마시면 어느 정도 마실 수는 있었다. 그런데 그동안 그런 처지에 떨어져 있었기 때문에, 술 같은 것은 까마득히 잊어버린 거나 마찬가지였다.

"윽! 카—"

그런데 멋도 모르고 배갈 한잔을 단숨에 꿀컥했으니, 이런 소리가 안 나올 도리가 없었다. 정신이 다 화끈한 모양이었다.

갑례는 태석이의 그런 표정이 어쩐지 몹시 좋았다. 옛날의 남편에 대한 정이 짜릿하게 고개를 드는 것 같았다.

어느덧 태석이의 두 눈 가장자리는 발그레 물들고 있었다.

짜장면 그릇을 비우고 난 태석이는 술은 그거 한잔으로 벌써 더 생각이 없는 듯, 곧장 젓가락을 잡채 그릇으로 가져가기만 했다. 그러면서 갑례의 우동 그릇이 비기를 기다리는 눈치였다.

갑례가 젓가락을 놓고, 그릇을 들어 남은 국물까지 마시고 나자, 태석이는 발그레 물든 눈으로 그녀를 똑바로 바라보며 새삼스럽게,

"여보."

했다.

이제 본격적으로 시작할 모양이었다.

갑례는 태석이의 시선을 살작*('살짝'의 방언) 피하며 앉음새를 가다듬었다.

태석이는 취기가 있어서, 말이 매우 수월하게 나오는 듯,

"우리 도로 옛날같이 그렇게 살자. 안 그랄래?"

대뜸 이렇게 말하는 것이었다.

너무나 단도직입적인 말에 갑례는 얼떨떨한 듯 약간 얼굴이 상기되고 있었다.

"지금까지 일은 깨끗이 잊어뻐리고, 도로 옛날같이 살자. 내사 그동안 당신 딴사람한테 가서 산 거 아무렇지도 않다. 십 년 동안이나 소식 못 전한 내가 잘못이지. 당신이사 무신 잘못이고. 사람이 어디 혼자 살 수 있나. 그래서 개갈했능 긴데, 내사 다 이해한다. 그런 거 쪼매도 걱정 말고……."

"……."

"우리 상용일 바서라도 그래야 안 대겠나. 어린기 무신 죄고. 다 부모 탓 앙이가. 내 탓 앙이가. 우리만 도로 같이 살만 만사 해결 앙이가. 앙 그런나?"

"……."

갑례는 말이 없었다. 지금 집에서 엄마를 기다리며 칭얼거리고 있을지도 모를 남이가 머리에 떠올라 우울하기만 한 것이었다. 만일 태석이 말대로 한다 하더라도, 상용이는 좋겠지만, 대신 남이가 불쌍해지는 것이다. 이러나저러나 어차피 한 아이는 불쌍한 것이다. 갑례는 그런 어머니가 된 자신이 원망스러웠다.

"와 아무 말이 없노? 말 좀 해보래. 내 말이 틀렸능강."

"……."

그래도 갑례의 입이 떨어지지 않자, 답답한 듯 태석이는 배갈 도꾸리를 들어 자작을 해가지고는 꿀컥 또 단숨에 삼켜버렸다.

"카—아 독하다."

태석이는 찡그리며 잡채를 한입 집어넣었다.

갑례는 약간 불안해지지 않을 수 없었다.

잡채를 우물거리고 나서, 태석이는 이번에는 좀 고조된 목소리로 늘어놓기 시작했다. 목소리가 약간 떨리기도 했다.

“그동안 난 한시도 당신을 잊어삐린 일이 없었어. 시베리아에서 그렇게 고생을 할 때도 늘 당신 생각을 했었띠라. 어떤 땐 죽어삐릴까 싶으기도 했지만, 우야든동 살아서 당신을 만나야겠단 생각으로 참고 했었단 말이다. 그런데 십 년 만에 겨우 살아서 돌아와 보니…….”

“…….”

“아— 이기 무신 꼴이고. 이기 무신 꼴이라!”

“…….”

“정말 이럴 줄은 몰랐다. 이럴 줄은 몰랐어!”

“…….”

갑례는 떨고 있었다.

“당신이 이럴 줄은 몰랐어! 아—”

이제 목덜미까지 벌겋게 물든 태석이는 또 도꾸리를 거머쥐는 것이었다.

“아이고 구만해예. 여보—”

갑례는 황급히 그의 손에서 도꾸리를 빼앗았다. 그리고 그만 무엇이 사무쳐 오르는 듯,

“와 인자 돌아왔어예— 와 인자—”

하고는 냅다 울기 시작하는 것이 아닌가.

벽 쪽으로 돌아앉아 흐느껴 우는 갑례의 모습을 벌겋게 술기가 오른 눈으로 잠시 멀뚱히 바라보고 있던 태석이는 가슴이 못 견디게 벅차오르는 듯 벌떡 일어나 그쪽으로 다가가더니 그만 그녀를 뒤로부터 덥석 안아버리는 것이었다. 그리고 얼굴을 냅다 그녀의 목덜미에다가 미친 듯이 문질러댔다. 마치 굶주린 짐승처럼.

그러자 갑례는 소스라치며 울음을 뚝 그쳤다. 그리고,

"안 대예! 안 대예!"

냅다 소리를 지르며 바동거렸다.

"여보! 여보!"

태석이의 숨결은 거칠고 가빴다.

바깥에서는 좍— 비 쏟아지는 소리가 요란했다. 소나기로 바뀐 모양이었다.

"아이고— 놓아예! 놓아—"

갑례의 고함소리를 들은 듯,

"아— 신라의 바아미이여—"

보이의 노랫소리가 이쪽으로 가까이 오고 있었다.

그 소리에 태석이는 멈칫했다.

그 순간, 갑례는 재빨리 그의 품에서 몸을 빼쳐*(빼내어), 후닥닥 문밖으로 뛰어나갔다. 그리고 고무신을 끌기가 바쁘게 빗속으로 뛰어들었다. 샛문이 눈에 띄었던 것이다.

샛문을 빠져나간 갑례는 소나기고 뭐고 아랑곳없이 마구 뛰었다. 꼭 실성한 사람 같았다.

한참 달리다가 지친 갑례는 억수로 쏟아지는 소나기 속을 그냥 터벅터벅 집을 향해 걸었다.

그리고 그녀는 울기 시작했다. 알 수 없는 슬픔이 가슴을 미이게 하는 것이었다. 그녀의 얼굴엔 빗물과 함께 눈물이 줄줄 흐르고 있었다.

9

이튿날 늦은 오후, 태석이는 상용이를 데리고 정거장 대합실에 앉아 기차를 기다리고 있었다. 차시간이 지났는데도 아직 개찰을 할 생각도 하질 않았다. 태석이는 더워서 보릿짚 모자로 곧장 부채질을 하고 있었고, 상용이는 아이스케이크를 빨고 있었다. 상용이의 허리에는 책보가 동여져 있었다.

상용이는 공부를 마치고 교문을 나오다가, 거기서 뜻밖에도 아버지를 만났던 것이다.

오후반이었다. 여러 아이들과 함께 떠들어대며 교문을 나서는데, 교문 기둥 그늘에 웬 남자가 한 사람 보릿짚 모자를 숙여 쓰고 서서 유심히 아이들을 살피고 있었다. 누구를 찾고 있는 모양이었다.

"너거들 몇 학년이고?"

"2학년입니더."

"2학년이라…… 그럼 정상용이라고 알제?"

"압니더."

그리고 아이들은 히히히…… 웃으며,

"야 아닙니꾜."

하고 상용이를 가리켜 보였다.

그러자 상용이는 그 보릿짚 모자를 쓴 사람의 얼굴을 자세히 보더니 그만,

"아부지!"

소리를 지르며 그쪽으로 다가갔다.

정말 뜻밖의 일이었던 것이다.

상용이는 얼마 전에 외할아버지와 함께 찾아왔던 아버지가 하룻밤만 자고 어디론지 가버린 것이 몹시 안타까웠다. 학교에 갔다 돌아와 보니, 아버지도 보이지 않고 외할아버지도 보이지 않자, 상용이는 그만 울고 싶었다. 밤에 자면서 다리를 하나 몸에 얹어보아도 가만히 있고, 아침 밥상에서는 고기 토막을 일부러 집어다가 밥그릇에 놓아주기까지 하던 아버지, 불과 하룻밤 사이였지만 어쩐지 따뜻한 것이 짜릿하게 다가오던, 틀림없는 진짜 아버지가 왜 하룻밤만 자고 가버린 것일까. 그렇게 진짜 아버지가 왔다 간 뒤로 상용이는 몹시 우울해지지 않을 수 없었다. 집에 휴가와 있는 아버지는 더욱 가짜 아버지로만 여겨져, 어쩐지 가까이 가기도 싫었고 보기도 싫었다. 어머니는 왜 진짜 아버지하고 안 살고, 가짜 아버지하고만 사는 것인지 알 수가 없었다. 그런 생각이 들자, 상용이는 어머니가 얄밉기까지 했다.

그런데 그 그립던 진짜 아버지가 뜻밖에도 이렇게 교문에 서서 기다리고 있다니, 상용이는 좋아서 어쩔 줄을 몰랐다. 얼른 다가가 냅다 아버지의 허리를 안아버렸다.

상용이가 그렇게 다가와서 허리를 안자, 태석이는 약간 놀라는 기색이었다. 불과 하룻밤 같이 잤을 뿐인데, 알아보고 이렇게 주저 없이 다가와서 답삭 들어붙다니, 혈육이란 역시 다른 것이로구나 싶었다. 그리고 자기 역시 코허리가 찡해지고 있었다.

"상용아, 공부 잘했나?"

"예."

"덥제?"

"예."

"덥다. 어서 가자."

"예. 아부지도 덥지예?"

"응."

이렇게 두 부자는 두 번째 만났는데도 그럴 수 없이 정답기만 했다.

태석이는 약간 의외의 일이라 생각했다. 그리고 안도의 숨을 내쉬었다. 태석이는 상용이가 자기를 알아보지 못하면 어쩔 것인가, 알아본다 하더라도 선뜻 가까이 오지 않거나, 멋쩍어서 달아나버리기라도 하면 어쩔까 슬그머니 걱정이 되었다. 그리고 학교 교문에 서서 기다리고 있다가 비록 자기 아들이기는 하지만, 저의 어메 몰래 데리고 가버린다는 것은 결코 떳떳한 일이 아니어서 좀 켕기기도 했다. 그래서 태석이는 일부러 보릿짚 모자를 하나 사서 그것을 앞으로 숙여 쓰고 있었던 것이다. 그런데 의외로 상용이가 반가와 못 견디며, 다가들어 허리를 안기까지 하는 판이니, 절로 안도의 숨이 내쉬어지지 않을 수 없었다.

그러나 역으로 가는 갈림길이 가까워지자, 태석이는 역시 조심스레 입을 열었다.

"상용아."

"예?"

"할무이 안 보고 싶나?"

"……?"

상용이는 얼른 말을 분간하지 못하는 모양이었다. 어느 할머니를 말하는 것인지, 할머니도 두 개가 있는 판이니 말이다.

"여기 있는 할마시 말고, 우리 집에 있는 진짜 할무이 말이다."

"보고 싶심더 아부지! 여기 할매는 가짜 할매지예!"

"응, 가짜 할매지. 앙이, 가짜 할매도 앙이다. 아무것도 앙이다. 남이다 남."

"그럼 여기 있는 아부지도 남입니꾜?"

"물론 남이지. 그건 더 남이다. 아무것도 앙이다."

"쫄병 아닙니꾜. 개병대라 카더니, 개병대가 아니고, 쫄병입띠더."

"헛헛허……."

태석이는 몹시 기분이 좋은 모양이었다.

"상용아, 할무이도 니가 보고 싶어 죽겠다 카시더라."

"……."

"할무이한테 안 갈래!"

"언제예?"

"지금."

"아부지하고예?"

"물론이지. 지금 곧 정거장에 가서 기찰 타고 가는 기라."

그러면서 태석이는 상용이의 손 하나를 잡았다. 상용이는 좋아서,

"야— 신난다!"

냅다 소리를 질렀다.

태석이는 상용이가 귀여워서 못 견디었다. 갑례가 그처럼 끝내 남의 속을 썩이는 대신 아들은 이렇게 순순히 아버지의 뜻에 응해 주니, 반분이나마 풀리는 것 같았다.

마침 지나가는 아이스케이크 장수가 있어서, 태석이는 얼른 한 개를 사서 상용이의 손에 쥐어 주었다. 그리고 역 쪽을 향해 조금 걸음을 빨리 했다.

아버지와 손을 잡고 아이스케이크를 빨며 한참 걸어가던 상용이는 어떤 일꾼 비슷한 사람을 보자 대뜸,

"아저씨예, 나 아부지하고 할무이 집에 갑니대이."

하고 좋아서 헤헤헤…… 웃었다.

그러나 그 남자는 가만히 보고 있을 뿐 아무 말이 없었다.

태석이는 찔끔했다. 그 남자가 분명히 상용이보다도 자기를 유심히 보는 것 같았던 것이다. 태석이는 걸음을 더 빨리 했다.

한참 가다가 힐끗 뒤를 한 번 돌아보고 나서,

"그 사람 누고?"

물었다.

"정미소 아저씨 아닙니꾜."

"정미소 아저씨라니!"

"예, 정미소서 나락 퍼붓는 아저씹니더. 기계에다가 나락 퍼부만 쌀이 쏟아집니대이. 아부지 압니꾜?"

"응, 안다."

태석이는 싱글 웃었다. 별로 걱정할 게 없는 것이었다.

다리를 지날 때, 상용이는 그제야 어머니 생각이 난 듯,

"엄만 같이 안 갑니꾜?"

했다.

멀리 세탁부들이 미군부대 빨래를 하고 있는 쪽을 바라보면서, 태석이는 또 찔끔했다. 그러나 겉으로는 아무렇지도 않은 듯이 멀쩡한 얼굴로,

"엄만 메칠 있다가 온다고, 우리 둘이 먼저 가라 카더라. 아 덥다. 아이스께끼 한 개 더 사주까?"

이렇게 엉뚱한 데로 말을 돌리려 했다. 그러나 상용이는 아이스케이크 소리는 들은 척 만 척,

"아부지 벌써 엄마 만나봤구나."

하고 공연히 히히! 웃었다. 그리고 또,

"엄마 살짝 만나봤지예? 그지예?"

하는 것이 아닌가.

태석이는 속으로 요녀석 봐라 싶었다. 맹랑한 녀석이었다. 겉으로 보기와는 달리, 속에는 벌써 영감이 들어앉아 있는 것이었다.

어이가 없어서 허— 웃어버리자, 이번에는,

"엄만 참 바보예. 진짜 아부지하고 안 살고, 만날 가짜 아부지하고만 산다니까."

이런 소리까지 하는 것이었다.

"기차 시간 늦일라, 빨리 가자."

태석이는 상용이의 입에서 또 무슨 말이 나올지 몰라, 그의 말을 막듯 냅다 잰걸음을 쳤다. 그러자 상용이는 달리다시피 했다. 허리에 동여맨 책보에서는 딸강딸강 몽당연필 흔들리는 소리가 났다.

기차 시간이 반 시간가량 지나서야 개찰이 시작되었다. 태석이는 얼른 상용이의 손을 잡고 개찰구 쪽으로 갔다. 기차가 아직 들어온 것도 아닌데, 서로 먼저 나가려고 개찰구는 온통 혼잡이었다. 태석이도 공연히 마음이 바빠서 마구 밀고 나갔다. 그 바람에 상용이는 사람들 틈에 찡기어*('끼이다'의 방언) 혼이 났다. 정거장에서는 누구나 그렇게 공연히 마음이 조급해지고, 사정이 없어지게 마련인가 보다.

그렇게 밀치기를 하며 플랫폼에 나갔으나, 어떻게 된 셈인지, 기

차는 또 도무지 소식이 없었다. 도착하는 것이 기차 시간이고, 출발하는 것이 기차 시간인 그런 시절이었다. 대부분의 사람들은 조그마한 그늘을 찾아 숫제 퍼질러 앉아버렸다.

상용이를 데리고 그늘에 비집고 들어가 앉아 있던 태석이는 크게 하품을 하며 일어나 징검징검 레일을 건너갔다. 저쪽 탱자나무 울타리 밑에 가서 볼일을 보는 것이었다. 마침 오줌줄기가 뻗는 판인데, 꽤액— 기적소리가 들려왔다. 그리고 산모롱이를 돌아 기차가 나타났다.

"빌어묵을 눔의 기차!"

기다릴 때는 안 오더니, 남 볼일 좀 볼라니까 꽤액— 소리를 지르며 들이닥칠 게 뭐냐 말이다. 아직 꽤 거리가 있었으나, 태석이는 마음이 조급해서 견딜 수가 없었다. 좍— 내뻗는 오줌줄기를 대강대강 처리해 버리고, 후닥닥 뛰었다.

"아부지—! 빨리 와예—!"

상용이도 냅다 손짓을 하며 부르고 있었다.

기차는 꽤 만원이었다. 그러나 태석이 부자는 용케 자리를 잡을 수가 있었다. 그것도 바로 창가에 말이다. 내리는 손님이 꽤 많은데다가, 상용이가 다람쥐처럼 사람들 틈으로 재빨리 기어 올라갔던 것이다. 똘똘하기가 보통 아니었다. 그런 상용이가 기특하고 대견해서, 태석이는 땀을 닦아주고, 곧장 보릿짚 모자로 부채질을 해주었다.

내릴 사람도 다 내리고 탈 사람도 다 탔으나, 기차는 이번에는 도무지 출발할 생각을 하지 않았다. 그렇게 도무지 와주질 않더니, 이번에는 또 도무지 떠나주질 않는 것이었다. 꽥— 하고 기적이 울리기에 떠나는 줄 알았더니, 그게 아니라, 대가리만 떨어져 나가는 것이었다. 그리고 대가리만 혼자서 무엇을 하는지, 꽥꽥거리며 이리 갔다 저리 갔다 해쌓는 것이 아닌가. 참 더러운 놈의 기차였다.

그러나 상용이는 즐겁기만 한 듯,

"야— 저거 우리 화통이다! 뒤로 간다, 뒤로!"

하고 소리를 질러댔다.

갑례는 뙤약볕에 얼굴이 화닥화닥 타고 있었다. 아무리 물에 손발을 담그고 하는 일이지만, 여름 햇볕 아래서의 빨래는 이만저만 한 고역이 아니었다. 저고리를 벗고, 치마를 걷어붙이고 있었으나, 온몸에서 땀이 물처럼 흘렀고, 땀에 젖은 살에 햇빛이 따갑게 내리쬐었다. 머리에는 수건을 쓰고 있었으나, 정수리가 뜨끈뜨끈 익는 듯했다. 어느덧 갑례의 팔다리랑 목둘레는 구릿빛으로 물들어가고 있었다. 갑례뿐 아니라 세탁부들 모두가 그러했다.

오늘은 별안간 더 날씨가 찌는 듯 무더웠다. 간밤에 그렇게 소나기가 쏟아지더니, 이제 본격적인 한여름으로 들어서는 모양이었다.

세탁부들은 이따금 방망이를 집어던지고,

"몬 살겠네, 몬 살겠어."

혹은,

"내 팔자야, 내 팔자야."

하면서 물속으로 뛰어들어 얼굴을 씻고, 팔다리를 텀벙거려댔다.

어떤 아낙네는 숫제 치마를 훌렁 걷어 올리고, 삼베 고쟁이를 입은 채 물 속에 텀벙 앉아버리며,

"아이고 시원해! 살겠대이, 살겠대이."

빙글빙글 웃어대기도 했다.

갑례도 이따금 방망이를 놓고 물에 들어서서 허벅지까지 물을 적셔댔다. 그러나 갑례는 오늘따라 더 우울하기만 했고, 몸도 나른했다. 물론 날씨 탓만은 아니었다. 간밤의 일 때문이었다.

이제 깨끗이 끝장이 난 셈이었다. 그런 꼴을 당하고도 단념을 못 하고, 다시 사정을 하려 드는 남자는 아마도 없을 것이다. 쓸개가 달려 있는 이상. 생각하면 정말 너무한 일이었다. 그렇게 고생을 하고, 십 년 만에 돌아온 본남편을 그런 식으로 봉변을 주어 떼쳐버리다니 여자로서 할 짓이 아니었다. 그러나 그렇게 매정하게 떼치려고 했던 것은 결코 아니었다. 어쩌다가 그만 일이 그렇게 되어버렸던 것이다. 헤어져도 서로 좋게 헤어지는 길을 택하고 싶었는데 말이다. 서로 좋게 헤어지는 일이 결코 수월한 일이 아니긴 하지만. 아무튼 갑례는 못 할 짓을 한 것 같아 괴롭기만 했다. 지금쯤 혼자 기차를 타고 평촌으로 돌아가고 있는 것일까? 얼마나 원망을 할까? 생각할수록 안됐고 가슴이 아팠다. 어차피 다시 이루어지지 못할 사이라면 좀 매정하지만, 차라리 잘 되어버린 일인지도 몰랐다. 그러나 사람의 마음이, 더구나 여자의 마음이 그렇게 먹어질 수가 없었다. 그렇게 마음먹기에는 뒷맛이 너무나 쓴 것이었다.

그리고 이제 깨끗이 끝장이 났다는 생각을 하니, 개운하고 후련한 것이 아니라, 어쩐지 가슴 한쪽 구석이 무너져 그 자리가 허전해진 듯 쓸쓸하기까지 했다. 참 알 수 없는 것이 사람의 마음이고, 얄궂은 것이 여자의 심사인가 보았다.

그리고 전에는 한 번도 그런 일이 없었는데, 오늘따라 난데없이 이 구질구질한 미군부대 빨래질을 언제까지 계속해야 하는 것인지, 이 고생이 어느 세월이라야 끝나는 것인지, 하는 생각이 머리를 쳐드는 것이었다! 끝없는 고생이 지겨워서 견딜 수가 없었다. 그리고 그전의 시집살이가 절로 비교되어 머리에 떠오르기도 했다. 평촌에서의 그 시집살이도 결코 편하고 수월한 것은 아니었지만, 그러나 이렇게 뙤약볕 아래에서까지 끙끙거리는 일은 없었던 것이다. 더구나 남의 남자들의 옷가지를 주물러대느라고 말이다. 그것도 얄궂은 누린내가 풍기는 서양 군인들의 옷가지를.

"더럽게 누린내도 나네. 지랄같이."

오늘따라 갑례는 공연히 세탁물 냄새를 가지고 짜증을 내기도 했다. 누린내가 나는 줄을 이제 알기라로 한 듯이. 말하자면 그것은 자기 자신에 대한 짜증인 셈이었다. 더러운 자신의 운명에 대한 한탄인 것이었다.

그렇게 뙤약볕 아래 몹시 내키지 않는 세탁물을 억지로 주무르고 있는데, 깜짝 놀랄 소식이 전해 왔다. 정미소 집 안주인이 찾아온 것이었다.

"동세— 동세—"

갑례는 얼른 뒤를 돌아보았다. 정미소집 형님이라는 것을 알자, 갑례는 가슴이 철렁했다. 틀림없이 무슨 불길한 일이었다. 그렇지 않으면 이렇게 뙤약볕 속으로 여기까지 헐떡거리며 찾아올 턱이 없는 것이다. 그리고 지금의 자기에게는 불길한 일 말고, 좋은 일은 아무것도 있을 건더기가 없는 것이다.

갑례는 얼른 일어나,

"형님예— 와예?"

하면서 다가갔다.

"동세 야단났네. 상용이가 어떤 남잘 따라 가더라 안 카나."

"예?"

갑례는 눈이 휘둥그레졌다.

"우짠 남자가 딜꼬 가더란다. 정거장 쪽으로."

"우야꼬— 누가 캅디꼬."

"우리 집 일꾼이…… 그런데 동세, 상용이 저거 아부지 또 왔띠나?"

"예."

"그럼 맞구만. 저거 아부지구만. 아부지하고 할무이 집에 간다 카더란다."

"아이고 우야꼬—"

"좋아서 웃더라던데……."

"그놈 자석…… 아이고—"

갑례는 어쩔 줄을 몰랐다.

후닥닥 빨래하는 동료들에게 가서,

"안주 기차 안 올라갔지예."

하고 큰소리로 물었다.

매일 올라가는 기차가 두 차례 있었다. 오전에 한 차례, 그리고 오후 이맘때가 되면 또 한 차례, 기적을 울리며 철교를 지나 북쪽으로 가는 것이었다.

평촌은 그쪽이었다.

"와 별안간 기차는?"

"아이고 글씨, 우리 아들을 누가 딜꼬 갔다지 머예. 정거장으로."

"저런 수가 있나!"

"안주 안 올라갔지예!"

갑례는 오늘 오후 기차가 올라갔는지, 안 올라갔는지도 잘 알 수가 없었다.

"안 올라갔구마. 빨리 가 보소!"

"아이고—"

갑례는 자기가 빨던 빨래를 부탁해 놓고, 정신없이 냅다 자갈밭을 달렸다.

길에 올라서서도 헐떡거리며 허둥지둥 곧장 달렸다. 아버지하고 할머니 집에 간다고 좋아서 웃더라니, 괘씸한 생각이 들기도 했으나 그 어린 것이 무엇을 아느냐고, 그럴수록 더 측은한 생각이 들어 갑례는 코허리가 씽해지기도 했다. 정거장까지는 수월찮은 거리였다.

물 같은 땀을 흘리며 뙤약볕 속을 한참 달려가던 갑례는 숨이 차서 견딜 수가 없어서 터벅터벅 걷기 시작했다. 그제야 머리에 쓰고 있는 수건 생각이 나, 그것을 벗겨서 땀을 닦으며 터벅터벅 걸어가고 있는데, 정거장 쪽에서 꽥액— 기적소리가 울렸다. 그리고 곧 칙— 칙— 폭— 폭— 하고 출발을 하는 것이 아닌가. 갑례는 정신이 하나도 없었다. 다시 냅다 달리기 시작했다. 그러나 이미 소용이 없다는 것을 알고, 그녀는 그만 그 자리에 우뚝 멈추어 서버렸다.

기차는 칙칙폭폭 칙칙폭폭 이쪽으로 오고 있었다. 도로와 기찻길과는 꽤 떨어져 있었으나, 거의 평행을 이루고 있었다. 갑례는 멀뚱히 서서 다가오는 기차를 넋 나간 사람처럼 바라보고 있었다. 기차가 눈앞을 길게 가로질러 차츰 멀어져 가자, 갑례는 그만 실성한 사람처럼,

"상용아—"

냅다 고함을 질렀다.

"상용아, 상용아—"

그러나 기차는 꽁무니를 보이며, 자꾸 멀어갈 따름이었다.

갑례는 가로수 그늘에 가서 아무렇게나 풀썩 무너지듯 앉아버렸다.

생각하면 상용이로서는 잘 가는 것인지도 몰랐다. 친할머니 그늘에 가서 귀염을 받으며, 먹는 것도 배불리 먹을 것이고, 입는 것도 지금보다 나은 것을 입을 것이며, 학교도 잘 다니게 될 것이다. 중학교도 가게 되고 고등학교도 가게 되고, 또 대학까지도 가게 될지 모른다. 그렇다면 얼마나 잘된 일인가.

그러나 갑례는 상용이가 불쌍해서 견딜 수가 없었다. 자기가 데리고 있는 것보다 훨씬 나을 판인데, 왜 그렇게 불쌍한 생각이 드는지 알 수가 없었다. 마치 어느 먼 곳에 있는 어두운 우리 속으로 끌려가는 가련한 어린 짐승처럼 생각되는 것이었다. 어미젖이 갓 떨어진 어린 짐승 말이다.

사실 아무리 친아버지·친할머니라고는 하지만, 그리고 배불리 먹고, 좋은 옷을 입는다고는 하지만, 자기 어미의 그늘과 같을 수는 없을 것이다. 그리고 필경 남의 어미 밑에 놓이게 될 것이니, 배가 불러도 그것은 눈칫밥일 것이고, 좋은 옷이라도 그것은 부드럽게 손질이 된 옷이 아닐 것이다. 생각하면 불쌍하지 않을 수가 없고, 슬그머니 분한 생각도 드는 것이었다. 원통한 생각도 드는 것이었다. 자기가 낳은 자식을 자기가 끝까지 키우질 못하고, 남의 여자 손에 내맡기다니 말이다. 그리고 아무리 자기 자식이지만, 이렇게 한 마디 말도 없이, 마치 무슨 물건이라도 훔쳐가듯 살짝 데리고 떠나버리다니 괘씸하지 않을 도리가 없었다. 간밤에 자기가 그렇게 매정하게 했기 때문에 그런지는 모르지만.

아무튼 갑례는 가슴속에 불쌍한 생각, 분한 생각, 원통한 생각, 괘씸한 생각 같은 것이 뒤범벅이 되어 온통 부글부글 끓었다. 그러다가 기차가 영영 시야에서 사라져 버리자, 그것은 마침내 한 덩어리가 되어 주르르— 슬픔으로 녹아내렸다.

갑례는 두 손으로 얼굴을 가리고 울기 시작했다. 지나가는 사람들이 보거나 말거나 그런 건 상관없었다.

며칠 뒤, 일요일 저녁나절의 일이었다. 갑례는 방에서 남이와 함께 낮잠을 자고 있었다. 평촌댁이는 이웃에 놀러가고 없었다.

낮잠을 자다가 이상한 꿈을 꾸었다.

누가 사립문을 열고 들어오는데 보니, 뜻밖에도 어머니가 아닌가. 어머니가 머리에 웬 자루를 이고 들어오는 것이었다. 갑례는 너무나 반가워서 맨발로 뛰어나가 자루를 받으며,

"아이고 어무이예, 돌아가신 줄 알았는데, 어디 있다가 인자 옵니꼬?"

하니까,

"구두 주워갖고 안 오나. 죽긴 내가 와 죽어."

했다.

"구둘 줏다니예?"

하니까,

"그 속에 들었다. 보래."

한다. 그래서 자루 안의 것을 꺼내 보니, 웬 군화 한 짝이었다. 그런데 그 커다란 군화짝이 어찌된 셈인지, 살아 있는 것처럼 꿈틀꿈틀 움직이는 것이 아닌가.

"아이고 얄궂대이."

하고 보고 있는데, 꿈틀거리던 그 군화짝이 이번에는 뿔뿔뿔 기어가기 시작했다. 뿔뿔뿔 기어가다가 되돌아 기어오는데 보니, 질겁을 하게도 그것은 군화짝이 아니라, 사람의 대가리가 아닌가.

"으악—!"

갑례는 소스라쳐 깨어났다.

참 얄궂은 꿈이었다. 무슨 꿈이 그런 꿈이 다 있는 것일까. 갑례는 꿈을 꾼 뒷맛이 어쩐지 좋지가 않아 기분이 꺼림칙했다.

군화짝이 사람의 대가리라니, 길몽인지 흉몽인지 알 수가 없었다. 아무래도 길몽은 아닌 것 같았다. 길몽이 그렇게 사람을 놀라게 하고, 뒷맛이 안 좋을 턱이 없는 것이다. 좌우간 예사 꿈이 아닌 것만은 틀림없었다. 좀처럼 꿈에 보이는 일이 없던 어머니까지 나타났으니 말이다. 누구한테 한 번 해몽을 해보았으면 싶었다.

남이는 저만큼 뒹굴어나가 색색 잘도 자고 있었다.

"아아으—"

커다랗게 하품을 하며 기지개를 켜고 있는데, 사립문으로 누군가가 들어섰다.

"아이고 허리야. 좀 시었다 갈까."

어떤 노파였다. 머리가 파뿌리처럼 하얗게 센 노파가 손에 웬 자루를 하나 들고 걸어오는 것이 아닌가.

갑례는 깜짝 놀라 후닥닥 일어나 앉았다. 어쩌면 꼭 방금 꾼 꿈과 비슷한지 몰랐다. 등골을 찬물이 타고 내려가는 듯, 갑례는 온몸에 오스스 소름이 돋았다.

"젊은이, 와 그렇게 놀래능게?"

노파는 얼굴에 부드러운 웃음을 띠며 다가왔다. 마침 주인집에 아무도 없어서, 노파는 갑례 쪽으로 다가오는 것이었다. 얼른 보아도 어쩐지 인자한 기운이 감도는 그런 호호노파였다. 그러나 갑례는 섬찍한 생각을 하며 노파가 손에 들고 있는 자루를 겁먹은 눈으로 바라보았다. 그 손에 혹시 군화짝이, 아니 사람의 대가리가 들어 있는 것이나 아닌가 하고. 그러나 그것은 누가 보아도 쌀자루가 아니면 보릿자루였다. 쌀이나 보리가 두어 되가량 담겨 있는 것이었다.

노파는 갑례네 방 앞, 다 찌그러져가는 조그마한 마루에 와서 자루를 놓고 앉으며,

"관셈보살—"

했다.

한쪽 손목에 염주를 걸고 있었다.

노파는 이마에 내밴 땀을 닦으며,

"아이고, 그 요강 참……."

눈이 둥그레지는 것이었다.

마루 곁 토방에 놓인 꽃요강을 보았던 것이다.

"보통 요강 앙이구나. 보통 요강 앙이라."

이런 남의 집 아래채에 사는 사람에게 어떻게 이와 같은 흔히 볼 수 없는, 귀물스러운 요강이 있는 것일까 싶은 듯 노파는 곧장 꽃요강과 갑례를 번갈아 바라보았다.

갑례는 어쩐지 부끄러운 생각이 들어,

"할무이예, 방에 좀 들어오이소. 방이 덜 덥심더."

했다.

조금 전의 으스스하던 기분은 말짱 가시고, 슬그머니 이 노파에게 호감이 가는 것이었다.

"아이고 관셈보살—"

노파는 고마운 일이라는 듯이 서슴지 않고 방으로 들어왔다.

노파는 방에 들어와 앉더니 손목에 걸고 있는 염주를 잘그락거리며 잠시 염불을 외웠다.

그러고 나서,

"나 미룩댕이 안 있나."

하는 것이었다.

미륵당(彌勒堂) 보살할미였던 것이다.

"그렇습니꾜."

갑례는 보살할미라는 것을 알자, 어쩐지 이상한 생각이 들었다. 아무래도 아까 꾼 꿈과 무슨 연관이 있는 것만 같이 느껴졌다. 그래서,

"보살님예, 참 얄궂은 꿈을 꾸었는데, 해몽 좀 해줄랍니꾜?"

하고 웃었다.

"어디, 무신 꿈인데?"

보살할미는 조금도 웃지 않았다.

그래서 갑례는 조금 전에 낮잠을 자면서 이런 꿈을 꾸었다면서, 아까 꾼 꿈 이야기를 자세히 늘어놓았다. 그러자 가만히 듣고 있던 보살할미는 고개를 끄덕끄덕하더니 이번에는,

“관셈보살— 나무아미타불—”
하고 나무아미타불까지 찾는 것이었다.

그리고,

“낮잠 자며 꾼 꿈은 개꿈이라 카지만…… 핫하—”
하더니,

“젊은이 지금 나이가 몇이고?”

엉뚱하게 나이를 물었다.

“스물여덟입니더.”

“수물여덟이라…… 생일은?”

“정월 열아흐렙니더.”

“정월 열아흐레라, 보자…….”

보살할미는 잠시 엄지손가락 하나로 손가락 마디를 짚어 나가더니, 또

“시는?”
하고 물었다.

“글씨예. 무신 시라 카더라…… 전엔 알았는데…….”

“대강 언제쯤 낫는지도 모르나?”

“저녁밥 안치다가 낫다 캅니더.”

“보자 그럼…….”

또 잠시 손가락을 헤아리더니,

“신시로구나, 신시.”
했다.

그리고 보살할미는 눈을 지그시 감고,

“수물여덟에 정월 열아흐레라, 열아흐레…… 열아흐렛날 신시라,

신시……."

중얼중얼하더니,

"젊은이 지금 남자가 두 번째제?"

눈을 번쩍 뜨며 서슴없이 이렇게 말하는 것이 아닌가.

갑례는 아무 말도 못하고 얼굴이 발개지고 있었다.

그러나 보살할미는 아랑곳없이 또 지껄였다.

"시에 이별살이 끼서 젊은이 아매도……."

"……?"

"남자가 셋이겠는데."

"예?"

"지금 남자캉도 시원찮다이까. 시원찮애."

"……."

갑례는 발개졌던 얼굴이 이번에는 하얘지고 말았다.

그러자 보살할미는 안됐다는 듯이,

"관셈보살— 살이 끼도 단다이*('단단히'의 방언) 끼었는데…… 쯧쯧쯧……."

혀까지 차는 것이었다.

갑례는 곧 울상이 되어,

"보살님예, 그럼 우째야 댑니꾜? 예?"

애걸하다시피 했다.

"살풀이를 해야지. 살풀이를 하만 개않을 끼다."

"살풀이를 어떻게 합니꾜? 예?"

"우리 미룩댕이에 한 번 온나. 미룩님같이 영검 있고, 대자대비한 어른은 이 세상에 없니라. 와서 살풀이를 해야지. 보니 젊은이,

서방하고만 살이 낀 기 앙이라, 자식하고도 살이 끼었구마는."

"……."

"자식도 하나 이별했제?"

"아이고 보살님예— 맞심더. 메칠 전에……."

어쩌면 이렇게 용한지 몰랐다. 갑례는 놀라움과 두려움이 뒤섞인 그런 눈으로 보살할미를 바라보고 있었다.

"죽진 안 했네. 보니까, 그제?"

"예."

"지 발로 걸어갔어. 잘 갔구마는. 에미한테 있는 것보다 낫네. 관셈보살—"

"그래예? 후유—"

갑례는 한숨을 쉬었다. 어느덧 그녀의 볼에는 두 줄기 눈물이 소리 없이 기어내리고 있었다.

그렇게 소리 없이 눈물을 흘리고 있는 갑례의 얼굴을 보살할미는 가만히 바라보는 것이었다. 얼굴의 천정(天庭)·인당(印堂)·인중(人中), 그리고 지각(地閣) 같은 데를 빤히 바라보고 있더니,

"이 일을 우야노— 검은 먹구름이 북쪽에서 오고 있구나. 북쪽에서 오고 있어. 속히 막아야 될 낀데, 속히……."

혼자 넋두리를 하듯 중얼거렸다.

"예? 북쪽에서 검은 구름이예?"

갑례는 귀가 번쩍하는 듯, 눈물을 거두고 오스스 떨었다.

"관셈보살— 나무아미타불—"

"보살님예, 그기 무신 말입니꺼? 예?"

"후유— 많이 쉿다. 인자 가 볼까."

"보살님예!"

그러나 보살할미는 부스스 일어나 밖으로 나가며,

"젊은이 우리 미룩댕이 한 번 찾아온나."

할 따름이었다.

갑례는 얼른 부엌으로 나가 쌀을 반 바가지가량 퍼서 보살할미의 자루에 부어주었다.

보살할미가 사립 밖으로 사라지자, 갑례는 어쩐지 허전하고 뒤숭숭해서 마음을 걷잡을 수가 없었다. 북쪽에서 검은 구름이 오고 있다니, 구름이 몰려와서 소나기를 퍼붓는다는 말은 아닐 것이고, 도대체 무엇이 어떻게 된다는 것인지 그 말이 자꾸 머리에 감돌아 꺼림칙하고, 심란하고 슬그머니 겁이 먹어지기도 했다.

그래서 갑례는 다음 일요일에는 꼭 미륵당을 찾아가 보아야지 싶었다.

10

전쟁이 끝났다는 소문을 들은 갑례는 좋아서 어쩔 줄을 몰랐다.

"아이고, 댔구나! 댔구나!"

대번에 이런 소리가 나왔다.

정말 이제 살았구나 싶었다. 전쟁이 끝났으니, 이제 곧 남편이 군복을 벗고 돌아올 게 아닌가 말이다. 그놈의 지긋지긋한 전쟁 때문에 그동안 얼마나 고생을 했는지 몰랐다. 안 해도 될 생고생을. 이제 그 구역질나는 서양 군인들의 세탁물을 주무르지 않아도 되는

구나 생각하니, 정말 살 것 같았다.

휴전이 성립되었다고 하니까, 갑례는 곧 내일이라도 남편이 군복을 벗고 돌아올 것으로 아는 모양이었다. 전쟁이 끝났는데, 군인이 무슨 소용이 있겠느냐 싶은 것이었다.

그리고 삼팔선으로 갈라졌던 남북이 이제 휴전선으로 갈리게 되었다느니, 통일을 이루지 못하고 다시 두 개로 갈린 채 휴전이 되고 말았다느니, 하는 이야기 같은 것은 갑례에겐 도무지 흥미가 없었다. 그저 그런가 보다 싶을 따름이었다. 그런 것은 자기와는 아무 상관이 없는 일로 생각되었다. 자기에게는 전쟁이 끝났다는 사실만이 중요하고 대견한 것이었다. 어서 남편이나 무사히 군복을 벗고 돌아와 주었으면 좋겠는 것이었다. 그래서 다시 정미소에 일자리를 얻어, 남의 집 아래채의 보잘것없는 방에서나마 이제 서로 떨어지는 일 없이 얼굴을 맞대고 사는 것만이 간절한 소망이었다.

미미한 한 개 아녀자의 측은할 정도로 가냘픈 소망이었다. 그러나 그런 갑례의 측은할 정도로 가냘픈 소망마저 이루어질 것 같지가 않았다.

편지가 온 것이었다.

휴전이 되었다는 소문을 들은 뒤로 갑례는 그 뙤약볕 아래서 빨래를 해도 조금도 괴롭거나 고되지가 않았다. 멀지 않아 남편이 돌아온다는 생각을 하면 절로 방망이에 힘이 주어지곤 했다. 곧잘 남들의 이야기에도 어울리게 되었고 함께 웃기도 했다.

그날도 남들과 어울려 웃어가며 일을 마치고, 집에 돌아오니 편지가 와 있었다. 평촌댁이가 주는 편지를 받아, 갑례는 얼른 봉투의 뒷주소부터 보았다. 영칠이한테서였다. 그런데 어찌된 셈인지 종전의 부대가 아니고, 육군병원으로 되어 있었다. 그리고 글씨도 낯선 글씨였다. 남편의 필적을 갑례는 알고 있었다.

갑례는 어찌된 일일까 하고, 가슴을 두근거리며 얼른 봉을 뜯었다. 평촌댁이는 편지 알맹이를 꺼내는 갑례의 떨리는 손을 가만히 지켜보고 있었다. 알맹이의 필적 역시 남편의 것이 아니었다. 우선 맨 처음 시작하는 문투부터가 달랐다.

—그립고 보고 싶은, 꿈에도 잊지 못할 아내에게,

이렇게 되어 있는 것이었다. 종전에는 그런 문투는 볼 수가 없었다. 그저 덤덤하게,

—그리운 갑례에게,

아니면,

—사랑하는 아내에게,

이런 정도였다.

그런데 난데없이 오늘은 '그립고 보고 싶은, 꿈에도 잊지 못할 아내에게'라니, 좀 낯간지럽지 않을 수 없었다. 갑례는 킥 웃음이 나오려는 것을 참았다.

편지 내용도 어쩐지 그런 낯간지러운 문투로 흘러나가고 있었다. 누가 대필을 한 게 분명했다. 대필을 한 사람이 제 딴은 잘 쓰려고 온갖 미사여구를 다 동원한 것이었다. 약간 장난기도 섞어가지고 말이다.

그러나 그런 문투가 문제가 아니었다. 갑례는 차츰 얼굴에서 핏기가 가셔지고 있었다. 영칠이가 휴전되기 며칠 전의 전투에서 부상을 당해, 육군병원으로 후송되어 와 있는 것이었다.

갑례는 다음과 같은 대문에 이르자, 그만,
"아이구야꼬—"
저도 모르게 소리를 질렀다.

—누워서 똥오줌을 받아내고 있다오. 다 나아도 이제 나는 혼자서 용변을 보지는 못할 것 같소. 아— 꿈에도 그리운 나의 아내여! 이 일을 어떻게 했으면 좋을지…….

누워서 똥오줌을 받아내고 있다니, 얼마나 심한 부상을 당한 것일까? 그리고 다 나아도 혼자서 용변을 보지 못할 것 같다니, 도대체 어디를 어떻게 다쳤기에 그럴까? 갑례는 눈앞이 아찔했다. 전쟁이 끝났다고 좋아서 들떴던 기분은 대번에 어디론지 싹 가시고, 속에서 무엇이 와르르— 무너져 내리는 듯한 느낌이었다.
"와? 머가 우째 됐는데?"
평촌댁이도 벌써 안색이 달라져 있었다.
"아이고 어무이예— 이 일을 우짭니꾜?"
"와?"
"글쎄, 똥오줌을 눕어서 받아내고 있다 안 캅니꾜."
"누가? 아 아바이가?"
"예."
"우야꼬—"
"부상을 당해서 지금 육군병원에 있답니더."
"아이구야꼬, 아이구야꾜—"
평촌댁이도 눈앞이 캄캄해지는 모양이었다.

갑례는 핏기가 가신 입술을 가늘게 떨며, 편지를 마저 읽어 내려갔다. 편지 끝 대문에 가서, 다음과 같은 말이 적혀 있었다.

—그리운 아내여! 당신 얼굴이 보고 싶구려. 한 번 면회를 왔으면 좋겠소. 올 때 떡이랑 엿이랑 좀 많이 가지고 와주오. 사랑하는 여보! 정말 잊지 말아요. 떡하고 엿! 그럼 손꼽아 당신 오는 날을 기다리겠소.

대필한 사람의 장난기 어린 수작에 틀림없었다. 어지간히 떡 생각, 엿 생각이 났던 모양이었다. 갑례는 웃음이 나오려다가, 그것이 눈물이 되어 핑 도는 것이었다.

갑례는 남이를 업고, 한쪽 손에는 보따리를 들고, 기차에 몸을 실었다. 면회를 하러 가는 것이었다.

일요일이었다. 평촌댁이도 함께 나서려고 했으나, 여비 마련이 여의치가 않아, 우선 갑례가 혼자 먼저 가보고 오기로 했다.

영칠이가 입원을 하고 있는 육군병원은 기차로 거의 한나절은 가야 하는 먼 거리에 있었다. 갑례는 그렇게 먼 데까지 기차를 타고 가기는 처음이었다. 더구나 혼자 어린애를 업고 기차에 오르니 얼떨떨하기만 했다. 어찌나 만원인지, 이마에서는 곧장 구슬땀이 흘렀다.

두 정거장까지 남이를 업은 채 서서 가다가 용케 자리를 잡았다. 자리를 잡고 앉으니 그제야 땀이 좀 덜 나고, 차창 밖의 풍경 같은 것도 제대로 눈에 들어왔다.

기차는 고향 쪽으로 달리고 있었다. 고향 근처의 정거장을 지나,

훨씬 더 가야 되는 것이었다.

창밖으로 자꾸자꾸 새롭게 펼쳐지는 한여름의 시골 풍경을 내다보며, 갑례는 문득 지난 일요일에 찾아왔던 보살할미 생각을 했다. 영칠이한테서 편지가 오지 않았더라면, 오늘 미륵당에 찾아갔을 것이다. 참 용하기도 한 보살할미지 싶었다. 보살할미가 남기고 간 말이 그대로 딱 들어맞은 셈이 아닌가 말이다. 북쪽에서 검은 구름이 오고 있다는 말은 곧 남편한테서 이런 불길한 소식이 온다는 뜻이었던 것이다. 어쩌면 그렇게 용하게 알아맞힐 수가 있을까. 지금 남편이 두 번째라는 것도 맞히고, 상용이가 간 것도 맞히고…… 참 귀신같은 할미가 아닐 수 없었다. 머리도 어쩌면 그렇게 파뿌리처럼 하얗게 세었는지…… 갑례는 언제든 꼭 한 번 미륵당엘 찾아가서 살풀이를 해야지 싶었다. 지금 남편과도 시원찮다니 될 말인가 말이다. 남자가 셋이라니, 당치도 않는 일인 것이다. 절대로 그래서는 안 되는 것이다. 그리고 아— 상용이는 가서 잘 있는지, 이 에미가 보고 싶지도 않은지, 불쌍한 우리 상용이…… 이런 생각을 하며 코허리가 시큰해져 있는데, 기차는 또 정거장에 들어서는 듯 꽤액— 기적소리를 울리며 속력을 늦추고 있었다.

어딘지, 제법 큰 역이었다. 그런데 건너편 플랫폼에 웬 장정들을 가득 실은 화물열차가 보였다. 장정들은 머리에 수건을 질끈질끈 동여매고 있었고, 모두 얼굴이 벌겋게 상기되어 떠들어대고 있었다. 악을 쓰듯 고래고래 노래를 불러대기도 했고, 사이다병 같은 것을 거꾸로 들고 냅다 나팔 불듯 하기도 했고, 이쪽을 보고 싱글벙글 웃으며, "형수씨요—" "제수씨요—" 혹은 "사둔요—" 하면서, "나 가느마—" "잘 있으세이—" 소리를 질러대기도 했다.

물론 군대에 나가는 장정들이었다. 갑례는 그 광경을 내다보며 참 알 수 없는 일이라고 생각했다. 전쟁이 끝났는데, 또 뭐하려고 장정들을 저렇게 많이 데리고 가는지, 얄궂다 싶었다. 집에서 농사나 짓도록 놓아두지 않고 말이다.

그렇게 화물열차에 실려 있는, 머리에 수건을 질끈질끈 동여맨 장정들을 보니, 문득 옛날 일이 머리에 떠오르는 것이었다. 십 년 전, '테이신타이'에 나가게 되어, 이마에 하치마키를 매고 떼를 지어 기차를 타러 정거장으로 몰려가던 일 말이다. 그날 밤은 마침 안개가 몹시 끼어 있었지. 그렇지 않았더라면 도망을 치지 못하고, 그대로 어디론지 끌려가고 말았을 것인데…… 생각하니 지금도 아슬아슬하기만 했다. 만일 그때, 도망을 치지 못하고 그대로 끌려갔더라면 어떻게 되었을까? 어쩌면 태석이 같은 운명이 되었을지도 몰랐다. 그보다도 더 못한 신세가 되었을지도 모른다. 죽었을지도 모르는 것이다. 갑례는 절로 온몸이 으스스했다.

그리고 분임이 생각이 나는 것이었다. 그대로 끌려간 분임이는 도대체 어떻게 되었을까? 죽은 것일까, 아니면 아직도 어느 하늘 아래 살아 있는 것일까? 갑례는 해방되고 들은 이야기가 생각났다. 듣자 하니, 그 무렵 그렇게 끌려간 처녀들은 남양군도로 가서, 일본 군인들의 위안부 노릇을 했다는 것이다. 그때도 '헤이타이상'의 '시다지키'가 되러 간다는 말이 있었으나 그게 무슨 뜻인지 몰랐더니, '시다지키'란 바로 밑에 깔려 그 짓하는 것을 의미했던 것이다. 도대체 그 이야기가 정말일까? 정말이라면 그럼 분임이도 그런 신세가 되어버렸단 말인가. 참 털털하고 좋은 가시나였는데…… 그렇게 남을 끌어다가 아무 데나 내던져버려도 그만인 것인지……

그렇게 사람의 목숨이 간단한 것인지…… 갑례는 슬그머니 분한 생각이 들며 몸서리가 쳐지기도 했다.

갑례는 화물열차에 실려 있는, 벌겋게 술기가 오른 장정들의 모습을 멀뚱히 내다보며, 사람을 무더기로 데리고 가는 것은 어느 세상이나 마찬가지로구나, 이런 생각을 했다.

기차가 몇 정거장을 더 가자, 이번에는 대포를 실은 무개화차가 눈에 띄었다. 커다란 대포를 수없이 실은 화차가 기다랗게 정거를 하고 있는 것이었다. 대포들의 포신이 엄청나게 길고 굵었다. 마치 무슨 괴물처럼 보였다.

“어메—”

“저것 보소—”

“대포 좀 보소—”

“억씨기 크다, 그놈.”

“겁난다 겁나.”

모두 차창 밖으로 대포를 내다보느라고 야단이었다. 어른 아이 할 것 없이 온통 신기해서 못 견디겠는 모양이었다. 무기란 겁나는 물건이지만, 구경감으로 그만인 것이었다.

갑례도,

“아이고, 대포가 저렇구나.”

하고 입을 딱 벌렸다.

생각했던 것보다도 훨씬 엄청난 모양이었다. 저런 놈이 쾅! 쾅! 마구 포탄을 퍼부어대면 얼마나 겁날까 싶었다. 영칠이도 저런 놈이 퍼붓는 포탄에 부상을 당한 것이 아닐까 생각하니 아찔했다.

그리고 전쟁이 끝났는데 또 무슨 소용이 있어서, 저렇게 큰 대포들을 싣고 가는 것인지, 역시 갑례는 알 수 없는 일이고 얄궂기만 했다. 대포들의 포신이 전부 북쪽을 향해 있었고, 기관차도 그쪽에 붙어 있는 것이었다.

또 몇 정거장 가서는, 이번에는 어떻게 된 셈인지, 기차도 도무지 움직일 생각을 하지 않았다. 얼마 후에 보니, 위쪽에서 내려오는 기차를 비키고 있는 것이었다. 한참 지루하게 기다리고 있는데, 위쪽으로부터 웬 기차가 쏜살같이 들이닥치더니, 정거장인데도 멈추지도 않고 그냥 막 커더덩커더덩 거침없이 지나쳐버리는 것이 아닌가. 지나가는데 보니 보통 기차가 아니었다. 유리창도 보통 기차보다 월등히 컸고, 또 창에 쇠그물 같은 것이 씌워져 있었다. 그리고 안에 타고 있는 사람들은 모두 서양 사람들이었다. 하얀 옷에 하얀 모자를 쓴 서양 여자가 서 있는 게 보였고, 하얀 옷을 입은 남자들이 누워 있는 것도 보였다. 그런데 어떤 남자는 얼굴에 붕대를 칭칭 감고 있기도 했다. 이렇게 기차 안이 온통 흰빛으로 가득 차 있어서 한결 산뜻해 보였다. 물론 병원열차였다

갑례는 참 희한한 기차도 다 있구나 싶었다. 기차도 희한하지만, 정거장에서 멈추지 않고 그냥 막 쏜살같이 지나쳐버리는 것도 희한했다.

기차가 고향의 읍내 정거장에 도착한 것은 점심때가 거의 다 되어서였다.

꽤액— 기적소리를 울리며 기차가 낮익은 산모롱이를 돌아, 정거장을 향해 서서히 속력을 늦추기 시작하자, 갑례는 어쩐지 가슴이 설레었다.

갑례는 차창 밖으로 멀리 고향 쪽을 바라보았다. 홍싯골 뒷산이

보이는 것이었다. 그리고 평촌으로 넘어가는 재도 가물가물 보였다. 그 위로 뭉게구름이 뭉게뭉게 피어오르고 있었다. 갑례의 두 눈엔 어느덧 눈물이 어리고 있었다.

꼬박 이 년 반 만에 바라보는 고향의 뒷산이었다. 가지가지 추억을 되살려 주는 그리운 고향의 뒷산. 그러나 이제 그 뒷산도 자기와는 영영 거리가 멀어진 것만 같이 생각되었다. 가고 싶어도 갈 수 없는 고향이니 그럴 수밖에 없었다. 아버지는 잘 계시는 것일까? 얼마나 상심을 하고 계실까. 불효 여식 때문에. 오빠도 잘 있고, 올케도 잘 있겠지. 올케는 아직도 아이를 못 가졌을까? 그것 참, 왜 그럴까? 그리고 그리운 동생! 뿌뚜리도 많이 컸겠지. 이제 큰아기가 다 됐을 끼라……. 숙성해서 올가을쯤은 시집을 보내도 될 끼라……. 갑례는 남들이 볼까 봐 차마 눈물은 흘리지 못하고, 손수건으로 콧물을 가만히 풀었다.

남이는 엄마한테 안겨서 새근새근 자고 있었다.

기차가 육군병원이 있는 낯선 고장의 정거장에 도착한 것은 한창 뙤약볕이 내리쬐는 오후였다. 갑례는 정거장을 나서자, 곧 편지 봉투를 꺼내 들었다. 그러나 봉투에 자세한 주소가 적혀 있는 것은 아니었다. 그저 이 시내 이름과 제 몇 육군병원이라는 것과 병실 호수만 적혀 있었다. 그리고 봉투를 보이고 어쩌고 할 것도 없었다.

"육군병원요? 이리 가시오."

대뜸 길을 가리켜주는 것이었다.

육군병원은 시내에서 꽤 떨어진 변두리에 있었다. 학교였다. 학교를 징발해서 육군병원으로 쓰고 있는 것이었다.

갑례는 육군병원이 가까워지자, 길가 나무 그늘에 앉아 잠시 땀을 들였다. 학교가 육군병원이라니, 어쩐지 기대에 어그러지는 듯한 느낌이었다. 육군병원이라고 하면 좀 색다르고 어마어마할 것으로 생각했는데 말이다. 그러나 그런 건 아무 상관없는 일이고, 아무쪼록 영칠이나 하루속히 완치되었으면 싶을 따름이었다. 누워서 대소변을 받아내고 있다니 얼마나 고통스러울까. 그리고 나아도 혼자 용변을 볼 수가 없을 것 같다니, 도대체 어디를 어떻게 다쳤기에 그럴까. 갑례는 불안하고 심란한 생각이 또 고개를 쳐들어 얼른 일어났다. 어서 가서 눈으로 확인을 해야 좀 시원할 것 같았다.

정문 위병소에서 갑례는 뜻밖에도 아는 사람을 만났다.

갑례가 위병소에 가서,

"면회 좀 하로 왔심더."

하니까, 당번인 듯한 정면에 앉은 위병이 싱글 웃으며,

"누구 면횝니까?"

묻는 것이었다.

갑례는 좀 망설이다가 조그마한 소리로,

"남편예."

했다.

"남편이 누군데요?"

"저…… 최영칠입니더."

"최영칠이라…… 계급이 뭐죠?"

"모르겠심더."

"남편의 계급도 몰라요?"

위병은 히죽히죽 웃고 있었다.

"몇 호실인진 압니까?"

일부러 세워놓고 자꾸 묻는 눈치였다.

귀밑이 약간 붉어진 갑례는 보따리에서 주섬주섬 다시 편지 봉투를 꺼냈다.

그러자 위병소 안에서 다른 위병 하나가 뛰어나오며,

"앙이, 갑례 누님 아닝교?"

하는 것이 아닌가.

갑례는 눈이 휘둥그레졌다. 이런 데서 자기한테 누님이라고 할 사람은 아무도 없는데 말이다.

뛰어나온 위병은,

"나 모르겠능교?"

하고 싱글싱글 웃었다.

어디서 낯익은 듯한 얼굴이긴 했으나, 갑례는 누군지 얼른 알 수가 없었다.

"나 창만이구마."

"……?"

"홍싯골 살던 창만이 모르겠능교? 분임이 동생 말이구마."

"아아! 우야꼬— 분임이 동생이구만."

"핫핫하…… 갑례 누님도 첨엔 잘 못 알아보겠대예."

"아이고— 군대에 나왔구만."

고향 사람을, 더구나 분임이 동생 창만이를 이런 데서 만나다니, 정말 뜻밖의 일이 아닐 수 없었다.

창만이는 갑례가 분임이네 집에 수틀을 들고 한창 놀러 다니던 큰아기 시절에 "갑례 누나, 갑례 누나" 하고 곧잘 따르고, 곧잘 짓

궂게 장난을 걸기도 하던 아이였다. 분임이가 '테이신타이' 나가기 전 말이다. 그 무렵 창만이는 국민학교에 다니던 코흘리개였는데, 어느덧 이렇게 장정이 되어, 군대에 나와 갈매기도 몇 개 달고 있다니……. 갑례는 새삼 세월의 빠름을 눈으로 보는 듯한 느낌이었다.

창만이는 갑례의 보따리를 기어이 받아 들고, 앞장서서 그녀를 면회소로 안내해 가며,

"갑례 누나, 지금 어디 살고 있능교?"

하고 얼굴에 히죽 웃음을 띠었다. 어쩐지 갑례의 사연을 알고 있는 듯한 표정이었다.

갑례는 어쩐지 쑥스럽고 창피한 생각 같은 것이 들기도 해서,

"아무 데나 살고 있지 머."

하고 얼버무렸다. 그리고,

"동생넨 그대로 아직 홍싯골에……?"

물어보았다.

"이사 안 했능교. 홍싯골이 불타버린 뒤…… 아이구 그놈의 홍싯골, 정 떨어지누마."

창만이는 공연히 고향 마을이 정떨어진다고 이맛살을 찌푸리기까지 했다. 실상 홍싯골이 정떨어지는 것이 아니라, 자기 아버지가 정떨어지면서도 말이다.

술과 계집, 그리고 노름에 빠져 휘청거리고 다니던 최 서방, 만주로 훌쩍 날아갔다가는 해방이 되자, 시꺼먼 되놈 옷을 입고 돌아오던 최 서방. 그리고 빨갱이 짓을 하다가 또 어디론지 자취를 감추더니 6·25가 터져 빨갱이 세상이 되자 다시 나타나 총을 메고 설치던 최 서방. 그러다가 결국 공비가 되어, 어느 날 밤, 떼서리들과

함께 홍싯골에 내려와 온통 마을을 불바다로 만들어놓고 도망쳐버린 최 서방. 필경 어느 산골짜기에서 개죽음을 당했을 최 서방—그런 아버지를 둔 탓에 창만이는 고향 마을까지 지긋지긋하게 여겨지는 모양이었다.

“어무이는 기력 좋으시고?”

갑례는 배골댁이의 안부를 물어보았다. 괄괄하고, 욕 잘하고, 사람 좋던 배골댁이 말이다.

“기력은 좋심더만, 사는 기 말이 아니지예. 혼자 반티이(함지) 장사 안 하능교.”

창만이는 킥 웃는 것이었다.

“동생이 하나 있을 낀데……?”

“동생도 군대 안 나갔능교. 지원해서 해병대 나가삐렀답니더.”

갑례는 뭐라고 말을 했으면 좋을지 몰랐다. 배골댁이는 어느덧 오십이 넘었을 텐데, 혼자 반티이 장사를 하고 있다니, 정말 기가 찰 노릇이었다. 지지리 복도 못 타고난 여자라 싶었다. 딸은 테이신타인가 뭔가에 빼앗겨버리고 서방은 칠난봉팔건달이로 끝내는 그런 식으로 없어져버렸으며, 두 아들마저 군대에 나가버려 혼자 입이라도 살려고 반티이를 이고 다니다니…… 어쩌면 팔자도 그렇게 지독하게도 더러운지, 갑례는 어쩐지 남의 일 같지가 않아, 후유—저도 모르게 한숨이 쏟아졌다.

사람 사는 것이 어쩌면 다 그런지도 모르겠다는 생각이 들기도 했다. 이가 잘 맞지 않는 톱니바퀴처럼 삐그적삐그적 억지로 세상을 비비고 돌아가는 듯한 느낌이었다.

갑례가 영칠이를 만나게 된 것은 일과 시간이 끝나고 나서였다.

비공식으로 면회가 된 것이었다.

면회소에 가서 면회 신청을 했으나 면회가 불가능했다. 중환자가 돼서, 면회소까지 걸어 나올 수가 없다는 것이었다. 그리고 일반인의 병실 출입은 엄금되어 있다고 했다. 그러니 어쩔 수 없다는 이야기였다.

갑례는 눈앞이 캄캄했다. 여기까지 와서 면회를 못 하다니 말도 아니었다. 중환자일수록 가족들이 만나볼 수 있어야 될 게 아닌가 말이다.

결국 창만이가 들어서, 일과 시간이 끝난 뒤에 비공식으로 살짝 면회를 하러 병실로 찾아 들어갈 수가 있었던 것이다.

창만이의 뒤를 따라가며, 갑례는 몹시 가슴을 두근거렸다. 남편을 곧 만나게 된다는 생각에서가 아니라, 혹시 높은 사람한테 들켜서 쫓겨나기라도 하면 어쩌나 해서였다. 조마조마한 것이었다. 그러나 두어 사람 장교를 만났지만, 어디 가느냐고 묻지도 않았다. 갑례는 얼마나 고마운지 몰랐다. 그리고 앞서가는 창만이가 고마운 것은 말할 수가 없었다. 아는 사람이 좋고, 고향 사람이 좋다는 것은 이래서 하는 말이로구나 싶었다. 만일 오늘 창만이가 아니었더라면 여기까지 와서 면회도 못 하고 돌아갈 뻔했던 것이다.

건물 안으로 들어서자, 약품 냄새와 남자들의 냄새가 뒤섞인 것 같은 야릇한 냄새가 코를 찔렀다. 그리고 복도를 걸어가자, 각 병실에서 환자들이 일제히 내다보는 바람에 갑례는 고개를 들 수가 없었다.

계단을 올라, 이층으로 가서, 어떤 병실로 창만이가 앞장서서 들어가자 갑례는 따라 들어가질 못하고, 문밖에 서서 얼굴을 발갛게

붉히기만 했다. 그러자 창만이가 뒤돌아보며 들어오라고 고갯짓을 하자, 갑례는 자기도 모르게 얼른 안으로 걸음을 들여놓았다. 병실 안의 모든 시선이 자기에게 집중되는 것 같아, 갑례는 정신이 하나도 없었다.

여기저기서,

“왔구나.”

“쓸 만하게 생겼는데.”

“영감 좋겠네.”

환자들이 수군거렸다.

벌써 영칠이의 마누라라는 것을 눈치 챈 모양이었다.

영칠이는 한쪽 가에 중환자답게 누워 있었다. 갑례가 온 것을 눈으로 번히 보고 있으면서도, 자리에서 일어나지도 못했고 말도 못했다. 온통 붕대에 칭칭 휘감겨 있는 것이었다. 머리도 휘감겨 있었고, 가슴도 휘감겨 있었고, 팔도 하나 휘감겨 있었다. 그리고 다리도 휘감겨 있는 모양이었다.

홑이불 밑으로 붕대에 감긴 발이 하나 내다보이고 있었다.

그렇게 온통 붕대에 허옇게 휘감겨 있는 것이 영칠이라는 것을 알자, 갑례는 입이 딱 벌어지고 말았다.

그리고 휘둥그레진 두 눈에는 어느새 핑 뜨거운 것이 돌고 있었다.

남이를 업고 보따리를 손에 든 갑례와 시선이 마주치자 영칠이도 그만 움푹 파인 두 눈에 서러운 것이 가득 괴는 것이었다.

잠시 병실 안은 물을 뿌린 듯 조용했다.

창만이는 멀뚱히 서서, 붕대의 덩어리 같은 영칠이를 바라보고 있었다. 그게 홍싯골에 살던 영칠이라는 것을 아는지, 모르는지…… 아리송한 표정이었다.

잠시 후 누군가가,

“아주머니, 떡하고 엿 많이 가져오셨나요?”

하고 침묵을 깨뜨렸다.

편지를 대필한 사람인 모양이었다.

와— 병실에 웃음이 감돌았다.

11

미륵당은 읍내에서 오 리 남짓 떨어진, 호젓한 산허리에 자리 잡고 있었다. 조그마한 초가집이었다. 얼른 보면, 저런 외딴 산중턱에 웬 인가가 다 있으며, 저런 데서 무얼 먹고 사는 것일까 싶을 정도의 보잘 것 없는 오두막집이었다.

그러나 집 둘레에 소나무가 오복하게 숲을 이루고 있어서, 어쩐지 예사 인가는 아닌 것 같아 보였다. 여느 산 거죽은 거의가 다 벌겋게 벗겨진 터인데, 유독 그 오두막집 둘레만은 소나무가 그대로 남아 있었다.

갑례는 머리에 인 자루를 길가 바위 위에 내려놓으며, 후유— 큰 숨을 쉬었다. 목줄기가 뻣뻣했다. 갑례는 바위 그늘에 앉아, 뻣뻣해진 목줄기를 이리저리 흔들어 보며, 이마에 내밴 땀을 닦았다.

일요일이었다. 갑례는 쌀을 작은 말로 한 말 자루에 이고, 미륵당을 찾아가는 것이었다. 이른 아침을 해먹고, 대강대강 설거지를 한 다음, 남이는 시어머니에게 맡겨놓고 일찍 집을 나선다고 나섰는데, 어느덧 해가 저만큼 높이 떠올라, 벌써부터 화닥화닥 뜨거운 볕을 내리쏟는 것이 오늘도 이만저만 더울 모양이 아니다.

지난 일요일, 육군병원으로 영칠이 면회를 갔다 온 뒤로 갑례는 입맛이 뚝 떨어지고 도무지 일이 제대로 손에 잡히지가 않았다. 허연 붕대에 둘둘 휘감긴, 산송장 같은 영칠이의 모습이 곧장 눈앞에 어른거려 심란하고 막막하기만 했다. 누워서 똥오줌을 받아내고 있다니 어련하랴 싶기는 했지만 막상 그 붕대의 덩어리 같은 모습을 눈으로 직접 보니, 정말 엄청나고 어처구니가 없었던 것이다. 붕대에 싸여 손바닥만큼 빠끔히 내다보이던 얼굴, 빛을 잃고 끔벅거리던 두 눈, 그 움푹 파인 두 눈에 괴던 눈물— 생각할수록 갑례는 가슴이 미이는 듯했다. 그리고 무엇보다도 끔찍하게 여겨지는 것은 홑이불 밑으로 내다보이던 붕대에 칭칭 감긴 발이었다. 어찌 된 셈인지 발이 한 개만 홑이불 밖으로 나와 있었던 것이다. 그렇다고 다른 한 개는 홑이불 속에 들어 있는 것 같지도 않았다. 아무래도 다리 하나는 어디에 있는지, 홑이불 겉으로 그 흔적이 느껴지지가 않는 것이었다. 갑례는 얼굴에서 핏기가 싹 가시는 듯했었다. 생각 같아서는 얼른 홑이불을 들추어보고 싶었으나, 여러 환자들이 보고 있는 앞에서 그럴 수도 없는 노릇이었다. 그렇다고, 여보 다리 하나는? 하고 물어볼 수도 없었다. 기가 찰 따름이었다. 그래서 편지에다가, 다 나아도 이제 혼자서 용변을 보지는 못할 것 같다고 했던가 싶으니, 갑례는 절로 눈앞이 캄캄해지는 느낌이었다. 병실에 다른 환자들이 없다면, 영칠이를 붙들고 좀 실컷 울었으면 싶었으나 울기는 고사하고 오래 곁에 있지도 못하고 말았었다. 날이 어두워지고 전깃불이 들어왔던 것이다. 밤이 된 병실에 여자가 언제까지나 머물러 있을 수는 없는 일이었다. 그렇게 허전하고 어이가 없는 면회였기 때문에, 집에 돌아와서도 더 마음의 갈피를 잡지 못하는 것인지도 몰랐다. 그처럼 피둥피둥하던 영칠이가 난데없이 그런 산송장 같은 꼬락서니가 되다니, 더구나 다리까지 하나 잘려나가 병신이 되다니, 생각할수록 갑례는 끔찍하고, 겁이 나고, 앞날이 암담하기만 했다. 사지가 멀쩡해도 살아가려면 아등바등 몸부림을 쳐야 하는 세상인데, 다리가 하나 없는 병신이 되어버렸으니…… 팔도 하나 붕대를 칭칭 감고 있었는데, 그것도 시원찮게 되어버린 것이나 아닐는지…… 그리고 나아도 용변만 혼자서 잘 못 보는 것이 아니라, 혹시 남자의 구실도 제대로 못하게 되는 것이 아닌지…… 이런 귀밑이 붉어지는, 얌체 같은 안타까운 생각까지 곁들어서, 더욱 심란하고 뒤숭숭한 것이었다. 그런대로 쉬 낫기라도 했으면 좋겠는데, 그렇게 말도 잘 못하는 반송장 같은 몰골이었으니, 그것도 간단한 문제가 아닐 것 같았다. 그렇다면 도대체 앞으로 일이 어떻게 되는 것인지, 그냥 냇물에서 빨래나 하면서, 되어가는 대로 결과를 기다리고만 있을 수는 없는 노릇이었다. 우선 미륵당으로 보살할미라도 찾아가 보아야 좀 덜 답답할 것 같았다. 그 귀신같이 용한 보살할미한테 일이 어떻게 될 것인지 물어보고, 살풀이를 하든지 불공을 드리든지, 어떻게라도 좀 해야 될 것 같아, 갑례는 아까운 줄도 모르고 쌀을 작은 말이지만 한 말이나 자루에 퍼 넣어 가지고, 오늘 일요일이어서 집을 나선 것이다.

바위 그늘에 앉아 잠시 땀을 들인 갑례는 다시 자루를 이고 산길을 오르기 시작했다. 바로 저만큼 빤히 쳐다보이는 곳이었지만, 쌀

자루를 인 터이라 그런지 여간 고되고 더디지가 않았다. 벌써부터 매미 우는 소리가 들려오고 있었다. 물론 미륵당 둘레의 소나무 숲에서였다. 갑례는 미륵당이 가까워지자, 어쩐지 약간 가슴이 두근거리는 듯했다.

보살할미는 마루에 앉아 머리를 빗고 있었다. 석경(石鏡) 쪼가리를 들여다보며, 명주실 타래처럼 흘러내린 하얀 머리칼을 참빗으로 싹싹 빗어 내리고 있었다. 그 곁에 열서너 살 먹어 보이는 계집애가 앉아 가만히 지켜보고 있었다.

"보살님예."

쌀자루를 인 갑례가 마당으로 들어서자, 보살할미는 하얗게 빗어 내린 머리카락 사이로 빠끔히 얼굴을 내밀었다. 명주실처럼 반짝거리는 하얀 머리카락 속에서 새까만 두 눈이 빠끔히 내다보이자, 갑례는 어쩐지 등골이 으스스해지는 것 같았다. 귀기가 느껴지는 것이었다.

보살할미는 대뜸 갑례를 알아보는 듯 두 눈에 웃음을 띠며,

"관셈보살—"

했다.

그리고,

"어서 온나, 한 번 올 줄 알았지."

하면서 빗어 내린 머리칼을 이번에는 땋기 시작했다.

"예. 진작 한 번 온다는 기……."

"그래. 많이 덥제?"

"예."

갑례가 머리에 인 쌀자루를 내리자, 계집애가 얼른 일어나 그것

을 받았다.

보살할미는 그 쌀자루를 못 본 체하고 있었다. 그러나 곧장 얼굴을 싱글벙글했다.

보살할미가 머리를 땋아 쪽을 찌고 있는 동안, 갑례는 마당가 바위틈에 있는 옹달샘에 가서 목을 축이고, 얼굴의 땀을 씻었다. 그리고 돌아와 마루에 걸터앉아, 방 안의 미륵을 구경했다.

방이 두 개에, 조그마한 부엌이 있었다. 그러니까 초가삼간인 셈이었다. 그런데 여느 집 같으면 부엌 쪽에 있는 방이 큰방으로, 으레 다른 방보다 넓고 볼품이 있기 마련인데, 이건 그게 아니라 반대였다. 부엌 쪽 방이 좁고 보잘것없었다. 대신 위쪽 방이 덜렁하게 컸다. 그 덜렁하게 큰 방에 미륵이 모셔져 있는 것이었다. 말하자면 그게 법당인 셈이었다. 그러니 집 구조가 그럴 수밖에 없었다.

그 미륵을 모셔 놓은 방은 방이라기보다도 대청이라고 하는 편이 옳을 것 같았다. 온돌이 아니라 마루청이었다. 그런데 재미있는 것은 그 마루청 위에 미륵이 안치되어 있는 것이 아니라, 마루청 밑으로부터 미륵이 솟아올라 있는 것이었다. 그러니까 원래 그 터에 미륵이 서 있었는데, 그 위에 집을 덮어씌우듯이 지은 모양이었다. 아무튼 그렇게 마루청 밑으로부터 불끈 솟아올라, 천장에 닿을 만큼 우뚝하게 서 있는 돌부처는 여느 절간에 안치되어 있는 불상보다 존엄해 보이기도 했고, 어쩐지 괴이하고 멋대가리 없이 보이기도 했다.

가만히 미륵을 들여다보고 있는 갑례는 어딘지 모르게 그 돌부처가 퍽 낯익은 것으로 생각되었다. 어디서 보았는지, 전에 많이 본 모습인 것만 같았다. 어디서 본 것일까…… 곰곰이 기억을 더듬어

나가던 갑례는 저도 모르게,

"맞다 맞다."

하고 히죽 웃었다.

서낭바위가 떠올랐던 것이다. 홍싯골 앞 서낭고개에 흡사 사람 형국을 하고 장승처럼 서 있는 바위 말이다. 돌멩이를 던져서 그 위에 얹히면 운수가 대통하고, 특히 처녀들은 나중에 좋은 신랑을 맞게 된다는 그 서낭바위와 비슷한 모습이었던 것이다.

그 서낭바위의 생김새가 좀 잡스러운 눈으로 볼 것 같으면 남근을 연상하게 하듯이 이 미륵도 그러고 보니 흡사 그래 보였다. 오랜 세월에 풍화가 되어 그런지, 머리 부분과 몸뚱이 부분이 잘 구분되지가 않고, 그저 미끈둥하게 뻗어 올라가 봉긋한 봉우리를 이루고 있는 것이 흡사 남근이었다.

그렇다면 남근을 향해 절을 하고, 불공을 드리는 셈이 아닌가. 그런 생각이 들자, 갑례는 그만 킥! 웃음이 터져나와 버렸다.

"앙이, 머가 그리 우숩어서……."

보살할미가 쪽에 비녀를 찌르며 돌아보자,

"아니예, 아무것도 아닙니더."

갑례는 얼굴을 확 붉혔다. 마치 자기의 생각이 그대로 보살할미 앞에 드러나기라도 한 것처럼.

보살할미가 쪽을 다 찌고 나자, 갑례는 신을 벗고 마루로 올라앉아 찾아온 까닭을 이야기했다. 그러자 보살할미는,

"보래, 내 말이 어떻노."

혹은,

"다 이별살이 끼서 그런 기라. 관셈보살—"

하면서 곧장 인자한 미소를 짓고 있었다. 그런 보살할미가 갑례는 여간 마음 든든하게 느껴지는 것이 아니었다.

"보살님예. 살풀일 하면 개않겠심꾜?"

"지금이라도 늦지 않지."

"큰 병신은 면하겠지예?"

"암, 면하고말고…… 우리 미륵님이 얼마나 영하시다고…… 걱정 말아라."

"예, 아이고—"

갑례는 어찌나 기쁜지 가슴이 떨리기까지 했다. 이 보살할미한테 매달리기만 하면 모든 액운을 물리칠 수가 있을 것만 같이 생각되는 것이었다. 기위 당한 액운은 할 수가 없는 일이지만 말이다. 왜 진작 좀 이 보살할미를 알지 못했을까 싶으니 안타깝기까지 했다.

그래서 갑례는,

"할매예, 난 할매만 믿겠심더."

간절한 목소리로 말했다. 지금까지는 '보살님'이던 것을 '할매'라고 부르면서.

살풀이라는 것이 따로 있는 게 아니었다. 무당들이 굿을 하는 그런 식이 아니라, 명색이 미륵당이고 보니, 그저 불공을 드리는 것이었다. 불공 속에 그런 것이 다 포함되는 모양이었다. 여느 불공과 다른 것도 조금도 없었다. 떡을 찌고 밥을 해서 차려놓고, 촛불을 켜고 향을 피우면서, 염불과 독경을 하는 것이었다.

보살할미가 목탁을 두들기며 염불을 하고 경을 외는 동안, 갑례는 곁에서 부지런히 큰절을 해댔다. 보살할미의 입에서 영칠이의 이름과 나이, 생년월일 같은 것이 나오고 자기의 것도 들먹거려지자, 갑례는 그게 바로 살을 푸는 중요한 대목인가 보다고 한결 정성을 들여 머리를 조아렸다.

그러다가 지금 자기가 부처님에게 절을 하고 있는 것이 아니라, 바로 남자의 그 우뚝한 물건 앞에 절을 하고 있는 것이 아닌가 하는 생각이 들어 웃음이 나오려고도 했다. 그러나 갑례는 정성이 부족해서 그런 망측한 생각이 든다고, 두 눈을 찔끔 감으며 애써 정성을 돌이켜댔다.

그리고 보살할미가 불전을 놓으라는 대로, 가지고 온 돈을 몇 차례에 걸쳐 아낌없이 다 놓았다.

불공이 끝났을 때는 갑례는 온통 땀에 젖어 있었다. 겨드랑이와 오금·사타구니 같은 데는 끈적끈적해서 견딜 수가 없었다. 아무튼 이 더위에 이만저만한 정성이 아닌 셈이었다.

옹달샘에 가서 적삼을 벗고 훌훌 땀을 씻으며, 갑례는 영칠이 생각을 했다. 이 더위에 그렇게 붕대에 휘감겨 가지고 어떻게 지내는지, 이제 설마 더 큰 액운이야 없겠지. 이렇게 온몸이 땀에 젖도록 정성을 들였는데 말이다. 설마 영검이 있겠지, 설마 설마 말이다.

그렇게 마음을 먹으니, 조금은 가슴속이 후련해지는 것 같았다. 그리고 샘물도 한결 시원하게 느껴졌다.

미륵당에 다녀온 뒤로 갑례는 좀 마음이 가라앉고, 일이 제대로 손에 잡히는 듯했다. 우선 입맛이 돌아오는 것이었다. 달리 불공이 좋은 것이 아니라 그래서 좋은 모양이었다.

기위 당한 일은 당한 일이고, 앞으로 살아나갈 걱정이나 해야겠다는 생각이 들었다. 바짝 더 정신을 차려야겠다 싶었다. 영칠이가 돌아와도 다리가 하나 없는 불구자일 테니 그를 믿고 있을 수는 없는 노릇이었다. 생각하면 엄청난 짐이 자기에게 떠맡겨진 것 같아 어이가 없고 막막하기만 했다. 그러나 그게 다 팔자소관이라면 할 수 없는 일이 아닌가 싶었다. 다 전생에 죄가 많아 그런 팔자를 타고난 것이라고, 미륵당에 갔다 오더니 제법 이런 생각까지 하는 것이었다. 좌우간 언제는 호강을 했더냐 말이다.

이렇게 마음을 다져먹은 갑례는 냇물에서 빨래를 하면서도 애써 방망이에 힘을 주곤 했다. 그리고 이번에 품삯을 받으면 요새 한창 번지고 있는 '다노모시(계)'에 한몫 들어야겠다는 생각도 했다. 그래서 조그만 점방이라도 낼 밑천을 장만해 나가야겠다 싶었다. 조그만 점방은 다리가 하나 없는 불구자라도 능히 볼 수 있을 것이 아닌가. 영칠이는 집에서 점방을 보고, 자기는 다니면서 일을 하면 설마 못 살겠느냐 말이다. 그렇게만 되면 오히려 화가 복으로 바뀔지도 모른다는 생각이 들어, 갑례는 슬그머니 가슴이 부풀어 오르기도 했다.

미륵당엘 다녀온 뒤로 갑례가 마음을 잡고, 다시 집안을 꾸려 나가려고 애를 쓰는 눈치를 평촌댁이 모를 턱이 없었다. 육군병원에 면회를 갔다 와서는 넋을 잃은 사람처럼 맥이 빠져서, 도무지 옆에서 볼 수가 없고 눈앞이 캄캄하고 절로 한숨이 쏟아지기만 하더니, 다시 마음을 잡아 일을 마치고 와서는 피로한 줄도 모르고 자질구레한 집안일까지 곰실곰실 손을 쓰는 것을 보니, 평촌댁이는 여간 고맙고 대견하게 여겨지는 것이 아니었다. 미륵당이 어떤 곳인지 모르지만, 쌀을 말로 갖다 줄 만도 하다는 생각이 들기도 했다. 쌀을 작은 말이지만 한 말이나 자루에 이고 나가는 것을 볼 때는 몹시 아깝다는 생각이 들며 입맛이 쓰디쓰더니 말이다.

그리고 평촌댁이는 갑례에게 고맙고 대견하다는 생각과 함께 어쩐지 자기가 무슨 잘못을 저지르기라도 한 것처럼 주눅이 들기도 했다. 사실 이런 처지에서 갑례만큼 하는 여자가 결코 흔치 않은 것이다. 어정쩡하게 굴러 들어온 두 번째 며느리지만, 아무튼 며느리는 잘 본 셈이었다. 그래서 평촌댁이는 집안의 구질구질한 일은 되도록 자기가 하려고 애를 썼다.

그날도 평촌댁이는 해가 설핏해지자, 저녁쌀을 내다 물에 담그고, 사립 밖에서 놀고 있는 남이를 데리고 들어와 씻어주고 있었다. 갑례가 돌아올 때가 가까워진 것이다.

남이는 이제 곧잘 사립 밖에 나가 이웃 조무래기들과 어울려 흙장난을 하고 놀았다. 그래서 온몸이 온통 흙투성이였다. 마치 흙먼지로 고물을 묻혀놓은 것 같았다.

"아이고 이년아, 이년아."

평촌댁이는 혀를 끌끌 차면서, 머리부터 발까지 부득부득 문질러댄다.

"함매 아프다. 사이사이 해라!"

남이는 곧 울상이다.

이러고 있을 때, 사립 밖에서 누군가 마을 아이가,

"이 집입니더."

하는 소리가 들렸다.

그리고 곧 한 사람의 군인이 사립으로 들어섰다. 평촌댁이는 웬일인가 하고, 계속 남이를 씻어대며 그 군인을 바라보았다. 졸병이었다. 평촌댁이도 높은 군인과 졸병 정도는 구분할 수가 있었다.

사립 밖에는 또 한 사람 군인이 서 있는 것 같았다.

"실례합니더."

군인은 몇 걸음 다가왔다.

"예."

"저…… 여기가 최영칠 씨 집입니꾜?"

"그렇구마."

그러자 그 군인은 잠시 평촌댁이를 바라보더니, 그만 얼굴에 활짝 웃음을 띠며,

"저 모르겠십니꾜?"

하고 얼른 모자를 벗었다.

"……?"

"평촌댁이지예?"

"예. 그런데 누군지……?"

"저 창만입니더."

"……?"

"홍싯골 살던 창만이라예. 분임이 동생 말입니더."

"우야꼬! 창만이구나."

평촌댁이는 얼른 일어섰다.

"그동안 벨고 없으싰능교."

창만이는 꾸벅 인사를 한다.

"그래, 얼매나 고생이 많노? 참, 육군벵원에 있다제?"

"예."

"우리 영칠이 우얘 댔노? 다 낫아가는동 몰라."

그 말에 그만 창만이는 안색이 확 변해버린다.

"언제쯤 다 낫는동 모르제?"

"……."

"밥이나 잘 묵는동……."

"음—"

"한 번 멘휠 간다는 기…… 그놈의 돈이 원수라……."

창만이는 난처해서 못 견디겠는 듯 곧장 뒤통수를 긁기만 했다.

그러고 있는데, 사립 밖에 섰던 군인이 머무적거리며 들어섰다.

그런데 그 군인은 무엇인지 하얀 것을 앞에 안고 있었다. 상자였다. 베로 싼 하얀 상자를 붕대로 목에 걸고 흰 장갑을 낀 두 손으로 그것을 공손히 받쳐 안고 있는 것이었다.

그게 무언지, 평촌댁이는 멀뚱히 바라보고 있었다.

그 군인도 평촌댁이 앞에 오더니 모자를 벗었다. 그리고 공손히 머리를 숙이며,

"안됐습니다."

했다.

안됐다니, 그게 무슨 뜻인지, 평촌댁이는 그저 얼떨떨하기만 했다.

어쩔 수 없는 듯, 창만이가 내뱉듯이 말했다.

"영칠이 형님이 죽었심더."

"머?"

"……."

"머라고? 죽어?"

평촌댁이의 얼굴은 대번에 사색이 되고 말았다.

"죽다니! 죽다니!"

"음—"

"아이구야꼬— 이 일을 우야꼬—"

평촌댁이는 그만 그 자리에 무너지듯 풀썩 주저앉아버렸다.

"아이고, 아이고, 아이고—"

눈앞이 노오래지는 모양이었다. 냅다 손바닥으로 땅바닥을 치며,

"죽다니 죽다니— 내 아들이 죽다니— 아이고, 아이고, 아이고—"

고래고래 울음을 터뜨리는 것이었다.

창만이는 난처해서 어쩔 줄을 모르다가 소변이라도 마려운 듯 슬금슬금 변소를 찾아갔고, 또 한 사람의 군인은 마루로 가서 유골 상자를 내려놓았다. 그리고 장갑을 벗었다. 장갑이 온통 땀에 젖어 있었다.

남이는 별안간 할머니가 땅을 치며 우는 바람에 두 눈이 똥그래져 가지고 손가락을 입에 물고 있다가, 그만 저도 삐— 울기 시작했다.

어느새 조무래기들이 우루루 몰려와서 구경을 하고 있었고, 난데없는 울음소리에 이웃 어른들도 슬금슬금 모여들고 있었다.

냇물에서 일을 마치고 집에 돌아오는 갑례는 웬일인지 오늘따라 고무신 한 짝이 자꾸 벗겨지는 것이었다. 이상한 일이었다. 무슨 급한 일이 있는 것도 아닌데, 공연히 마음이 바빠지고 걸음이 허둥허둥해지면서 왼쪽 고무신이 몇 차례나 벗겨지는 것이 아닌가. 갑례는 참 얄궂다고 생각하면서, 품삯을 받으면 새 고무신을 한 켤레 사야지 하고 히죽 웃기도 했다. 사실 너무 오래 끌고 다녀, 신이 닳을 대로 닳기도 했던 것이다.

그렇게 오늘따라 이상하게 곧잘 벗겨져 나가는 고무신을 조심조

심 끌며 천천히 비탈길을 오르고 있던 갑례는 무슨 일인지 자기네 집 사립 밖에 사람들이 서서 안을 들여다보고 있는 게 눈에 띄자 걸음을 멈추었다. 무슨 일일까? 갑례는 가슴이 두근거리기 시작했다.

약간 긴장이 되어 다시 걸음을 떼놓는데, 이번에는 아이고— 아이고— 우는 소리가 들려오는 것이 아닌가. 그 소리가 주인집 사람의 울음소리가 아니라, 시어머니의 울음소리에 틀림없는 것 같자, 그만 갑례는 가슴이 덜컥 내려앉았다. 그리고 가벼운 현기증이 눈앞을 지나갔다.

"우리 영칠이가 죽다니, 우리 영칠이가— 아이고— 아이고—"

마침내 갑례는 면상을 정면으로 한 대 오지게 얻어걸린 듯 아찔해지고 말았다.

잠시 넋 빠진 사람처럼 멍하고 서 있다가, 냅다 달리기 시작했다. 고무신 한 짝은 기어이 벗겨져 나가 떼굴떼굴 비탈로 굴러 떨어졌다. 신 같은 것 벗겨졌거나 말거나 아랑곳없었다.

갑례는 단숨에 사립까지 뛰었다. 그리고 사립을 붙들고 다시 멀뚱히 서버렸다. 두 눈이 마치 초점을 잃은 눈 같았다.

"나는 우얘 살라고 죽었노— 우얘 살라고— 아이고— 아이고—"

평촌댁이의 울음소리는 한결 서러워지고 있었다.

갑례는 마루에 놓인 하얀 상자를 보고 있었다. 그게 영칠이의 유골 상자라는 것을 짐작 못하는 바 아니었다. 그러나 너무나도 어이가 없는 일이라 그저 멍멍하기만 하고, 아직 실감이 나지 않는 듯 그녀의 목에서는 울음이 터져 나오지가 않았다.

그런 갑례를 모두 지켜보고 있었다.

갑례를 보자, 창만이는 슬금슬금 다가갔다.

창만이가 다가갔으나, 갑례의 표정은 조금도 움직이지가 않았다.

"갑례 누님요."

"……."

"머라고 말할 수가 없심더."

"……."

"다리 하나가……."

그제야 갑례의 표정이 움직였다. 보기에 딱할 정도로 이지러지는 것이었다.

"마자 못 쓰게 대서 짤라내다가 구만……."

"아이고—"

마침내 갑례의 입에서도 울음이 터져 나왔다.

"아이고 우야꼬! 아이고 아이고— 나는 몰라, 나는 몰라— 아이고 아이고—"

창만이의 눈에도 핑 뜨거운 것이 어리고 있었다.

갑례는 사정없이 목 놓아 울면서 비실비실 걸음을 옮겨 부엌으로 들어가더니, 그만 부엌바닥에 아무렇게나 엎어져 버리는 것이었다. 엎어져서 냅다 몸부림을 쳐대며,

"죽다니 죽다니— 나는 몰라, 나는 몰라— 아이고 아이고— 아이고 아이고—"

마구 부엌바닥을 손톱으로 긁기도 했다.

남이가 뒤따라 쫓아 들어가며,

"엄마— 엄마— 앙— 앙—"

놀란 듯 비명을 질러댄다.

구경하는 사람들도 모두 침통한 얼굴들이었다. 개중에는 코를

훌쩍거리거나, 눈물을 찍어내고 있는 사람도 더러 있었다.

이튿날 해질 무렵, 영칠이의 유골은 집을 나섰다. 정미소 일꾼 한 사람이 유골상자를 안고 앞장을 서고, 그 뒤를 갑례와 평촌댁이, 그리고 영칠이의 사촌 형인 정미소 주인과 그 안주인이 따랐다. 남이는 주인집에 좀 보아달라고 맡겨놓았다.

상여도 없고, 명정 같은 것도 하나 없는, 참으로 간단한 장례 행렬이었다.

유골을 관 속에 새로 넣어 가지고 제대로 장사를 지낼까 하는 이야기도 있었으나, 이미 화장을 해서 뼈를 추려 상자에 넣어 왔는데, 새삼스레 관이니 뭐니 하고 일을 벌여, 유골에 때를 묻힐 필요가 뭐 있느냐고, 그대로 곱게 갖다 묻는 편이 오히려 고인을 위해서도 좋다는 사촌 형의 의견에 그대로 좇기로 한 것이다. 사실 관이니 상여니 하고, 일을 벌일 아무런 준비도 없을 뿐 아니라, 그럴 만한 형편도 못 되는 것이다. 그래서 결국 갑례가 상복에 상장(喪杖)을 짚었을 뿐이었다.

갑례마저 그런 차림을 안 했더라면 그게 공동묘지로 가는 행렬인지 무언지, 남들은 잘 알아보지도 못했을 것이다.

"저기 머고?"

"아하— 군인에 나가 죽었구나."

"아하— 저기 유골상자구나."

"유골상자가 저래 생겼구나."

지나가는 유골상자를 보고 신기해서 수군거리는 사람들도 있었고,

"전쟁이 원수지, 전쟁이 원수라."

"이번 전쟁통에 얼마나 많은 청년들이 죽었는동 말도 몬 할 끼라."

"전쟁이란 걸 도대체 누가 만들어냈는동……."

이렇게 전쟁을 원망해 대는 사람도 있었고, 어떤 남자들은,

"저 여자가 마느랜 모양이제?"

"여자 참하게 생겼는데……."

"저런 마느랠 두고 죽다니 억울하겠다."

"그래도 장개라도 들어보고 죽었으니, 덜 억울 안 하겠나."

"몽달귀신은 면했다 그 말이제."

"그렇지, 그기 어디고."

이런 소리를 주고받기도 했다.

"아이고 저런 수가 있나."

"관셈보살—"

"청상과부가 댔구나, 쯧쯧쯧……."

안됐다는 듯이 이맛살을 찌푸리는 노파들도 있었다.

"또 하나 골로 갔구나."

"저 속에 빼가지가 들었다 그 말씀이지?"

"개 빼가진동 먼동 알 끼 머고."

이렇게 내뱉는, 고약한 젊은 축도 있었다.

아이들은 무슨 재미나는 일이라도 생긴 듯,

"야— 국군 아저씨 죽었구나."

"상자가 하얗다 그제?"

"하얀 베로 안 쌌나."

"개병대 아저씬강?"

"나는 공군 아저씨지 싶으다."

"나는 해군 아저씨지 싶으다."

제멋대로 떠들어대며, 줄줄 뒤를 따르기도 했다.

공동묘지는 읍의 뒤쪽에 있는 언덕을 넘으면 바로 거기였다. 수없이 많은 무덤이 깔려 있었으나, 아직도 얼마든지 한몫 낄 자리가 있었다.

가급적이면 남향이고, 반반한 자리를 고르느라고 한참 여기저기 서성거리다가, 결국 한쪽 변두리의 호젓한 곳에 묻기로 했다. 멀리 냇물이 보이고, 저만큼 아래쪽으로는 기찻길이 지나가고 있었다. 햇볕도 잘 들 것 같았다.

무덤을 파는 동안, 갑례는 좀 떨어진 곳에 넋이 나간 사람처럼 앉아, 저물어가는 먼 하늘을 바라보고 있었다. 아무것도 생각하고 싶지가 않았다. 그저 오늘따라 하늘이 왜 저렇게 시뻘겋게 타는 것일까 싶을 따름이었다. 저녁 하늘이 마치 불이라도 붙은 듯 무섭게 타오르고 있는 것이었다. 어쩌면 저승으로 가는 길이 저런 것이 아닌가 싶기도 했다.

그러고 있는데, 멀리서 기적소리가 들려왔다. 갑례는 그쪽으로 시선을 돌렸다. 내려오는 기차였다. 멀리 산모롱이를 돌아, 새까만 것이 지렁이처럼 기어오고 있었다. 지난번 면회를 갔다가 올 때, 타고 내려온 그 차였다. 그리고 몇 해 전, 영칠이를 따라 이곳으로 살러올 때 타고 온 기차이기도 했다. 고향 근처의 정거장을 지나오는 그리운 기차— 그러나 이제 그것도 자기와는 아무 상관이 없는, 먼 딴 세상의 일처럼 생각되었다.

지렁이처럼 기어오던 기차가 어느덧 요란한 소리를 내며 바로 저만큼 눈 아래를 지나갈 때도, 갑례는 그저 기차가 지나가는구나 싶을 따름이었다.

사과궤짝 절반 정도밖에 안 되는 유골상자를 묻을 구덩이는 별힘 안 들이고 곧 완성되었다.

상자가 구덩이 속으로 들어가고, 그 위로 흙이 덮이기 시작하자, 그만 갑례는 현기증을 느끼며 그 자리에 주저앉아버렸다.

그리고 자기도 모르게,

"아이고—"

울음을 터뜨렸다.

그러나 이제 목이 쉬어서 제대로 울음소리가 나오지도 않았다.

평촌댁이도 쓰러져 땅을 치며 울기 시작했다. 정미소집 안주인도 치맛자락을 뒤집어 물코를 풀었다.

애끓는 울음소리도 아랑곳없이 일꾼은 흙을 쾅쾅 다져 봉우리를 높여가고 있었고, 사촌 형은 옆에서 말없이 일을 거들고 있었다.

시뻘겋게 타오르던 서녘 하늘은 차츰 보랏빛으로 사위어가고, 사방엔 서서히 땅거미가 깔리고 있었다.

12

갑례는 이제 모든 것이 끝난 것 같았다. 이제 살려고 애를 써야 할 아무런 까닭이 없는 듯했다. 무엇을 위해 살려고 아등바등할 것이냐 말이다. 생각하면 참 허망하기 짝이 없었다. 어처구니없도록 허망한 노릇이었다. 이렇게 어처구니없이 끝나버릴 일을 가지고, 그동안 그렇게 애를 쓰고 몸부림을 쳐왔던가 싶으니, 무엇에 속은 것처럼 분한 생각이 들기도 했다.

공연히 미륵당의 보살할미까지 원망스러운 것이었다. 그렇게 과거지사는 잘 알아맞히던 할망구가 왜 미구에 닥쳐올 이런 엄청난 일은 알아맞히질 못한 것일까. 알아맞히지 못한 것이 아니라, 뻔히 이렇게 될 줄을 알면서도 그 쌀 한 말이 탐이 나서 시치미를 뚝 떼고, 목탁을 치면서 염불을 해대고, 독경을 해대고, 능청맞게 남의 이름이랑 나이랑 생년월일까지 들먹거려 댔던 게 틀림없는 것 같았다. 쌀도 큰 말로 한 말이 아니라 겨우 작은 말로 한 말인 걸 가지고 말이다.

그리고 생각할수록 그 미륵인가 무언가도 도무지 괴상하기만 한 것이다. 그렇게 꼭 남자의 그것같이 생겨먹은 돌덩이가 무슨 놈의 영검이 있겠는가 말이다. 갑례는 공연히 심사가 자꾸 뒤틀리기만 했다.

이렇게 허망하게 가버릴 줄 알았더라면, 면회라도 좀 자주 가 봤을 것인데, 그렇게 붕대의 덩어리처럼 되어 누워 있는 사람을 꼭 한 번밖에 찾아가보지 못한 것이 갑례는 가슴에 맺혀 견딜 수가 없었다. 죽으면서도 얼마나 원망을 했을까 싶으니 미칠 것 같았다. 정말 사람이 어떤 지경에 이르러야 미치는 것인지 알 수가 없었다. 이렇게 허망하고 답답하고, 눈앞이 캄캄하고, 찢어지는 듯 가슴이 아픈데도 돌아버리지 않는다니, 참 모질기도 하다 싶었다. 차라리 실성이라도 해서 냅다 소리를 지르며 훨훨 거리를 좀 쏘다니기라도 했으면 속이 시원할 것 같은데 말이다.

그리고 갑례는 곧잘 지난날의 가지가지 일이 머리에 되살아올라 괴롭기만 했다. 그것이 짜릿한 그리움으로 가슴에 잦아들기도 했다. 뉘우침이 되어 한숨으로 쏟아지기도 했다. 이렇게 남을 청상과부로 만들어 놓고, 일찍 가버릴 사람인 줄 알았더라면 애초에 정을 주지 않는 것인데 말이다.

학교마당에 활동사진이 들어왔던 그날 밤, 구경을 하러 가는 것이 아니었는데 싶었다. 그러나 남들이 다 가는 구경을 안 가고는 배길 수가 없었을 것이니, 갔더라도 혼자 학교 뒤로 오줌을 누러 가지만 않았더라면 싶기도 했다. 참 겁도 없었지. 아무리 달이 밝다고는 하지만, 큰아기가 혼자 으슥한 학교 교사 뒤로 가서, 훌렁 치마를 걷어붙이고 오줌을 누다니…… 그러니 평소부터 어쩐지 눈치가 좀 다르던 영칠이가 뒤를 밟아올 수밖에. 밟아 와서는 냅다 남을 안아버릴 수밖에. 그랬더라도, 그가 주는 색실을 받지 않고, 매정하게 뿌리쳐버렸더라면 괜찮았을 텐데…… 어리석게 그것을 받았으니, 애초부터 일은 다 글러먹었던 것이 아닌가.

그리고 그가 징용에 가던 전날 밤, 감나무 숲에서의 일은 지금 생각해도 가슴이 두근거렸다. 어쩌면 그렇게도 부끄럽던지…… 정말 그날 밤은 별수 없었지. 그렇게 헤어지는 것이 안타깝고 서러웠는데, 어떻게 그냥 가만히 있을 수가 있단 말인가. 더구나 다른 데 가는 것도 아니고, 끌려서 징용 길을 떠나는데 말이다. 그날 밤 일은 조금도 뉘우칠 마음이 생기지가 않았다. 오히려 생각할수록 황홀하고 짜릿하기만 했다. 밤이 깊어도 깊어도 끝날 줄 모르던 그 달디단 입맞춤— 정말 사내라는 것이 그렇게 놀라운 것인 줄은 미처 몰랐었다.

그러나 징용에 나간 영칠이가 해방이 되어 다시 돌아온 것은 조금도 달가운 일로 생각되지가 않았다. 참 야속하고 죄로 갈 생각이지만, 지금 와서 이렇게 사람을 청상과부로 만들어놓을 바에야 차라리 그때 그 길로 돌아오지 않았더라면 싶었다. 솔직한 심정이었다. 그랬더라면 자기는 이런 가련한 신세가 되지 않고 태석이의 떳떳한 아내로서, 지금은 아무 걱정 없이 살 텐데 말이다. 해방이 되어 돌아왔더라도 이미 남의 아내가 되어 아이까지 낳은 사람을 다시 욕심만 내지 않아 주었더라도 괜찮았을 것인데 싶으니, 죽은 사람이지만 원망스럽기까지 했다.

남의 아내가 된 사람을 시집 마을까지 몇 차례나 찾아와서, 조밭으로, 보리밭으로 끌고 들어가 사정사정하던 영칠이. 그러나 끝내 막아냈었지. 좌우간 어지간히 자기가 간절하긴 했던 모양이라고 생각하니, 갑례는 눈시울이 뜨거워지며 가슴이 찡 아프기도 했다.

잘 막아내다가, 6·25 때, 붙들려 간 시아버지 정 면장의 식사를 날라다주고 돌아오던 길에 영칠이를 만나, 결국 다시 몸을 내맡기고 말았던 산골짜기. 머루알이 수없이 익어가는 골짜기였지. 그 수없이 많은 머루알이 흐늘흐늘한 반점이 되어 눈앞에서 흔들흔들 흔들릴 때의 그 황홀감. 아무리 안 된다고 안 된다고 뇌었으나, 그것이 입 밖으로 소리가 되어 나오지가 않고, 입 안에서 달디단 침에 녹아 스러지던 일이 지금도 기억에 생생했다.

그리고 다리모가지가 부러질지도 모르고 밤중에 도둑놈처럼 남의 시집 담을 뛰어넘어 들어오던 영칠이. 얼마나 견딜 수가 없었으면 그런 어처구니없는 짓까지 했을까 말이다. 그날 밤 일을 생각하면 지금도 가슴이 덜컥했다. 그날 밤, 방 문고리를 안으로 잘도 걸었었지. 만일 그렇지 않고 방문이 열려 영칠이가 방 안으로 들어왔더라면, 그래서 시어머니한테 들켰더라면 어쩔 뻔했던가. 정말 아슬아슬한 밤이었다.

어쨌든 그렇게 단 한 차례 다시 몸을 허락했을 뿐이었는데, 그게 덜컥 아이가 될 일이 무엇인가 말이다. 참 기가 찰 노릇이 아닐 수 없었다. 재수 없는 사람은 넘어져도 코를 깬다더니, 꼭 그 격이었다. 아이만 들어서지 않았더라면, 한 차례의 실수로 돌리고 다시 마음을 단단히 도사려먹었을 것인데, 사실 그렇게 마음을 먹기도 했던 터인데, 덜컥 비칠 것이 비치지 않고, 입덧이 나고, 헛구역질이 올라오는 것이 아닌가 말이다. 그렇지만 않았더라도 지금 이런 신세가 되지 않았을지 모르는데……. 생각하면 그저 모든 게 어쩔 수 없는 팔자소관인 것만 같았다.

그렇다고 홍싯골로 가서, 추운 겨울에, 더구나 대낮에 뒷산 바위 아래서 열심히 그의 품 안에 자지러지다니, 참 우습기도 하고 한심한 생각이 들기도 했다. 여자란 한 번 마음이 기울어지면 그렇게도 걷잡지 못하는 것인지. 그러다가 결국 동네 사람들한테 들키고 말았으니 꼴이 무엇이었는가 말이다. 그런데 영칠이는 오히려 동네 사람들이 킬킬킬 웃자, 어떤 개 같은 자식들이고! 하고 고함을 질렀었지. 그러나 동네 사람들은 누가 갠지 모르겠대이! 하고 응수를 해왔지. 정말 누가 갠지…… 지금 생각해도 얼굴이 화끈 뜨거워지며 웃음이 나왔다.

아무튼 그렇게 몸부림을 치다가 마침내 모든 것을 작정하고, 함께 살러 나왔으면, 백년을 같이 해로를 해야 하는 것인데, 덜컥 이번에는 군대에 나가버리다니…… 군대에 나가는 것은 나라에서 하는 일이니 또 하는 수 없다 치더라도, 그렇게 부상을 당할 것은 무엇인가. 부상을 당하더라도 남들처럼 좀 적당히 당할 일이지, 온통 붕대의 덩어리처럼 될 것은 무엇인가 말이다. 육군병원의 그 병실에 있던 다른 환자들은 모두 웃기도 하고, 잘도 떠들어대지 않던가. 갑례는 공연히 영칠이가 등신인 것 같은 생각이 들기도 했다.

그리고 참 야박하기 짝이 없는 것이 사람의 마음인지, 갑례는 이렇게 될 줄 알았더라면 눈 찔끔 감고 태석이한테로 돌아가 버리는 것인데…… 싶기도 했다. 지나간 일은 어쩔 수 없는 일이었으니 깨끗이 잊어버리고 다시 옛날로 돌아가자고, 그처럼 넓은 마음으로 간청을 하던 태석이였는데…… 그리고 십 년 동안이나 모진 고생을 겪다가 구사일생으로 돌아온 본남편인데…… 생각할수록 한이 되어, 갑례는 꺼지는 듯 한숨이 나오기만 했다. 혹시 지금이라도 늦지 않은 것이 아닐까? 그동안에 벌써 새장가를 들진 않았을 것인데……. 슬그머니 이런 얌통머리 없는 생각이 머리를 쳐들기도 했으나, 갑례는 쓸쓸히 고개를 내저었다. 그처럼 넓은 마음의 태석이였으니, 혹시 이런 얌체 같은 여자도 용서를 하고 다시 받아들일지 모르지만, 그러나 사람의 낯가죽을 쓰고 어떻게 제 발로 걸어가 먼저 그런 말을 꺼낼 수가 있단 말인가. 도저히 될 소리가 아니었다. 그쪽에서 먼저 다시 말을 꺼내온다면 모르지만. 하도 답답한 나머지 그런 얌체 같은 생각까지 슬그머니 한 번 해본 것이지, 하고 갑례는 쓰디쓴 웃음을 쓸쓸히 웃었다. 처량한 노릇이었다.

결국 모든 것이 다 가고, 이제 자기에게는 남이가 하나 있을 뿐이었다. 영칠이가 남겨준 오직 하나의 피붙이인 남이를 키우면서, 그저 살아가는 수밖에 없었다. 살고 싶어서 사는 것이 아니라, 목숨이 붙어 있으니까 마지못해 그저 살아갈 뿐인 것이다.

그러나 갑례는 빨래터에서 하루 일을 마치고 무거운 발길을 집으로 돌릴 때, 문득 죽어버릴까 하는 생각이 머리를 스치기도 했다. 이렇게 살아서 도대체 무얼 할 것인가 말이다. 남이와 둘이 곱게 죽어버리는 것이 낫지 않을까 싶었다. 갑례는 죽어버릴까 하는 생각을 먹어보기는 이것이 난생처음이었다.

그런 생각이 들기도 했으나, 그러나 이튿날 아침이면 다시 갑례는 힘없는 걸음으로 냇가 빨래터를 찾아가는 것이었다.

갑례가 평촌을 찾아간 것은 가을바람이 부는 어느 일요일이었다. 물론 태석이를 만나보러 간 것은 아니었다. 그렇게 염치없는 갑례는 결코 아닌 것이다.

고모를 찾아간 것이었다. 그렇다고 고모한테 무슨 뚜렷한 볼일이 있는 것도 아니었다. 그저 오래 만나보지 못해서 소식도 궁금하고, 또 앞으로 자기는 어떻게 했으면 좋을지 좀 상의도 해보고 싶었다. 상의를 한다고 무슨 뾰족한 수가 있을까마는, 그러나 그러면서 눈물이라도 좀 흘리면 속이 후련할 것 같았다. 말하자면 속에 괸 슬픔을 좀 내쏟고 싶은 것이었다. 이런 경우는 뭐니 뭐니 해도 친정어머니가 제일인 것인데, 어머니는 돌아가시고 없으니 대신 고모라도 찾아가 보고 싶어진 것이다.

그리고 상용이가 보고 싶었다. 어떻게 지내고 있는 것일까. 남의 어머니 밑이 되었는지, 아직 그렇지가 않는지…… 궁금한 일이 아닐 수 없었다.

사실을 말하면, 평촌을 찾아가 보고 싶어진 생각의 밑바닥에는 이 궁금증이 가장 짙게 깔려 있는지도 몰랐다. 태석이가 새장가를 들었는지, 안 들었는지 하는 궁금증 말이다. 새장가를 안 들었다고 해서 무얼 어쩌자는 것은 아니지만.

좌우간 가을바람이 불자, 도무지 가만히 있을 수가 없어 갑례는 집을 나선 것이다.

남이는 집에 놓아두고 혼자서였다.

갑례가 혼자 평촌엘 좀 다녀오겠다고 하자, 평촌댁이는 슬그머니 안색이 변하는 것이었다. 갑자기 무슨 일인가 싶은 모양이었다. 더구나 남이를 집에 두고 혼자 가다니, 불안한 생각이 드는 눈치였다. 혹시 그렇게 혼자 영 어디로 가버리는 것이 아닌가 싶은 듯 평촌댁이는,

"남일 딜꼬 가지 와. 머하로 가는동 몰따마는……."

갑례의 기색을 힐끗 살폈다.

"혼자 얼른 갔다 올랍니더. 하룻밤 자고 올 낀데 머예."

"하룻밤 자고?"

"예."

"하룻밤쯤은 떨어져 안 있겠나."

하룻밤이라는 말에 평촌댁이는 좀 마음이 놓이는 모양이었다. 그런 눈치를 갑례가 모를 턱이 없었다. 갑례는 속으로 쓸쓸히 웃었다.

갑례가 평촌 면소재지에 닿은 것은 해가 제법 기울어졌을 무렵이었다. 읍내 정거장에 내려, 마침 이쪽으로 오는 트럭이 있어서 올라탔던 것이다. 그렇지 않고 걸어왔더라면 해가 떨어질 무렵에나 도착할 뻔했다.

삼 년 만에 다시 밟는 옛 시집 고을인데, 어쩐지 모든 것이 서먹

서먹하고 멋쩍게 느껴졌다. 그리고 자기가 거리를 떳떳하게 걸을 수 있는 사람이 못 되는 것 같아, 갑례는 슬금슬금 사방을 둘러보며 풀이 죽은 모습으로 바짝 길가 쪽을 걸었다. 혹시 아는 사람이라도 만날까 두려웠다.

지서 앞에는 소방 창고가 아직 옛 모습 그대로 그 자리에 있었다. 지금은 그 속에 수동식인 빨간 소방수레가 들어 있는 것이었다. 갑례는 어쩐지 웃음이 나왔다. 그 속에 사람들이 무슨 짐승들처럼 아무렇게나 갇혀 있던 생각이 났던 것이다. 시아버지 정 면장도 갇혀 있었고, 나중에 마 서방도 며칠 갇혀 있지 않았던가. 아침저녁으로 밥을 갖다 나르느라고 꽤 애를 먹었었지. 그런데 지금은 빨간 소방수레가 제대로 제 집을 찾아 들어가 있는 것이 아닌가. 참 얄궂은 세상도 다 있었다 싶으며 웃음이 나오는 것이었다.

갑례는 바람에 옷고름을 날리며, 평촌으로 가는 들길을 걸었다. 한참 가면 도토리나무 숲이었다. 아침저녁으로 시아버지 밥을 갖다 나를 때, 오며가며 앉아 쉬기도 하고 오줌이 마려우면 오줌을 누던 숲이었다. 나뭇잎들이 차츰 누렇게 물들어가고 있었다. 벌써 바람에 팔랑팔랑 나부껴 떨어지는 성급한 이파리도 더러 있었다.

숲을 지나 잠시 가면 냇물이었다. 냇물에는 옛날 그대로 조그마한 목교(木橋)가 놓여 있었다. 삼 년 전 이른 새벽, 상용이를 데리고 영칠이와 함께 도망가다시피 이 다리를 건너던 일이 생각났다. 꽤 싸늘한 새벽이었다. 갑례는 그날 새벽의 일이 생각나자 절로 한숨이 쏟아졌다.

냇물을 건너 얼마 안 가면 산모롱이였다. 어느 날 해질녘 시아버지의 저녁밥을 날라다 주고 돌아오는데, 난데없이 한 팔을 베

조각으로 칭칭 감아 목에 건 영칠이가 불쑥 나타나던 곳이었다. 머리는 빡빡 깎고 말이다. 그래서 결국 별 수 없이 골짜기로 들어가 다시 몸을 섞고 말았던 것이 아닌가, 올해도 머루가 그때처럼 많이 열려 있는지…… 갑례는 어쩐지 서글프면서도 가슴이 짜릿해 오기도 했다.

산모롱이를 돌면 이제 마을이었다. 평촌 마을이 눈앞에 나타나자, 갑례는 절로 걸음이 멈추어졌다. 걷잡을 수 없이 가슴이 두근거렸다. 그리고 그만 마을이 희뿌옇게 흐려져 버리는 것이었다. 눈물이 앞을 가렸던 것이다.

잠시 후, 다시 시야를 되찾은 갑례는 그만 자기도 모르게,

"우야꼬—"

소리가 나왔다. 마을은 삼 년 전과 조금도 다름이 없었다. 옛 시집도 그때 그대로였다.

그런데 무슨 일인지, 옛 시집 마당에 차일이 쳐져 있는 것이 아닌가. 그리고 사람들이 들락날락하고 있는 게 보였다. 대문 밖에는 아이들이 들끓고 있었다.

갑례는 가슴속에서 무엇이 와르르— 허물어지는 것 같았다. 눈앞이 아찔했다. 그만 그 자리에 주저앉아버리고 싶은 충격이 느껴졌다. 보나마나 뻔한 일인 것 같았다. 오늘 새색시를 데려온 모양이었다. 신행 잔치에 틀림없는 듯했다.

잠시 정신없이 서 있던 갑례는 너무나도 어처구니가 없는 듯 웃음이 나와 버렸다. 하필이면 오늘 평촌을 찾아올 게 무엇인가 말이다. 하고많은 날을 다 놓아두고, 하필 오늘 같은 날을 골라서 찾아오다니, 참 기가 막혔다. 마치 옛 남편 새장가 드는 것을 구경이나

하러 여기까지 찾아온 것만 같아 견딜 수가 없었다. 울고 싶었다. 너무나도 자신이 비참하게 느껴지는 것이었다.

갑례는 어떻게 했으면 좋을지 몰랐다. 구멍이라도 있으면 기어 들어가 버리고 싶은 심정이었다. 이런 심정으로는 도저히 고모 집도 찾아 들어갈 수가 없을 것 같았다. 무슨 낯으로 이런 날 고모를 대한단 말인가. 고모뿐 아니라, 고모 집 식구들을 어떻게 대할 것인가 말이다.

그러나 이렇게 해가 저물어가고 있는데, 어쩌면 좋을 것인지…… 갑례는 그저 막막하고 처량하기만 했다.

그렇게 처량하게 서 있는데, 불쑥 대문 안에서 나 좀 보라는 듯이 꽃가마가 나타났다. 울긋불긋 고운 꽃가마였다. 빈 꽃가마를 돌려주러 가는 모양이었다.

꽃가마를 보자, 갑례는 새삼스럽게 깜짝 놀라며 그만 홱 돌아서 버렸다. 돌아서더니 냅다 달리기 시작했다. 마치 견딜 수 없는 것을 보기나 한 것처럼, 돌아온 산모롱이를 도망치듯 되돌아 사라지는 것이었다.

그날 밤, 갑례는 면소재지의 객줏집 부엌방 신세를 졌다. 그 길로 바로 읍내로 향할까 했으나, 여기까지 와서 상용이를 안 만나 보고 갈 수는 도저히 없었던 것이다. 그래서 객줏집을 찾아 들어가 저녁을 사먹고, 하룻밤 신세를 졌던 것이다.

갑례는 밤이 이슥토록 도무지 잠을 이루지 못하고, 남의 집 베갯잇에 수없이 눈물을 흘렸다. 그처럼 태석이가 사정을 할 때는 마다고 뿌리쳐 놓고, 이제 와서 울 게 무어냐고, 염치없는 자기 자신이 얄밉기까지 했지만, 그럴수록 눈물은 하염없이 베갯잇을 적시는 것이었다. 남의 집 베개라는 것도 아랑곳없이 말이다.

그러고 보니, 평촌을 찾아오고 싶었던 것은 순전히 태석이의 거취가 궁금해서였던 게 틀림없었다. 사람의 마음의 밑바닥이란 그처럼 염치가 없고, 자기 위주로, 자기중심으로만 되어 있는 모양이었다.

이튿날 아침, 갑례는 일찍 객줏집을 나서, 도토리나무 숲을 찾아갔다. 물론 상용이를 만나기 위해서였다. 거기서 상용이가 등교하는 것을 기다리는 것이었다.

숲은 이슬에 젖어 있었다. 이슬들이 햇빛을 받아 반짝반짝 빛나고 있었다. 신선한 가을 아침이었다.

그러나 갑례는 도무지 눈이 부시고 골이 띵하기만 했다. 간밤에 너무 눈물을 흘려서 그런 모양이었다. 갑례는 적당한 자리에 손수건을 깔고 앉았다.

학교 가는 아이들이 하나 둘 나타나기 시작한 것은 한 시간가량이나 지나서였다. 너무 일찍 나왔던 것이다.

아이들이 지나갈 때마다 갑례는 유심히 살폈다. 그러나 어찌된 셈인지 도무지 상용이는 보이지가 않았다.

갑례는 슬그머니 별생각이 다 들었다. 혹시 학교에 다니지 않고, 집에서 놀고 있는 것이나 아닌가 싶기도 했다. 그러나 설마 그럴 리야 없겠지 싶었다. 친아버지고, 친할머니 밑인데 말이다. 그러면 배탈이라도 난 것일까. 어제 잔치에 음식을 잘못 먹고…… 그런 생각이 들자, 갑례는 공연히 슬펐다. 어제 상용이는 무엇을 하고 있었을까. 무슨 생각이 들었을까. 이 에미 생각을 했을까…… 기어이 또 갑례는 아침부터 눈에 뜨거운 것이 핑 도는 것이었다.

그러고 있는데, 저만큼 걸어오던 두 아이 중 한 아이가 주춤 멈추어서더니,

"엄마—"

소리를 지르면서 냅다 달려오는 것이 아닌가.

갑례는 벌떡 일어섰다.

"상용아!"

"엄마—"

상용이는 어쩔 줄을 모르며 엄마의 품 안으로 뛰어들었고 갑례는 상용이를 불끈 안아버렸다.

"아이고 이놈아야, 아이고 이놈아야—"

갑례는 곧장 상용이의 머리에다가 자기의 볼을 갖다 문질러댔다.

잠시 후, 갑례는 상용이를 놓고 돌아서서 코를 풀었다. 줄줄 녹아 흐르는 물코였다. 그러자 상용이가,

"엄마, 와 인자 오노?"

원망스러운 듯 말했다.

"엄마가 안 와서 아부지 새로 장개갔다 말이다."

"……."

"아나? 어제 새엄마 딜꼬 왔어."

갑례는 그저 기가 막힐 따름이었다.

"엄마, 와 남이는 안 딜꼬 오노?"

"……."

"집에 있나?"

"그래."

"안 우나?"

"님이 보고 싶나?"

"보고 싶다."

갑례와 상용이는 나란히 걷기 시작했다. 같이 오던 아이는,

"상용아, 너검마가?"

하고 공연히 저도 좋아서 싱글벙글 웃으면서 뒤를 따랐다.

"상용아."

"응?"

"할무이 잘 계시나?"

"응, 어제 좋아서 할무이가 술 묵고 춤추더라, 아나?"

그러자 뒤따르던 아이가,

"우리 할매도 너거 할매하고 같이 춤췄제, 그제?"

한다.

갑례는 웃지 않을 수 없었다.

"엄마."

"응?"

"엄마도 학교 같이 갈 끼가?"

"아니."

"그럼 와 이리 가노? 집에 가 있거라. 나 학교 갔다 공부 끝나면 곧 집에 갈게."

"……."

"참, 달리기 연습하제. 달리기 연습하고 집에 가께."

갑례는 무어라고 말을 했으면 좋을지 몰랐다. 그저 코허리가 찡할 따름이었다.

"엄마, 나 달리기 선수다. 아나?"

"응 그래?"

"2학년 백군 선수로 뽑혔다."

"응."

"우리 학교 곧 운동회 한다. 아나?"

"그래?"

아무렇지도 않은 듯 대꾸는 하지만, 갑례는 속으로 울고 있었다. 가슴이 쓰리고 아파서 견딜 수가 없는 것이었다.

학교로 가는 갈림길에서였다. 갑례는 걸음을 멈추었다. 그러자 상용이의 손을 꼭 잡고 놓을 줄을 몰랐다.

"엄마, 학교 늦다."

"오냐."

"지각한다."

"응."

그러나 그만 갑례는 손의 힘을 풀지 않았다. 상용이는 이상하다는 듯이 엄마를 쳐다보았다.

"놓으라니까, 엄마."

"……."

"지각한다 말이다!"

마침내 상용이는 울상을 했다.

그러자 갑례는 떨리는 목소리로,

"상용아!"

불렀다.

"……?"

"저……."

갑례는 상용이더러, 엄마를 따라가자는 말을 하려고 했다. 그러나 어찌된 셈인지, 그 소리가 입 밖으로 나오지가 않았다. 스르르 손에서 힘이 풀려버리는 것이었다.

그러자 상용이는 엄마의 손을 뿌리치고 냅다 달리기 시작했다.

"엄마 집에 가 있거래이!"

하면서.

달리기 선수답게 냅다 달아나다시피 뛰어가는 상용이의 뒷모습이 갑례의 시야에서 뿌옇게 흐려지고 있었었다.

13

학교가 파하자, 상용이는 곧 집을 향했다. 여느 때 같으면 운동장 가의 철봉에 매달려 놀기도 하고, 철봉 앞에 마련되어 있는 모래밭에서 모래 장난을 하기도 하고, 혹은 우물에 가서 공연히 물을 마셔 보기도 하다가 싫증이 나면 슬슬 교문을 나서는데, 오늘은 그게 아니었다. 방과 후, 전교 청군 백군 달리기 선수의 릴레이 연습이 끝나자 그 길로 바로 집을 향했다.

어머니 생각 때문이었다. 어머니가 왔으니, 빨리 집으로 돌아가고만 싶었다. 들길을 냅다 달리기도 하면서 상용이는, 어머니가 왜 아침에 숲에서 그렇게 기다리고 있었을까 하는 생각이 퍼뜩 들었다. 바로 집으로 오지 않고 말이다. 오다가 다리가 아파서 쉬고 있었던 것일까. 아니면 바로 집으로 오기가 부끄러웠던 것일까. 상용이는 어쩐지 웃음이 나왔다. 사실 바로 집으로 들어오기는 좀 부끄러울 것이라 싶었다. 아버지가 새로 장가를 들어, 어제 새엄마를 데리고 왔으니 말이다. 그러니까 좀 일찍 오지 않고, 뭘 하고 있다가 이제야 슬금슬금 오느냐 말이다. 농땡이같이. 좌우간 어머니가 왔으니, 아버지는 이제 어쩔 겐가 생각하니, 상용이는 몹시 재미있기도 했다. 어머니가 왔으니, 별 수 없이 새엄마를 내보내버릴 것이라 싶었다. 어머니가 왔는데, 새엄마가 무슨 필요가 있는가 말이다. 그러면 왜 아버지는 어머니가 좀 늦게 오더라도 기다리질 않고, 새장가를 들어버린 것인지…… 상용이는 슬그머니 알 수가 없어졌다. 아버지는 어머니하고 새엄마하고 둘 다 자기 각시 하려고 그러는 것인지…… 한집에 엄마가 둘 있어도 되는 겐지…… 도무지 알 수가 없었다.

그러나 어쨌든 재미있다 싶으며, 상용이는 얼른 가 보자고 냅다 뛰었다. 방아깨비 한 마리가 푸르륵 날아와 가슴에 떡 붙었으나, 얼른 떼 내던져버렸다. 그런 것 오늘은 조금도 반갑지가 않았다. 여느 때 같으면 방아깨비라면 여간 신나는 것이 아닌데 말이다.

집에 당도한 상용이는 대문을 들어서면서 벌써,

"엄마—"

소리를 질렀다.

"엄마— 나 학교 끝나고 왔다—"

그러자, 큰방 미닫이가 열리며 할머니가 내다본다.

영일댁이는 상용이가 난데없이 엄마를 부르며 들어오자, 무슨 일인가 싶어 약간 눈이 둥그레졌다.

할머니가 내다볼 뿐 별다른 기척이 없자, 상용이는 뭐 이래 싶었다. 상용아, 이제 오나 하고 왜 어머니가 반갑게 나타나지 않느냐 말이다.

토방에 여자들 고무신이 하얗게 늘려 있는 것을 보자, 상용이는 공연히 심술이 났다. 방 안에 웬 사람들이 모여 앉아 무엇을 하고 있는지 모르지만, 어머니도 그 속에 섞여 앉아, 자기가 부르는 소리도 못 듣고 있는 게 틀림없다고 생각하는 것이었다.

상용이는 후닥닥 방으로 뛰어 들어가며 냅다,

"엄마!"

소리쳤다.

방 안에 가득 둘러앉은 사람들이 모두 놀란 듯 상용이를 쳐다본다. 윗목에 한쪽 무릎을 세우고, 그 위에 두 손을 얹고 다소곳이 앉아 있는, 어제 시집 온 새색시도 놀란 듯이 눈이 휘둥그레진다. 방복판에는 웬 옷이랑 옷감이 수북이 꺼내져 있었다. 옷이랑 옷감뿐 아니라 상보니, 책상보니, 횃대보니, 혹은 버선·베갯모·주머니, 심지어 가위랑 인두 같은 것까지 굴러 있었다. 새색시가 어제 시집오면서 가지고 온 것들을 꺼내놓고, 이웃 노파들이랑 아낙네들이 한방 모여 앉아 구경을 하고 있는 중이었다.

방 안을 휘둘러본 상용이는 금세 얼굴색이 변했다. 어머니가 보이지 않기 때문이었다. 어찌된 일일까 싶었다. 그러면서도 상용이는 방바닥에 늘려 있는 것들이 신기하게 여겨져, 얼른 새엄마를 바라보았다. 새엄마가 가지고 온 게 틀림없어 보였다.

상용이와 시선이 마주치자, 새색시는 살짝 웃었다. 좋아서 웃는 웃음이라기보다도 일부러 그렇게 호의를 보내는 셈이었다. 그러나 그 웃음 뒤에는 일종의 당혹감 같은 것이 감추어져 있었다. 이 아이가 자기를 엄마라고 부르는 것인지, 아니면 어떻게 된 셈인지…… 자기를 벌써 엄마라고 불러준다면 고마운 일이나, 그렇다면 아무리 사내아이지만 좀 수줍어하는 기가 있고 얌전한 맛이 있어야 될 것인데 전혀 그게 아닌 모양이니, 이거 앞으로 야단났구나 싶은 것이었다.

새엄마가 자기를 보고 살짝 웃었으나, 상용이는 그 웃음을 외면해버렸다.

"할무이, 엄마는 어디 갔노?"

투덜거리듯이 물었다.

"머?"

영일댁이는 어이가 없는 표정을 지었다.

새색시도 얼굴에서 웃음이 싹 가시고 있었다. 역시 자기를 엄마라고 부른 게 아니로구나 싶으니, 어쩐지 비참해지는 심정이었다.

"엄마 어디 갔노 말이다."

"야가 베란간 무신 소릴 하고 있노."

영일댁이는 눈을 흘겼다.

"엄마 왔다 말이다."

"머라?"

"아침에 왔다 말이다."

"……."

"아침에 나 학교 가다가 엄마 만났어. 엄마가 도토리나무 숲에서 기다리고 있었어."

"……."

"흥, 엄마 어디 갔노? 앙이?"

상용이는 울상이 되고 말았다.

방 안에 둘러앉은 사람들의 눈이 모두 휘둥그레졌다. 누구보다도 놀라는 것은 새색시였다. 얼굴에서 싹 핏기가 가시는 듯했다. 정말 어떻게 된 영문인지 얼떨떨한 모양이었다.

어이가 없는 얼굴로 아무 말 없이 앉아 있던 영일댁이가 새 며느리의 그런 표정을 힐끗 보더니 내뱉듯이 말했다.

"그년 미친년 앙이가. 그년이 머 하로 여길 찾아온단 말이고. 지가 무신 낯짝으로 찾아오노 말이다. 내 참?"

새색시는 좀 난처한 표정으로, 그러나 약간 안심이 되는 듯 가만히 듣고 있었다.

다른 사람들은 모두 그 말이 옳다는 듯이 고개를 끄덕거렸고, 어떤 노파는,

"낯가죽도 두껍제. 낯가죽도 두껍어."
하고 맞장구를 치기도 했다.

영일댁이는 생각할수록 같잖고 화가 나는 모양이었다.

"머 그런 기 다 있노. 제 서방 마다하고 남의 남자 붙어사는 년이 무신 염치가 있어 여길 찾아오노 말이다."

그리고 영일댁이는 상용이를 향해,

"너검마 정말로 왔더나?"

다그쳐 물었다.

상용이는 아무 대답을 하지 않았다. 그 대신 쾅! 하고, 방문을 냅다 힘 있는 대로 닫아버리고는 마당으로 뛰어 내려갔다

상용이는 할머니가 미워서 견딜 수가 없었다..

마당가 담 곁에 서 있는 대추나무 밑으로 가서, 상용이는 그만 앙— 울음을 터뜨렸다.

할머니가 그렇게 어머니를 욕해 대는 것이 분하기도 했지만, 도대체 어머니는 집에 안 오고 어디로 가버렸는지 생각할수록 안타깝고 원망스럽기 짝이 없었다.

엉엉 울고 있는데도 아무도 내다보는 사람이 없자, 상용이는 슬그머니 더 밸이 뒤틀려,

"앙— 앙! 앙— 앙앙!……."

일부러 더 큰소리를 내질렀다.

대추나무에는 빨갛게 익은 대추가 주렁주렁 수없이 매달려 있었다. 어느덧 누릇누릇 물들어가고 있는, 곱슬곱슬한 잎사귀들과 어울려 빨간 대추 열매들은 무슨 진귀한 물건이나 되는 듯 여간 귀물스럽지가 않았다.

잠시 후, 상용이는 제물에 지쳐 울음을 그쳤다. 그리고 멍하니 대추 열매를 바라보고 있었다. 할머니가 여간 소중하게 여기는 대추가 아니었다. 제사 지낼 때 쓰고, 아프면 약에 쓴다고, 따먹지 말라고 누누이 이르던 대추였다.

상용이는 콧방귀를 킁! 뀌었다. 그리고 발돋움을 하고 손을 뻗어 올렸다. 얼마든지 대추가 손에 닿았다.

상용이는 주저 없이 손에 닿는 대로 대추를 따기 시작했다. 그러나 따가지고 입에 넣거나 호주머니에 집어 담는 것이 아니었다. 마당에다가 냅다 던지는 것이었다.

그렇게 대추를 따서 마당에 마구 던지는데도, 방에서 아무 기척이 없자 상용이는,

"대추 바라— 마당에 대추 바라."

하고 소리를 질렀다.

그래도 잠잠하자, 이번에는 큰방 문을 향해 냅다 집어던졌다.

그제야 영일댁이가 무슨 일인가 하고 문을 열어보고는,

"아이고 저누묵 자식 보래! 저런! 저런!"

하면서 뛰어나왔다.

할머니가 발끈 화를 내며 뛰어나오자, 상용이는 대추 열매뿐 아니라 잎사귀까지 마구 닥치는 대로 훑었다. 그리고 그것을 할머니를 향해 내던지고는 후다닥 대문 밖으로 내달았다.

이제 좀 분이 풀리고, 기분이 좋은 듯 상용이는,

"아나 잡아라. 아나 잡아라."

하면서 킬킬 웃었다.

갑례가 무엇 때문인지는 모르지만, 이곳까지 왔더라는 말을 영일댁이는 태석이에게 할까 하다가 그만두었다. 새로 장가를 들어 기분이 썩 괜찮은 눈친데, 공연히 그런 소리를 꺼냈다가 마음이 뒤숭숭해지기라도 하면 큰일이라 싶었던 것이다. 아무쪼록 태석이가 갑례를 깨끗이 잊어버리고, 새색시에게 정이 깊어지기를 영일댁이는 간절히 바라고 있었다. 이번에 잔치를 서두른 것도 영일댁이었다.

두 차례나 갑례를 찾아갔다 온 태석이한테서, 끝내 갑례가 마음을 돌이키지 않더라는 얘기를 듣고 영일댁이는 발칵 화를 냈었다. 분해서 견딜 수가 없는 것이었다. 뭐 그런 게 다 있느냐고, 그만두라고, 영일댁이는 바르르 떨기까지 했다.

몇 해 전, 갑례가 딴 데로 살러 갔을 때는 영일댁이도 할 수 없는 일이라고 그저 한숨만 쉬었다. 죽었는지 살았는지 소식조차 알 길 없는 남편을 언제까지나 기다리며, 생과부처럼 혼자 산다는 것은 젊은 여자로서 여간 괴롭고 어려운 일이 아니라는 것을 영일댁이라고 모를 턱이 없었고, 또 같은 여자로서 충분히 이해가 가고 측은한 생각까지 들었던 것이다. 그동안이나마 별 말 없이 시집을 살아준 것이 오히려 고맙게 여겨지기까지 했었다.

그러나 그때도 역시 한 가닥 괘씸한 생각이 없었던 것은 아니었다. 그렇게 상용이는 놓고 가라고 했는데, 기어이 데리고 새벽에 도망치다시피 사라져버린 처사가 야속하기 짝이 없었다. 상용이가 불쌍해서 견딜 수가 없었다. 그러나 입장을 바꾸어 보면, 자기도 마땅히 그럴 것만 같았다. 자기가 낳은 자식을 어떻게 버리고 갈 수가 있겠는가 말이다.

그래서 결국 영일댁이는 그 일도 곧 한숨으로 돌리고 말았었다. 모든 게 다 가운이 기울어진 탓이라고, 그저 염주를 헤아리며 염불을 외는 것으로 마음을 달랬다.

그러나 이번 갑례의 처사만은 아무리 생각해도 괘씸해서 견딜 수가 없었다. 제 본남편이 십 년 만에 갖은 고생 끝에 살아서 돌아왔는데, 외면을 하다니 도저히 참을 수가 없는 일이었다. 더구나 태석이가 두 차례나 찾아가서, 그동안의 일은 어쩔 수 없는 일이었으니 서로 잊어버리고 다시 옛날로 돌아가 같이 살자고 했다는데도 끝내 마다고 뿌리치다니, 그게 그냥 혼자 못 살아서 딴 데로 간 게 아니라 필시 눈이 맞은 사내가 있어서 그랬던 것이라고, 아주 화냥년이라고, 영일댁이는 분해서 못 견디었다.

그리고 남자가 딴 데 살러 간 제 여편네를 두 차례나 찾아가서, 그런 모욕을 당하고도 그냥 돌아오다니, 영일댁이는 태석이가 더 못마땅하고 병신 같이만 생각되어 더욱 심화가 돋아 올랐다. 까짓

년 그냥 막 머리끄덩이를 쥐어뜯어 놓고 올 일이지, 겨우 상용이만 살짝 모르게 데리고 올 게 무엇인가 말이다. 그러고도 태석이는 아직 갑례를 못 잊는 눈치여서, 영일댁이는 단호히 내뱉었었다.

"구만도라! 구만도! 까짓년 지까짓 것 앙이면 어디 여자가 없나. 흔해빠진 기 여자다. 구만두고, 새로 처녀장가 들어라. 남의 남자 붙어산 그런 더럽운 년을 다시 집에 들일 수 없다. 지 발로 기어 들어와도 시원찮을 낀데…… 내 참!"

그리고 영일댁이는 혼사를 서둘러댔다.

마침 한집에 살고 있는 딸 금란이네 시집 마을에 마땅한 자리가 있어서, 일은 수월하게 진전되었다. 처녀였다. 집안도 괜찮은 편이었다. 그런데 좀 과년한 처녀였다. 스물여덟이었다. 그동안 혼담은 많았으나, 외딸이라 신랑감을 너무 고르다가 그만 혼기를 놓쳐버렸다는 것이었다. 스물여덟이면 처녀 나이로는 좀 많은 편이긴 하지만, 이쪽으로서는 그런 것까지 가릴 처지가 못 되었다. 전처의 아들도 하나 있는 형편이니 말이다. 도리어 이쪽 사정으로는 애송이 큰아기보다 그편이 나을는지도 몰랐다. 앞으로 상용이를 거느려나가는 데 있어서 말이다. 아무튼 연분이었던지, 선을 보고 양가가 다 좋다고 일을 서둘렀던 것이다.

그래서 어제 3일 신행을 해온 터인데, 마침 이때 갑례가 이곳에 나타나다니……. 영일댁이는 슬그머니 걱정이 되기도 했다. 무슨 염치로 이곳에 온 것인지, 괘씸하고 얄밉기 짝이 없는 한편, 혹 태석이가 새장가를 든다는 것을 어떻게 알고 무슨 딴생각이 있어서 온 것이나 아닌가 싶었던 것이다. 남의 경사에 코를 빠뜨리려고 말이다. 그러나 제가 사람이면 설마 그럴 리야 없겠지. 이쪽에서 소박을 한 게 아니고, 오히려 제가 마다고 한 터인데 말이다. 입이 열 개가 있어도 무슨 할말이 있겠는가. 환장을 하지 않은 바에야…… 만일 그런 심산으로 눈앞에 나타나기만 하면 그년을 그냥 막 요절을 내주고 말아야겠다고, 영일댁이는 공연히 혼자 흥분이 되어 부드득 이를 물기도 했다.

어쨌든 갑례가 이곳에 나타났다는 말을 듣고 영일댁이는 도무지 마음의 안정을 잡을 수가 없었다. 그래서 밤에 자면서 상용이에게 은근히 말을 걸어보았다.

상용이는 지금까지 아버지와 둘이 한방에서 잤다. 그러나 아버지가 새장가를 가는 바람에 며칠 전부터 할머니와 함께 자게 되었다.

"상용아."

"……."

상용이는 돌아누워서 대답이 없었다.

"상용아, 자나?"

"……."

"벌써 자나?"

"……."

"이놈이 벌써 잠이 들었구나."

그러자 상용이는,

"헤헤."

웃었다. 그리고 할머니 쪽으로 돌아누우며,

"자는 줄 알았제?"

한다.

"상용아."

"와?"

"너검마 정말로 왔더나?"

"몰라! 막 욕해 놓고 머."

"……."

"인제 욕 안하꾸마."

"……."

"어디 얘기해 보래. 정말로 왔더나?"

"그래."

"도토리나무 숲에서 널 기다리고 있더나?"

"응 앉아 있었어."

"음— 그래 머라 카더노."

"울더라."

"그넌 울기는……."

불쑥 자기도 모르게 영일댁이는 이렇게 말이 나왔다.

그러자 상용이는 다시 후딱 돌아누워 버리며,

"욕 안 한다 캐놓고, 순 거짓말쟁이!"

하고 쏘아붙였다.

그러나 영일댁이는 공연히 또 심사가 뒤틀리는 듯,

"그넌 눈물이 어디서 나오노. 지가 마다 하고, 남의 남자 붙어사는 넌이, 울기는 빌어묵을 넌!"

하고 내뱉었다.

상용이도 지지 않겠다는 듯이,

"할무이 니가 빌어묵을 넌이다!"

했다.

"그년, 문딩이 같은 년!"
"니가 문딩이다!"
"더럽운 년!"
"니가 더럽다!"
"이누묵 자식은 와 자꾸 야단이고!"
"니는 와 자꾸 야단이고!"
"이 빌어묵을 놈이!"

기어이 영일댁이는 상용이를 한 대 쥐어박았다.

상용이도 가만히 맞고 있질 않았다. 돌아누운 채 뒷발질로 할머니를 냅다 찼다. 그리고 그만 앙— 울기 시작했다.

할머니나 손자나 똑같은 셈이었다. 늙으면 꼭 어린애처럼 되는 모양이었다.

새로 장가를 든 태석이는 속으로 매우 흡족하고 좋은 모양이었다. 아침에 일어나면 마당으로 나와 온몸이 늘어지도록 기지개를 켜댔다. 간밤의 달차근한 피로가 몸에 휘감겨 있기라도 한 듯이. 그리고 곧잘 웃음이 벙그레 얼굴에 감돌았다.

그럴 수밖에 없는 것이, 장가를 들어 한창 아기자기한 재미를 보다가 그만 징병으로 끌려나가, 십 년이란 세월 동안을 여자라고는 냄새도 못 맡는 그런 모진 생활을 하다가 돌아와 다시 장가를 들었으니 말이다. 더구나 처녀한테 말이다.

생각하면 꿈같은 일이 아닐 수 없었다. 그동안의 고생이 결코 헛된 것이 아닌 것 같은 느낌이었다.

그러나 태석이도 처음에는 얼떨떨하기만 했다. 어머니가 새장가를 들으라고 했을 때는 어쩐지 얼른 실감이 나지가 않았다. 더구나 처녀한테 장가를 들었으니 말이다. 도무지 그럴 수가 있는 것인가 싶었다.

그리고 아직도 갑례 생각이 가슴 한구석에 남아 있는 것이었다. 십 년 동안이나 간직해 온 그리움이기 때문에 그런지, 두 차례나 찾아가서 그런 모욕을 당하고도 도무지 말끔히 지워지지가 않았다. 상용이를 데리고 왔으니, 아들이 보고 싶어서라도 찾아올 것이라 싶었다. 그래서 어쩌면 마음을 돌이키게 될지도 모른다는 막연한 기대를 걸고 있는 것이었다.

그런데 새장가를 들으라니 얼떨떨하지 않을 수 없었다. 그러나 갑례에 대해서 어머니가 화를 내어 내뱉는 말이 조금도 어긋나는 말이라고는 생각되지가 않았다. 지당한 말이라 싶었다. 그러니 자기 심중을 말할 수도 없는 노릇이었다. 아직도 갑례를 잊지 못하고 있다는 것을 알면 어머니는 쓸개가 빠진 녀석이라고 펄쩍 뛸 게 틀림없었다.

그리고 실상 새장가를 들으라는 소리가 싫은 것은 아니었다. 얼떨떨하면서도 슬그머니 귀가 솔깃해지는 말이었다. 더구나 처녀한테 새로 들으라니 말이다. 그러니 굳이 마다고 할 까닭도 없었다. 갑례가 반드시 마음을 돌이켜 돌아온다는 보장도 없는 터이니.

그래서 태석이는 그저 되는 대로 내맡겨 두었었다.

그런데 일은 의외에도 빨리 진척이 되어, 정말 처녀를 선보러 가게 되자 태석이는 이거 참 재미있구나 싶었다. 약간 어이가 없기도 하고 우습기도 했다. 선을 보니 갑례보다는 못한 것 같지만, 그런대로 무던한 얼굴이어서 더욱 재미있었다. 아무튼 이거 처녀한테 또 장가를 들다니, 기분이 괜찮을밖에 없었다.

그리고 막상 첫날밤을 갖고 보니, 눈이 번쩍 뜨일 지경이었다. 정말 여자가 이렇게도 기가 막히는 것이었던가 싶었다. 십 년 동안 까마득히 잊어버렸던 기억이 후끈하게 되살아나기도 했다.

그렇게 새로 눈을 뜬 태석이는 밤이면 그저 정신이 없었다. 그리고 이튿날 아침은 마당에 나와 입을 커다랗게 벌리며 기지개를 쭉쭉 켜댔다. 약간 노곤하기는 하지만, 세상이 온통 새로워진 듯 눈부시기만 했다. 정말 십 년 고생 헛되지 않았구나 싶었다.

그렇게 눈에 띄게 달라진 태석이에게 상용이가 엄마 얘기를 꺼냈다. 할머니와 싸운 이튿날 아침이었다.

마당에서 빙그레 웃으며 커다랗게 기지개를 켜고 나서 양치질을 하고 있는 아버지 곁으로 상용이는 다가갔다. 어쩐지 오늘따라 아버지가 정겹게 느껴졌다. 기지개를 켜며 빙그레 웃는 것을 보았기 때문인지도 모른다.

"아부지."

"와!"

"엄마 왔심더. 밨어예?"

상용이는 대뜸 이렇게 말했다.

"머? 엄마?"

"예."

"엄마가 오다니."

"못 밨십니꾜? 어제 왔십띠더."

"……."

"학교 가다가 만났는데…… 집에 안 오고 어디 갔능공?"

"……."

"아부지."

"응?"

"엄마, 와 집에 안 옵니꼬?"

"아부지가 장개 가서 안 옵니꼬?"

"헛헛허……."

태석이는 웃지 않을 수 없었다.

이때, 노랑저고리에 다홍치마를 입은 새색시가 방을 쓸고 나서 마루로 나왔다.

그러자 태석이는 얼른 웃음을 거두었다. 그리고 큰소리로 말했다.

"상용아, 인제 새엄마한테 엄마라고 해야 된다."

"……."

"새엄마가 너거 엄마다. 알겠나?"

"……."

"알겠제?"

"아닙니더."

"머라?"

"우리 엄마 따로 있심더. 새엄마는 가짜 엄맙니더."

"머가 우째? 이누묵 자식!"

그만 태석이는 주먹 하나를 번쩍 쳐들었다.

그러자 상용이는 재빨리 대문 쪽으로 달아났다.

새색시는 빗자루를 든 채 난처한 표정으로 가만히 서 있다가, 남편과 눈이 마주치려 하자 얼른 그 시선을 피하며 마루를 쓸기 시작했다.

그날 등교를 하면서 상용이는 곧장 눈물을 찔끔거렸다. 새엄마가 이제 엄마라니, 그럼 진짜 엄마는 엄마가 아니란 말인가. 생각할수록 자꾸 화가 나고 슬펐다. 아버지는 순 거짓말쟁이고 엉터린 것이었다. 그런데 엄마는 도대체 어디로 가버린 것일까. 집에 안 오고, 지랄같이 말이다. 집에 와서 새엄마를 쫓아버리지 않고…….

상용이는 소매 끝으로 눈물을 닦으면서, 운동회가 끝나면 엄마를 찾으러 가겠다고 생각했다.

백군 릴레이 선수이기 때문에 운동회에 빠질 수는 없는 모양이었다.

14

평촌을 찾아갔다가, 그렇게 객줏집에서 하룻밤을 새우고, 아침에 상용이만 살짝 만나보고 돌아온 갑례는 그 길로 자리에 드러눕고 말았다. 감기에 몸살인 것 같았다. 오싹오싹 추우면서 열이 나고, 팔다리가 부서져 나가는 듯했다. 골치도 깨지는 듯했다. 그동안 쌓이고 겹친 피로와 긴장과 충격, 그리고 슬픔 같은 것이 한꺼번에 터져 나오는 셈이었다. 어쩌면 몸이 아픈 병이라기보다는, 이제 세상을 살고 싶은 마음이 조금도 없는 데서 오는 병인지도 몰랐다.

사실 이제 갑례는 세상을 살고 싶은 생각이 요만큼도 없었다. 마음의 밑바닥에 은연중 깔려 있던 한 가닥 마지막 궁금증마저 무참히 짓밟히고 만 터이니 그럴 수밖에 없었다. 하필이면 바로 그날, 옛 시집 마당에 차일이 펄럭일 게 무엇인가 말이다. 그리고 마치 자기를 쫓기라도 하려는 것처럼 꽃가마가 불쑥 나타날 게 무엇인가 말이다. 정말 세상 일이 너무하다 싶었다.

생각해 보면, 자기도 그다지 못쓸 년은 아닌 것 같은데, 그리고 어쩌면 자기만한 여자도 그리 흔치는 않을 것 같은데, 왜 그렇게 매정하고 가혹한 일만 자꾸 와 닥치는지 기가 찰 노릇이 아닐 수 없었다. 팔자도 무슨 놈의 팔자가 그런 놈의 팔자가 다 있는지 야속하기 그지없었다. 여자로서 할 일을 다 하고자, 자기 나름대로 갖은 애를 쓴 셈인데, 결국 이렇게 모든 것이 물거품처럼 꺼져버리고 말다니 허망하고 또 허망했다. 끝까지 시집을 못 지킨 큰 잘못은 있었지만, 그러나 자기도 목석이 아니라 사람인데, 더구나 아직 청춘이 만 리 같은데, 어떻게 죽었는지 살아 있는지 소식조차 알 길 없는 남편을 언제까지나 기다리며 기약 없는 세월을 보낼 수가 있단 말인가. 남편이 살아 있다는 소식만 있었더라도 여하한 일이 있어도 마음을 꼿꼿이 다져먹고 흔들리지 않았을 텐데 말이다.

그리고 설사 남편의 생사를 알 길이 없었다 하더라도, 그놈의 6·25가 뭔가 하는 난리만 나지 않았더라면 그렇게 자기의 마음이 흔들리지는 않았을 것이라 싶었다. 난리가 나지 않았더라면 시아버지 정 면장이 그렇게 무참한 죽음을 당할 턱도 없었을 것이고, 마 서방도 오래 한집안 식구처럼 몸 담아 오던 주인집과 의가 상해 어디론지 영영 떠나 가버리는 일은 없었을 것이며, 또 자기도 영칠이에게 그렇게 간단히 다시 몸을 허락하는 실수를 저지르지는 않았을 게 아닌가 말이다. 그렇다면 설사 괴로운 독수공방이긴 하지만 참고 견디며, 인자한 시아버지와 별 잔소리가 없는 시어머니, 그리고 육친과 같은 정이 느껴지는 마 서방 사이에서 상용이를 데리고, 별 큰 고생 없이 그럭저럭 살았을 게 아니겠는가. 감히 그 울안을 뛰쳐나갈 마음은 먹지 못했을 것만 같았다.

그러고 보면 전쟁이란 부수고 죽이고 할 뿐만 아니라, 사람의 마음까지 허물어뜨려버리는 것이로구나 싶기도 했다.

6·25가 나지 않았더라면 결국 태석이는 돌아오지 못하고, 자기는 남편의 생사도 알 길 없이, 영영 생과부가 되어버리고 말았을지도 모르지만, 그러나 어쨌든 지금의 자기 신세보다는 나을 게 아닌가.

그리고 생각해 보면 6·25뿐 아니라 소위 그 대동아전쟁이라는 것도 커다란 액운이 아닐 수 없었다. 그놈의 것이 자기의 신세를 망쳐놓은 첫 번째 원인인 셈이었다. 그 테이신타인가 뭔가 하는 것만 나오지 않았더라면, 그렇게 부랴부랴 시집을 가지는 않았을 게 아닌가. 하필 곧 징병에 나갈 사람에게 씨나 받아주러 말이다. 징병에 나가도 해방이 되어 돌아온 사람도 많은데 하필이면 시베리아까지 끌려갈 남자한테…….

그놈의 대동아전쟁만 아니었더라면, 영칠이도 징용에 끌려 나갈 턱이 없고, 결국 처음부터 영칠이에게 시집을 가서, 홍싯골에서 세상의 풍파를 모르고 살았을 것인데…… 설혹 영칠이와 혼사가 이루어지지 않았다 하더라도, 어디 적당한 곳으로 시집을 가서, 아들 낳고 딸 낳고 살았을 것인데…….

그러고 보니, 결국 자기는 두 개의 전쟁 때문에 신세를 망쳐버린 셈이었다. 자기가 이런 꼴이 되고 만 것은 팔자가 아니라, 바로 전쟁이란 놈의 장난 때문인 것이었다.

팔자라면 누구를 원망할 수도 없는 노릇이지만, 공연한 전쟁 때문에 이런 신세가 되어버렸다고 생각하니, 갑례는 분하고 억울한 생각이 들어 견딜 수가 없었다. 도대체 사람을 죽이고, 집을 불태우고, 남의 신세를 망쳐버리는 그런 놈의 전쟁을 무엇 때문에 하는 것인지 도무지 알 수가 없었다. 그리고 어떤 놈이 그런 전쟁을 일으키는 것인지, 먼저 전쟁을 일으키는 놈에 대해 말할 수 없는 분노를 느꼈다. 그런 놈이 눈앞에 있다면 그저 사정없이 달려들어 코라도 뭉청 물어뜯어 주고 싶었다.

이런 생각에 시달리며, 갑례는 꼬박 사흘을 누워서 앓았다.

누워 앓으면서도 이런 생각을 하기 때문에 그런지, 갑례는 곧잘 가위에 눌린 듯 열에 뜬 목소리로,

"아이구메— 사람 살려— 사람 살려—"

하기도 하고,

"저놈 잡아라— 저놈! 저놈!"

하기도 하고, 혹은

"아이구야꼬— 또 난리다! 또 난리!"

하고 그만 엉— 울음을 터뜨리기도 했다.

그럴 때면 평촌댁이는,

"아이고 야야, 아이고 야야."

근심이 되어 어쩔 줄을 몰랐고, 남이도 눈이 휘둥그레지며,

"엄마—"

울상을 지었다.

남이는 때로는 재미있다는 듯이,

"히히히히……."

웃기도 했다.

열이 가라앉고, 몸살이 걷힌 뒤에도 갑례는 며칠을 시들시들 누워 뒹굴었다. 아직 현기증이 가시지 않고 기운이 없기도 했지만, 그래서라기보다도 도무지 일어나고 싶은 생각이 조금도 없었다. 그전 같으면 이를 물고 억지로라도 일어나, 일터로 나갔을 터인데 말이다.

이제 갑례는 탈맥이 된 사람이었다. 몸에서만 맥이 빠진 것이 아니라, 마음에서도 맥이 빠져 버린 것이었다. 일어나고 싶은 생각도 없었고, 무엇을 먹고 싶은 생각도 없었다.

평촌댁이가 일부러 흰죽을 무르게 쑤어서 들여놓아 주어도 그저 입에 댔다가 그만둘 뿐이었다.

어지러워서 눈을 감았다가는 번히 뜨고, 하염없이 천장을 바라보며, 왜 죽지 않고 다시 살아났는가, 그런 생각을 하고 있었다. 이번에 그냥 죽어버렸더라면 됐을 텐데 싶었다. 갑례는 사는 것보다 죽는 것이 좋겠다는 생각을 정말로 하고 있었다. 자살을 실지로 생각하고 있는 것이었다.

자살을 하는 데도 여러 가지가 있을 텐데, 어떤 방법이 가장 좋을 것인가, 한 가지 한 가지 생각해 보고 있었다.

우선 약을 먹고 죽는 방법이 있을 것이다. 옛날 사람들은 양잿물을 먹고 죽었다지만, 그건 죽을 때까지 너무 고통이 심하고, 자칫하면 죽지도 못하고 속만 버려 고생을 할 염려가 있다니 안 될 말이고, 요즘은 약방에 먹으면 사르르 잠자듯이 죽어버리는 약이 있다니 그걸 사 먹으면 될 것이다. 그러나 보나마나 그런 약은 엄청나게 비쌀 것이고, 또 먹고 죽으려는 약을 함부로 팔 턱이 없을 것이니, 약 구하기가 힘들 것이라 생각되었다.

다음은 목을 매는 방법이었다. 목을 매달아 죽는 방법이 자살하는 방법 중에서 가장 고통이 덜하다는 것이다. 줄에 매달려 목이 쭉 빠지며 숨이 건힐 때는 기분이 그럴 수 없이 좋다는 말도 있다. 그렇게 죽어 보고, 다시 살아난 사람이 있는지 어쩐지 모르지만, 좌우간 아무리 생각해도 그 방법은 끔찍하다. 죽은 뒤에 혀가 기다랗게 빠져 나오고, 두 눈알이 툭 불거져 나온 모습으로 줄에 축 늘어져 있는 광경을 상상해 보면 몸서리가 쳐져서 도저히 안 될 것 같았다.

그리고 기차에 갈려 죽는 방법도 있다. 그러나 그 방법은 생각만 해도 겁이 난다. 꽥— 기적소리가 울리며 기차가 다가오면 도저히 그대로 찻길에 누워 있을 것 같지가 않다. 자기도 모르게 비명을 지르며 굴러 나올 것만 같다. 그러면 그 꼬락서니가 무엇이 되겠는가. 그리고 설혹 잘 갈려버리게 된다 하더라도, 그 죽은 뒤에 토막이 난 참혹한 시체를 생각하면, 목을 매다는 것보다도 더 끔찍하고 몸서리가 쳐졌다.

또 물에 빠져 죽는 방법도 있다. 그러나 그 방법 역시 물속에서 한참 물을 먹으며 허우적거릴 일이 큰일일 것 같다. 그러고 있을 때, 혹 누가 보고 달려와서 건지기라도 하면 그 창피를 어떻게 하겠는가 말이다.

그 밖에 낭떠러지 같은 데서 떨어져 죽는 방법도 있을 것이다. 그러나 아주 높은 절벽 같은 곳이 아니면, 병신만 되고 말 염려가 있다.

그렇다면 낭떠러지 밑이 물이면 좋을 것 같다. 절벽에서 물로 떨어져 죽는 것이다. 떨어지는 순간이 좀 아찔할 뿐 곧 정신이 없어져

버릴 것이니, 물속에 빠져서 허우적거리는 고통 같은 것도 모를 게 아닌가.

그 방법이 좋을 것 같았다. 제일 좋기는 아무래도 약을 먹고 잠들 듯이 스르르 죽는 방법이겠지만, 보나마나 약값이 엄청나게 비쌀 것이고 구하기가 힘들 것이니, 손쉬운 그 방법을 택해야겠다고 갑례는 결정을 내리고 있었다.

그리고 갑례는 남이를 어쩔 것인가도 생각해 보았다. 남이를 두고 혼자만 죽을 것인가, 아니면 남이도 데리고 함께 죽을 것인가 하는 문제였다.

그러나 그 문제는 의외로 간단했다. 함께 데리고 죽어야겠다는 것이었다. 도저히 남이를 남겨두고 혼자 죽지는 못할 것 같았다. 그 어린것을 남겨두고 어떻게 혼자만 편안하게 죽는단 말인가. 저도 한세상을 살려고 태어났는데, 안됐기는 하지만, 그러나 어미까지 잃고 천덕꾸러기가 되어 굴러다니며 설움을 받는 것보다는 차라리 지금 함께 죽는 것이 저를 위해서도 낫다고 생각했다.

갑례는 지금, 죽는 것이 사는 것보다 편안하다는 생각에 젖어 있는 터이니 그럴 수밖에 없었다.

남이를 품에 안고, 치마를 뒤집어쓰는 것이다. 그리고 눈 질끔 감고, 몇 걸음만 걸어 나가면 만사가 해결인 것이다. 낭떠러지 끝에서 발을 헛딛는 순간, 악— 절로 비명이 나오겠지만, 그 짧은 순간만 넘기며, 이 더러운 놈의 세상 그만 하직인 것이다. 지지리도 복도 없고, 한 많은 년, 깨끗이 없어져버리는 것이다.

그런 생각을 하니, 갑례는 가슴이 뭉클해지며 절로 한숨이 나왔다. 어쩌면 후련한 것인지도 몰랐다.

그리고 그런 낭떠러지가 곧 머리에 떠오르기도 했다. 냇물을 한참 거슬러 올라가면 그런 절벽이 있었다. 그 밑은 냇물이 굽이를 틀며 깊은 웅덩이를 이루고 있었다. 안성맞춤이었다.

갑례가 누워서 멀뚱멀뚱 천장을 바라보며 그런 생각에 젖어 있을 때, 남이는 엄마 곁에 앉아 혼자 짝자꿍을 하며 노래를 부르고 있었다.

남이는 요즘 조금씩 노래를 입에 익히는 재미가 여간 아니었다.

"무찌유자 오양캐, 메천마이냐……."

그러면서 그에 맞추어 짝짝 손뼉을 쳐댔다. 이웃 아이들이 부르는 것을 듣고 익힌 모양이었다. 말하자면 이 '무찌유자 오양캐'가 남이의 십팔번인 셈이었다. 심심하면 그 노래였다.

그리고 이따금,

"다야 다야 바이근 다야, 이때빼끼 노이던 다야."

이런 것도 불렀다.

이건 할머니한테 배운 모양인데, 아직 서툴러서 중얼거리듯 했다.

한참 짝자꿍을 하며 '무찌유자 오양캐'를 부르고 있던 남이가,

"엄마!"

하고 노래를 그쳤다.

갑례는 못 들은 체하고 있었다.

"엄마! 엄마!"

"……."

그제야 갑례는 고개만 돌려 남이를 바라보았다.

"나 노애 잘하제?"

"……."

"그제?"

"응."

"야! 나 노얘 잘한다. 엄마!"

"……."

"나 학꼬 가만 노얘 더 잘하제?"

"응."

"야 좋다! 나 커쩌 학꼬 간다."

남이는 좋아서 짝짝짝 손뼉을 쳐댄다. 그리고 다시,

"무찌유자 오양캐, 메천마이냐……."

더 큰소리로 노래를 부르기 시작한다.

갑례는 눈시울이 뜨거워지는 것을 어쩌지 못해, 슬그머니 돌아누워 버렸다.

며칠 뒤, 갑례는 일어나 슬금슬금 빨래터로 나갔다.

자살을 단념한 것은 아니었다. 자살은 역시 하는 것으로 작정하고 있었다. 그러나 언제 죽을 것인가, 그 날짜는 아직 미정인 셈이었다. 아직 자살을 실행할 만한 상태가 되어 있지 않은 것이었다. 병후의 이런 몸으로는 그 엄청난 일을 감행하러 나설 용기가 나지 않았다. 낭떠러지에서 치마를 뒤집어쓰고, 몇 걸음만 걸어 나가면 되는 일이지만, 그러나 그것은 역시 엄청난 일이 아닐 수 없었다. 이만저만한 용기와 기력이 필요한 게 아니었다. 좀 더 몸이 정상이 되기를 기다리는 수밖에 없었다.

그렇다고 이제 현기증도 가시고, 어지간히 기운도 되찾았는데, 노상 방 안에만 처박혀 있을 수는 없는 노릇이었다. 빨리 건강을 회복해서, 더러운 놈의 세상과 인연을 끊기 위해서도 일어나 기동할 수밖에 없었다.

그런데 냇가 빨래터로 나간 갑례는 적이 의아스럽지 않을 수 없었다. 빨래를 하고 있는 동료들의 수효가 종전의 절반가량밖에 되지가 않았다. 어찌된 셈인지 알 수가 없었다. 벌써 해가 거의 중천에 와 있는데 말이다.

새하얀 얼굴로 나타난 갑례를 보자,

"아이고, 아프다더니, 인제 나샀구나."

"어디가 그렇게 아팠는게?"

"얼굴이 말이 앙이구만."

"아직 병색이 완연한데……."

제각기 한 마디씩 했다.

갑례는 그저 쓸쓸히 웃으며,

"와 이렇게 사람이 줄었지예?"

궁금해서 물어보았다.

그러자 모두 어쩐지 난처한 듯, 혹은 미안한 듯한 표정을 지을 뿐, 아무도 얼른 그에 대한 설명을 하려 들지 않았다.

"절반가량이나 안 보이네예."

갑례는 아무래도 이상했다.

"무신 일이 있었십니꾜?"

그러자 하는 수 없는 듯, 그 중 나이가 지긋한 아낙네가 입을 열었다.

"사람을 추리냈다누마."

"와예?"

"모르지. 저거 맘대로니까."

"……."

"머 일거리가 줄어들었다나 우쨌다나……."

그러자 딴 처녀가 말을 받았다.

"이번에는 부대가 줄어들었답니더. 코쟁이들이 어디로 많이 이동한 모양이라예."

"……."

또 딴 아낙네가,

"포로수용소가 텅텅 비삐렀으니, 여기 많이 있어야 소용이 없는 모양이지."

했다.

갑례는 어쩐지 멍한 기분이었다. 그리고 보나마나 자기도 추려내졌을 게 틀림없었다. 미구에 세상과 인연을 끊기로 마음먹은 터이니 추려내졌거나 말거나 아무 상관없는 일이지만, 왜 그런지 갑례는 한 대 얻어맞은 것 같은 느낌이었다. 결코 기분이 좋을 수가 없었다.

그래서 갑례는 약간 쌀쌀한 목소리로,

"어떤 사람을 추리냈답니꾜?"

물었다.

모두 또 잠시 말이 없는데, 처녀가 대답을 했다.

"알라 딸린 사람을 추리냈답니더."

"알라 딸린 사람?"

"예. 알라 딸린 사람이 아무래도 일이 남보다 못하답니더."

"……."

"알라 딸린 사람은 집에서 알라나 키우며 편안하게 살라 안 캅니꼬."

그 말에 그만 갑례는 어이가 없어서 웃음이 나와 버렸다.

그러자 아낙네 하나가,

"누가 그럴 줄 몰라서 이런 데 나오는 줄 아는 모양이지. 내 참……."

했다.

갑례는 더 아무 말도 하고 싶지가 않았다. 그저 이렇게 세상이란 어이가 없는 것이라 싶기만 했다.

멍하게 서 있는 갑례가 보기에 딱했는지, 그 중 나이가 지긋한 아낙네가,

"참 안댔구마. 우리가 우짤 도리가 있어야 말이제."

이렇게 말했다.

제 딴은 갑례를 위로하려고 한 말이었으나, 그 말이 갑례에게는 위로가 되기는커녕, 도리어 한 대 면상을 갈기는 것처럼 느껴졌다.

갑례는 어쩐지 비참해지는 심경이었다. 그래서 더 그 자리에 머물러 있고 싶지가 않아,

"그럼 나중에 또 보입시더. 아직 몸이 성치 않아서 자꾸 어지럽구만예."

하고 돌아섰다.

그러나 갑례는 억지로 얼굴에 웃음을 띠고 있었다.

"아이구 안댔구마!"

"좀 앉았다 가소 와!"

"종종 놀로 오소!"

"심심하면 놀로 오세이!"

모두 섭섭하다는 듯이 한 마디씩 던지고 있었다.

자갈밭을 터벅터벅 돌아가는 갑례는 정말 올 때와는 달리, 몹시 현기증을 느끼고 있었다. 걸음이 자꾸 헛디뎌지는 것 같았다. 몸이 성하지 않아서 그런 것만은 아닌 것이었다.

그날 밤, 마침내 갑례는 남이를 데리고 집을 나섰다. 밤이 꽤 이슥해서였다. 마침 평촌댁이는 초저녁부터 곯아떨어져 있었다.

바깥은 어두웠다.

갑례는 남이를 업고, 어두운 비탈길을 조심조심 내려갔다.

의외로 착 가라앉은 것 같은 담담한 심정이었다. 이미 체념을 하고 있기 때문에 그런 모양이었다. 그러나 역시 자신도 모르게 몹시 긴장이 되어 있는 듯, 남이를 업고 어두운 밤길을 걷는데도 조금도 발이 헛놓인다거나 하지 않았다. 그리고 도무지 현기증 같은 것도 느낄 수가 없었고, 남이를 업었는데도 기력이 부친다는 느낌도 없었다. 긴장이 어떤 일정한 한계를 넘으면 오히려 착 가라앉은 것 같은 상태가 되는지도 몰랐다.

갑례는 어디 간단한 볼일이라도 보러 가는 사람처럼 걸어갔다. 등에 업힌 남이는 이 밤중에 어디로 가는가 싶은 듯, 두 눈을 말똥거리며 사방을 두리번거리고 있었다.

낭떠러지까지 그다지 먼 거리는 아니었다. 신작로를 한참 가다가, 오솔길로 들어서 잠시 걸으면 낭떠러지였다. 한쪽은 솔밭이었고, 한쪽 비탈엔 드문드문 오두막집들이 있었다. 한 이십 분 걸려 갑례는 현장에 도착했다.

시꺼먼 냇물이 눈앞에 보였다. 냇물 건너 멀리 마을의 불빛이 가물거리고 있었다. 그리고 달이 뜨려는지, 맞은쪽 하늘이 불그무레 밝아지고 있었다. 사방은 너무나도 고요했다.

갑례는 남이를 내려 품에 안고, 가만히 그 자리에 앉았다. 댓 걸음 앞은 낭떠러지 끝이었다.

밤기운이 제법 선뜩했다. 갑례는 오스스 가볍게 떨었다. 그러나 선뜩해서 떨린 것만은 아닌 것 같았다. 어쩐지 무슨 큰 죄라도 저지르려는 사람처럼 두려운 생각이 드는 것이었다. 혹시 어디서 누가 보고 있지나 않는가 싶기도 했다.

그다지 멀지 않은 곳에서 개 짖는 소리가 들려왔다. 갑례는 흠칫 놀랐다. 가슴이 두근거렸다. 그래서 그녀는 숨을 죽이고 조그맣게 웅크리며, 품 안의 남이를 지그시 힘주어 안았다.

한참 짖어대던 개소리가 멎자, 이번에는 멀리 역 쪽에서 기적소리가 들렸다. 밤차가 어디론지 출발을 하는 모양이었다.

갑례는 그 기적소리에 불현듯 고향 생각이 났다. 홍싯골도 지금 한창 가을이겠지 싶었다. 올 감 농사는 잘 되었는지, 그리고 아버지는 별고 없으신지…….

갑례는 아버지 생각이 나자, 절로 고개가 떨어뜨려졌다. 이날 이때까지 자기는 한 번도 아버지를 즐겁게 해드린 일은 없고, 노상 심려만 끼쳐 오다가, 결국은 이렇게 또 스스로 목숨을 끊는 몸이 되고 말았으니, 이 불효를 뭐라고 용서를 빌었으면 좋을지, 도무지 가슴이 아파 견딜 수가 없었다. 부모보다 먼저 죽는 자식은 불효자 중에서도 가장 큰 불효자라고 하는데, 더구나 병이나 무슨 불의의 사고로 죽는 것도 아니고 자살을 하다니, 도저히 저승에 가서도 용서를 받지 못할 것 같아 두렵기 짝이 없었다. 이제 기력이 쇠하셔서 벌써 아침저녁으론 추위를 타실지도 모르는데, 딸자식으로 태어나, 바지저고리 한 벌 잘 해드리지 못하고, 먼저 가다니…… 갑례는 회한이 뼈에 사무치는 듯했다.

그리고 뿌뚜리도 잘 있는지. 이제 시집을 가고도 남을 만큼 숙성해졌을 텐데, 한 번 만나보지도 못하고 말다니…… 언니로서 너무나 야속한 노릇이 아닐 수 없었다. 지금까지도 무심하기만 했는데, 더구나 이렇게 죽어버린 줄을 알면 얼마나 원망을 할까.

오빠도 잘 있고, 올케 언니도 별일 없는지. 오빠는 자식이 없어서 큰일이지.

아무튼 많지도 않은 형제간인데, 한 번 서로 오고 가며 사는 것처럼 살아보지도 못하고, 자기만 혼자 이렇게 먼저 저승길을 택하고 말다니…… 갑례는 마치 마지막 탄식이기나 한 것처럼 후유— 커다랗게 한숨을 쉬었다.

그러고 있는데, 한쪽 비탈 오두막집에서 까르르…… 웃는 소리가 일어났다. 아이들이 떠들며 웃어대는 소리였다.

아이들 웃는 소리에 갑례는 가슴이 뭉클했다. 상용이 생각이 난 것이었다. 정말 누구보다도 가련해서 견딜 수 없는 상용이였다. 생각하면 생각할수록 가슴이 찢어지는 듯했다.

—엄마, 나 달리기 선수다. 아나?

—2학년 백군 선수로 뽑혔다.

—우리 학교 곧 운동회 한다. 아나?

그러면서 좋아서 어쩔 줄을 모르던 상용이. 그리고,

—엄마, 집에 가 있거래이!

하고 달리기 선수답게 냅다 뛰어가던 상용이.

그날 상용이는 집에 가서 어떻게 했을까. 엄마가 집에 있는 줄 알고 학교가 파하기 바쁘게 부지런히 집으로 돌아갔을 텐데…… 갑례는 그만 코 안이 뜨거워지며 물큰한 것이 흘러내려 손으로 팽! 풀어 던졌다. 엄마 생각에 어쩔 줄을 모르고 있는 상용이의 모습이 눈앞에 선해서 견딜 수가 없었다.

갑례는 그만 저도 모르게 벌떡 일어섰다. 그리고 어금니를 물며, 저 아래 시꺼멓게 흐르고 있는 냇물을 뚫어지게 바라보았다. 아랫도리가 가볍게 떨리고 있었다. 눈꺼풀도 바르르 경련을 일으키고 있었다.

치마를 뒤집어쓸까 하는 참인데, 그때 남이가 별안간,

"엄마! 저기 머꼬!"

하고 소리를 질렀다.

불그무레하던 맞은쪽 하늘에 마침 달이 삐죽이 솟아오르는 것이었다.

"엄마! 응?"

"……."

대답은 없었으나, 갑례는 솟아오르는 달을 바라보고 있었다.

시꺼먼 먼 산 위로 삐죽이 얼굴을 내민 달은 조금씩 조금씩 부풀어 오르더니, 마침내 제 모습을 다 드러냈다. 꽤 이지러진 하현달이었다.

달이 제대로 다 솟아오르자 남이는,

"다이구나!"

했다.

그리고,

"엄마, 다이제?"

확인을 하려고 묻는다.

"응."

갑례는 조그마한 소리로 대답을 해주었다.

"야! 다이다! 다이다!"

남이는 좋아서 손뼉을 짝짝 쳐댄다.

"엄마!"

"……."

"엄마!"

"응?"

"다이가 어디서 나오노?"

"……."

"응? 엄마."

"땅 밑에서……"

"땅 밑에서 다이가 있나?"

"응."

"……."

남이는 이상하다는 듯이 잠시 달을 바라보고 있다가, 그만 짝자꿍을 하면서,

"다야 다야 바이근 다야."

노래를 부르기 시작한다.

"이때빼끼 노던 다야, 이때빼끼 노던 다야."

'이태백이 놀던 달아'를 두 번 되풀이하고는, 이번에는 냅다 십팔

번을 뽑아댄다.

“무찌유자 오양캐 메천마이냐, 때한 남아 가는떼 쪼개요구야…….”

그리고,

“엄마, 나 노애 잘하제?”

묻는다.

“응.”

“나 커쩌 학꼬 가면 더 잘한다.”

“…….”

“이뜽(일등)한다.”

“…….”

“무찌유자 오양캐, 메천마이야……”

갑례는 그만 아랫도리에 힘이 스르르 풀리는 것 같아, 그 자리에 도로 풀썩 주저앉아버리고 말았다.

그때였다.

어디선지 다듬이질하는 소리가 들려왔다.

똥땅똥땅똥땅…….

겨울옷 준비를 하는 모양이었다.

그 소리를 듣자, 갑례는 가슴이 짜릿하게 아파서 견딜 수가 없었다. 형언할 수 없는 슬픔 같은 것이 밀어닥치는 것이었다. 어떤 여자는 팔자가 좋아 저렇게 겨울옷 준비를 하느라고 똥땅똥땅똥땅…… 신나게 다듬이질을 하고 있는데, 자기는 어쩌다가 이렇게 밤중에 이런 곳을 찾아와 앉아 있는 신세가 되었는지…… 생각할수록 서럽고 원통한 노릇이 아닐 수 없었다.

그렇게 서럽고 원통하면서도, 그 다듬이소리는 아련한 그리움 같은 것을 자아내기도 했다. 자기도 가을이 깊어지면 밤 이슥토록 신나게 다듬이질을 하던 시절이 있었던 것이다. 시집을 가서도 물론 많은 옷감을 다듬었지만, 독수공방의 다듬이질은 한결 처량하기만 했다. 그때보다도 큰아기 시절에 어머니와 마주 앉아서, 혹은 올케 언니와 마주 앉아서, 똥땅똥땅똥땅……. 서로 지지 않으려고 신나게 두들겨대던 일은 언제 생각해도 즐거운 추억이 아닐 수 없었다. 그렇게 밤이 이슥토록 다듬이질을 하다가, 단지에 넣어놓은 홍시를 내다먹으면, 어쩌면 그렇게도 달고 맛이 있는지…….

"아—"

갑례는 그만 그 자리에 쓰러져 버렸다. 그리고 냅다 흐느껴 울기 시작했다.

엄마의 품에 안겨 함께 쓰러진 남이도 놀라서 그만,

"엄마— 아응—"

울음을 터뜨렸다.

두 모녀가 그렇게 쓰러져 한참 울고 있는데,

뚜—

사이렌 소리가 울리기 시작했다.

통행금지 예비 사이렌이었다. 꽤 먼 거리인데도 조용한 밤이라, 사이렌 소리는 제법 요란하게 울려왔다.

갑례는 울음을 그치고, 반사적으로 일어나 앉았다. 그리고 우는 남이를 달랬다.

뚜—

갑례는 오스스 한기를 느꼈다. 온몸의 긴장이 울음과 함께 탁 풀려버린 듯 자꾸 아래턱이 떨렸다. 조금 전과는 아주 딴판인 것 같은 느낌이었다.

뚜—

통행금지가 임박했으니, 모두 빨리빨리 집에 돌아가라고 사이렌은 여전히 울려오고 있었다.

갑례는 남이를 업고 일어섰다. 그리고 돌아서 신작로 쪽으로 터벅터벅 걷기 시작했다.

15

꽃잎이 은은히 되살아난다. 차츰 반짝반짝 금빛을 발하기 시작한다. 너붓너붓한 꽃잎이다. 함박꽃이다. 그리고 구름이 뜬다. 두 송이 구름이 가느다랗게 꼬리를 그으며 둥실 머리를 쳐들고 솟구쳐 오른다. 이 두 송이 구름 역시 반짝반짝 금빛을 발하기 시작한다. 이번에는 호랑나비다. 호랑나비가 한 마리 너불너불한 날개를 너울거리며 나타난다. 그 너불너불한 날개가 차츰 반짝반짝 금빛으로 빛나기 시작한다.

물론 꽃요강이다. 갑례가 요강을 닦고 있는 것이다. 놋요강의 방방한 겉몸에 그려진 화접문(花蝶紋)이 갑례의 손에 의해 지금 반짝반짝 되살아나고 있는 것이다.

참으로 오래간만에 꽃요강을 닦는다. 어쩌면 출가한 뒤로 처음인지도 모른다. 물론 그동안에도 안 닦은 것은 아니다. 그러나 이렇게 기와가루를 구해 가지고 정성들여 요강 안팎을 온통 새것이 되도록 닦기는 처음인 것이다. 함박꽃과 호랑나비와 구름이 반짝 반짝 금빛으로 되살아나도록 하기는 말이다.

뿌뚜리에게서 편지가 온 것이다.

낭떠러지를 찾아갔다가 일을 결행하지 못하고, 도로 돌아오고만 며칠 뒤의 일이었다. 아침나절이었다.

"이 집에 윤갑례라고 있소?"

바깥에서 찾는 소리가 났다.

무슨 일인가 하고 갑례는 후닥닥 방문을 열었다.

우체부였다.

"윤갑렝게?"

"예."

우체부는 편지 한 장을 사립 안에 떨어뜨려놓고 가버렸다.

갑례는 얼른 뛰어나갔다. 왜 그렇게 반가운지 몰랐다. 어디서 온 것인지는 모르지만, 좌우간 자기에게 편지가 오다니, 아직 자기가 세상에서 완전히 버림받은 것은 아닌 것 같은 그런 느낌이었다.

두근거리는 가슴으로 편지를 주워 보니 뿌뚜리한테서였다. 갑례는 어쩔 줄을 모르며 방으로 들어가, 떨리는 손으로 봉을 뜯었다.

힝이야!

우째 지내고 있노? 정말 너무 무정하고 무정하다. 우짜면 그렇게 한 번 다니로 오지도 않고, 소식도 없노?

이곳 아부지는 날로 기력이 쇠약하셔서, 벌써 밤으로 춥다고 방에 군불을 많이 때라고 하신다. 여름에 힝이를 찾아갔다 온 후로는 만날 근심에 잠겨 별로 말도 안 하시고, 방에 눕어 있기가 일이다.

오빠랑 올케는 잘 있다.

그런데 힝이야! 힝이한테 한 가지 소식 전하는데, 다름이 아니라, 나 곧 시집가게 됐어. 가기 싫은데, 아부지가 자꾸 가라고 해서 할 수 없이 가기로 했어. 벌써 날도 받았어. 음력으로 새달 초아흐레라 캐. 시집을 간다고 생각하니, 우짠 일인지 자꾸 돌아가신 엄마 생각이 나서 죽겠어. 엄마가 살아 계셨으면 얼마나 좋을까, 생각하면 그만 울고 싶다니까.

힝이야! 보고 싶다.

이번 잔치에는 꼭 와야 된대이. 힝이도 없으면 너무 쓸쓸해서 우야라 말이고? 만일 힝이가 안 오면 나 시집 안 갈 끼다구마.

힝이야! 꼭 온나. 정말 보고 싶다.

아부지도 인제 화가 다 풀리셨을 끼다. 아무리 아부지지만, 어른이 되어 아들딸까지 낳은 자식을 당신 마음대로 이래라 저래라 할 수는 없는 기라. 더구나 그런 문제를 가지고. 정말이라.

새 형부는 아직 군대에 나가 있는지, 제대를 해서 집에 돌아왔는지, 힝이야 궁금하다. 아직 형부가 안 돌아왔으면 힝이 고생이 얼마나 많겠노.

그럼 힝이야. 이번에 꼭 만나게 되리라 믿고 손꼽아 기다린대이. 만나서 그동안 이야기 많이많이 하재이.

동생 뿌뚜리

갑례는 마침내 두 줄기 눈물이 주르르 뺨을 타고 흘러내렸다. 슬픔과 기쁨 같은 것이 한데 뒤섞여 훈훈하게 녹아내리는 듯한 느낌이었다. 뿌뚜리가 벌써 시집을 가게 되다니, 생각하면 참 꿈같은 사실이 아닐 수 없었다. 그리고 그게 벌써 어른처럼 형의 처지를 편들어주며, 새 형부의 안부까지 착실히 물어오다니…… 고맙기도 하고 슬프기도 해서 갑례는 가슴이 미이는 듯했다. 새 형부는 이미 이 세상 사람이 아닌 줄도 모르고 말이다.

그리고 갑례는 어쩐지 아찔한 생각이 들기도 했다. 만일 그날 밤, 낭떠러지에서 처음 마음먹었던 대로 일을 저질러버렸다면 어쩔 뻔했는가 싶은 것이었다. 잘도 돌아섰지 싶었다. 그렇지 않았더라면 누구보다도 뿌뚜리가 얼마나 원망을 했을까 생각하니, 가슴이 짜릿해서 견딜 수가 없었다. 어머니도 돌아가시고 없는데, 형까지 자살을 해버렸다면 시집을 가도 얼마나 쓸쓸하고 처량하겠는가 말이다. 죽는 것도 마음대로 되는 일이 아닌 셈이었다. 자기 하나만 죽어버리면 그만일 것 같지만, 자기가 죽음으로써 자기 자식이랑 부모형제들에게 덮어씌워지는 그늘을 생각하면, 자살이란 결코 사람으로서 할 짓이 못 되는 것이다.

반드시 남에게 덮어씌워지는 그늘이 없다 하더라도, 자기 목숨을 자기가 스스로 끊어버린다는 것은 여하한 경우이든 좋은 일은 아닌 것이다. 세상에 태어난 이상 어떠한 역경과 고난도 디디고 넘어서서, 자연히 목숨이 걷히는 날까지 견뎌나가야 마땅한 것이다. 인생의 밑바닥을 기는 신세라 할지라도, 끈질기게 기는 편이 스스로 꺼져버리는 것보다는 낫다. 편안하다고 살고 괴롭다고 죽는다는 것은 우스운 이야기다.

낭떠러지를 찾아갔다가 돌아온 뒤로 갑례도 조금씩 생각이 그렇게 바뀌고 있었다. 생각해보면 자기보다 더 못한 인생도 적지 않은 것이다.

우선 마 서방을 생각해보아도 그렇다. 혈혈단신 늙은 몸이 남의 집 머슴살이로 한평생을 마쳐가고 있는 것이다. 젊은 시절 단 한 번 장가를 들어 아들까지 낳고 살다가, 어느 몹시 흉년이 든 해, 여편네를 도붓장수로 내보내어 그만 아들까지 함께 잃어버린 뒤로, 기나긴 세월을 내내 혼자 살아가고 있는 마 서방. 그래서 가을이 끝나면 마음을 걷잡지 못해 어디론지 떠나 가버리는 야릇한 버릇을 지닌 마 서방. 그게 다 타고난 역마살이라는 마 서방. 그런 한 많은 인생도 다 스스로 목숨을 버리는 일 없이 살아가고 있지 않는가 말이다. 까짓것 하고 싶은 대로 하는 기라. 정말이구마. 사람 한번 나서 죽으만 그만인 긴데, 다 소용 없구마. 가고 싶으만 가는 기라…… 하고 시원시원하게 내뱉던 마 서방. 입이 하마처럼 생긴 그 사람 좋은 마 서방은 지금 어디서 남의 집을 살고 있는 것일까.

그리고 꺼꾸리 역시 마찬가지다. 어쩌면 꺼꾸리는 더 처량한 목숨인지도 모른다. 부모도 누군지, 어디서 태어났는지, 이름도 성도 모르며, 심지어 나이가 몇인지도 어림짐작으로밖에 알 수 없는 인생. 어느 몹시 흉년이 든 해 가을, 어른의 짚신을 끌고 짜박짜박 홍싯골을 찾아들었던 꺼꾸리. 그 뒤 이 집 저 집 부엌 강아지처럼 굴러다니며 자란 반편이. 다리까지 하나 절름절름 저는 반편이. 그러나 그런 처량한 목숨이면서도 끝내 끈질기게 굴러다니고 있는 것이다. 심지어 서커스단까지 따라다니며 서글픈 재주를 부리고 있는 것이다. 그 서커스단은 지금쯤 어느 고을로 흘러가서 빵빵 삥삥— 하고 있는 것일까. 그리고 배골댁이의 인생을 생각해 보아도 마찬가지다. 서방이라는 것은 칠난봉팔건달로, 만주로 어디로 휘청거리고 다니다가 결국 나중에는 공비가 되어 없어져버리고, 딸 분임이는 테이신타인가 뭔가에 빼앗겨 이날 이때까지 소식이 없고, 두 아들마저 군대에 나가버려 지금은 혼자서 입이나 살려고 반티이(함지) 장사를 하고 있는 배골댁이. 지지리도 복도 못 타고난 배골댁이. 그런 배골댁이도 다 죽지 않고 살아가고 있지 않는가 말이다. 불론 죽지 못해 사는 것이긴 하겠지만.

그리고 빨래터에서 미군부대 세탁을 하고 있는 여자들 역시 생각해보면 다 별수 없는 인생들인 것이다. 억지로 억지로 살아가는 신세들인 것이다.

그러나 어쨌든 모두 웃을 때는 웃으면서 살아가고 있는 것이 아닌가. 자기의 목숨을 스스로 버리다니, 당치도 않은 수작인 것이다.

그리고 갑례는 어린 남이를 위해서 죽어서는 안 된다는 생각이 들고 있었다. '달아 달아 밝은 달아'를 노래 부르면서 나중에 커서 학교에 가는 것을 벌써부터 큰 기쁨으로 삼고 있는 어린 목숨을 어미 된 몸으로 짓뭉개 없애버리다니, 그런 큰 죄가 또 어디 있겠는가 싶었다. 한때나마 그런 마음을 먹었던 일을 생각하면, 갑례는 온몸에 소름이 오싹 끼치기도 했다.

이제 갑례는 앞날을 여자로서 사는 것이 아니라, 남이의 어미로서 살아야겠다고 생각하는 것이었다. 남이뿐 아니라, 어떻게든 상용이도 데려와서 자기 손으로 키워 나가는 재미로 살아야겠다 싶었다. 그리고 비록 남편이 죽었지만, 의지가지없는 늙은 시어머니 평촌댁이도 자기가 돌봐 나가야지, 어떻게 하겠느냐 싶었다. 자기를 위해서만 사는 것이 인생이 아니라, 남을 위해서 사는 것도 인생이라는, 제법 이런 생각까지 갑례는 해보는 것이었다.

서른 고개도 올라서지 못한, 아직 청춘이 만 리 같은 여자가 벌써 자기를 단념하고 남을 위해 살아야겠다고 마음을 먹다니, 놀라운 일이 아닐 수 없었다. 그게 다 그동안에 남달리 세상 풍파를 겪었기 때문에 그렇게 되는 것이겠지만, 생각하면 기특하고 놀라우면서도 한편 측은하고 가련한 일이기도 했다.

아무튼 이제 갑례는 어떻게 사느냐가 문제였다. 미군부대 세탁일도 못 하게 되었으니 무엇을 해서 먹고 사느냐 말이다. 죽는 것을 단념하고 마음을 옳게 돌려먹기는 했지만, 막막하고 아득하기는 매일반이었다. 행상으로 나서는 도리밖에 없겠는데 무슨 행상을 하면 괜찮을 것인지, 그리고 밑천은 얼마나 가지면 되는 것인지, 당장 손에 쥔 것이 보잘것없는데 그것으로 가능한 일인지, 막연히 생각을 하고 있는 참인데 뿌뚜리한테서 편지가 왔던 것이다.

뿌뚜리의 편지는 갑례에게 마치 구원의 손길과도 같았다. 우선 홍싯골을 찾아갈 구실이 생긴 것이다. 이런 일이라도 없고는 도저히 무슨 염치로 홍싯골을 찾아가, 아버지를 대하겠는가 말이다. 미우나 고우나 자식이니, 설마 왜 왔느냐고야 안 하겠지. 설령 무엇하러 왔느냐고 못 본 체한다 하더라도 동생이 시집을 가는데 형이 안 가볼 수는 없는 것이다. 이제 날로 기력이 쇠약하셔서, 벌써 밤으로 춥다고 방에 군불을 많이 때라고 하신다는 아버지. 정말 너무 심려만 끼쳐 온 늙은 아버지. 그 아버지에게 차라리 무엇 하러 눈앞에 나타났느냐고 호통을 들으며, 실컷 좀 얻어맞기라도 했으면 싶었다. 그러면 불효 여식의 마음이 조금은 후련해질 것 같기도 했다.

그리고 딸자식으로서 지금까지 바지저고리 한 벌 변변히 못해드린 죄송스러움을 이번에는 기어이 씻고야 말겠다고 갑례는 마음먹었다. 아무리 궁색한 처지이긴 하지만.

그런데 문제는 뿌뚜리였다. 시집가는 뿌뚜리에겐 무엇을 선물로 가져갈 것인지, 아무리 생각해도 입맛이 쓰기만 했다. 입에 풀칠하기도 어려운 형편이니 그럴 수밖에 없었다. 하다못해 치마저고리감이라도 한 벌 떠다 주어야 될 것인데 말이다.

생각다 생각다 마침내 갑례는 새 꽃요강을 반질반질 빛이 나도록 닦기로 했다. 함박꽃이 반짝반짝 되살아나고, 두 송이 구름이 꼬리를 그으며 솟구쳐 오르고, 그리고 호랑나비의 너불너불한 날개가 금빛으로 빛나도록 정성껏 닦아서, 그것을 선물로 가져가기로 한 것이다. 어머니가 자기에게 물려주었듯이, 이번에는 뿌뚜리에게 그것을 물려주기로 마음먹은 것이다.

내외간의 금슬이 좋으라고, 어머니의 외할머니의 그 아버지 되는 분이 놋갓장이를 시켜 만들어서, 어머니의 외할머니, 즉 자기의 딸에게 주어서 시집을 보냈다는 꽃요강. 그래서 어머니 쪽으로 대를 이어 자기에게까지 물려 내려온 내력 깊은 꽃요강. 그러나 세상을 잘못 만난 탓으로 자기는 그 효험을 보지 못하고 만 꽃요강. 이제 자기에게는 아무 뜻이 없는 물건이 되어버린 꽃요강이니, 새로 시집가는 뿌뚜리에게나 물려주어서 그들 신랑 각시나 금슬 좋게 오래오래 잘 살도록 해야겠다고, 갑례는 요강 안팎을 온통 새것이 되도록 닦고 닦고 또 닦는 것이었다.

갑례가 홍싯골 마을 앞의 서낭고개에 당도한 것은 며칠 뒤의 해거름이었다.

부친의 바지저고리와 꽃요강을 싼 보따리를 이고, 남이를 업고

갑례는 고갯마루에 이르자,

"후유—"

절로 어깻숨이 쉬어져 그 자리에 멈추어 섰다.

남이를 데리고 기차에 시달린데다가, 또 이십 리가 넘는 길을 남이를 업고 걸어 오느라고 이만저만 고단한 것이 아니었다.

머리에 인 보따리를 길가에 내려놓고, 띠를 풀어 남이를 내렸다. 그리고 아무렇게나 주저앉아버렸다.

마을엔 지금 한창 저녁연기가 자욱하게 피어오르고 있었다.

갑례는 저녁연기에 싸인 홍싯골을 하염없이 내려다보았다. 그녀의 두 눈엔 어느덧 뜨거운 것이 어리고 있었다. 그것은 기쁨이기도 하고, 슬픔이기도 한 그런 것이었다. 와서는 안 될 곳을 찾아온 것도 같고, 와야 할 곳에 지금까지 안 오고 있었던 것도 같은, 그런 야릇한 심정이었다. 겨우 삼 년 만인데 어느덧 몇 삼 년이 된 듯도 한 느낌이었다.

우선 마을이 옛날의 홍싯골과는 현저히 달라진 것이었다. 마치 놓을 것이 제대로 다 놓여 있지 않고, 엉성하게 이가 빠진 것만 같았다. 옛날의 홍싯골처럼 아늑한 맛이 느껴지지가 않았다. 그럴 수밖에 없는 것이, 아직도 군데군데 불에 탄 집터가 그대로 시꺼멓게 남아 있는 것이었다. 그리고 옛날에는 집집마다 거의 감나무가 없는 집이 없었는데, 지금은 반대로 감나무가 있는 집이 불과 몇 가호밖에 되지 않았다. 그것도 온전한 나무가 못되고 불에 타다가 남은 가지에 새로 잎이 돋은 그런 병신 같은 나무였다. 집들도 옛날 집들과는 달리, 어쩐지 어설퍼 보이기만 했다. 그전보다 더 낫게 지은 집들도 더러 있는 것 같은데, 웬일인지 마을 전체가 김이 새어버린 것처럼 허전하고 을씨년스럽게만 느껴졌다.

갑례는 얼른 친정집을 찾아보았다. 그전 모습과 비슷하게 지어져 있었다. 그러나 어쩐지 그전 집처럼 안정된 맛이 없이, 덜렁하고 멋이 없어 보였다. 우선 지붕부터가 그러했다. 그전 집은 지붕이 두두룩해서 포근하고 안정된 느낌을 주었는데, 지금은 그게 아니라 얄팍한 지붕이 바람이라도 세차게 불면 곧 훌떡 벗겨져 버릴 것만 같았다. 감나무도 보이지가 않았다.

공비들이 홍싯골을 불태워 버렸다는 이야기는 평촌댁이에게 자세히 들어서 알고 있었지만, 막상 이렇게 어설퍼진 마을과 친정집을 눈앞에 보니 갑례는 허망하고 쓸쓸하기만 했다.

그러나 산기슭에 있는 감나무 숲들은 예전과 다름이 없었다.

아직도 나무에 뿔긋뿔긋 더러 홍시가 남아 있는 것이 저녁 어스름 속에 귀물스럽게 보였다. 그 감나무 숲 때문에 잠시 또 갑례는 쓸쓸하고 허전한 생각에 젖어들었다. 지나간 옛 시절의 짜릿한 기억이 가슴을 아프게 하는 것이었다.

얼마 동안 그렇게 앉아, 고향 마을을 내려다보고 있던 갑례는,

"엄마! 저기 머고? 저 빠이간 거. 많이 많이 있제?"

하면서 신기해서 야단인 남이를 다시 업었다.

그리고 보따리를 들고 일어났다.

"엄마! 머고? 응."

남이는 기어이 그게 뭔지 알고 싶은 것이다.

"감 앙이가."

"감?"

"그래."

"감 다이제?"

"응."

"엄마! 나 감 묵고 짚다."

"……."

"외하이뿌찌 집에 가면 감 주나?"

"그래."

"야 좋다!"

"……."

"많이 주나! 몇 개 주노?"

"몰라. 많이 줄똥 우짤똥……."

갑례는 쓸쓸히 웃었다.

불에 탄 채 그래도 시꺼멓게 서 있는 정자나무랑 그 곁에 세워진 정자를 힐끗힐끗 바라보면서, 갑례는 마치 무슨 큰 잘못이라도 저질러놓고 떠나갔던 사람처럼 무거운 걸음으로 마을을 향해 갔다.

혹시 마을 사람을 만날까봐 조마조마한 마음으로 걸음을 옮기고 있는데 난데없이,

"힝이야—"

고함소리가 들렸다.

뿌뚜리였다. 어느새 보았는지, 뿌뚜리가 동구 앞을 마구 뛰어오고 있었다. 뛰어오는 품이 정말 이만저만 반가운 것이 아닌 모양이었다. 온통 치마폭을 펄럭거리며, 두 팔꿈치를 말괄량이답게 옆으로 마구 흔들어대고 있었다. 내일 모레 시집을 가는 큰아기가 수줍음 같은 것도 전혀 없는지 그냥 막,

"힝이 오는구나—"

고함소리였다.

온 동네가 쩌렁 울릴 지경이었다.

뛰어온 뿌뚜리는 덥석 그만 갑례를 부둥켜안으며,

"아이고 힝이야! 아이고 힝이야!"

곧 어쩔 줄을 몰랐다.

그리고는 얼른 갑례의 손에서 보따리를 받아 들며,

"아이고 이기 딸이구나!"

하고 남이를 바라본다.

그리고,

"형부도 같이 올 끼지."

한다.

갑례는 어이가 없어 히죽 웃었다.

"형부 제대했나!"

"……."

"아직 그대로 군대에 나가 있나?"

갑례는 힘없이, 그러나 내뱉듯이,

"죽었단다."

했다.

"머라? 죽어?"

"……."

"와?"

"……."

"언제 그랬노?"

"여름에."

"우야꼬— 아이고 힝이야, 그런데 와 집에 기별도 안 했노?"

"기별은 무신 기별……."

갑례는 나직이 한숨을 쉬었다.

"형부가 죽었는데, 기별도 안 하다이……."

"……."

"그렇게 댔구나……."

뿌뚜리도 그만 울적한 얼굴로 바뀌고 말았다. 그처럼 반가워서 야단이더니 말없이 앞을 서 걷기만 했다.

그러나 집에 이르자 뿌뚜리는 역시,

"힝이 온다!"

소리를 지르면서 사립 안으로 들어섰다.

갑례는 좀 난처했다. 가뜩이나 오지 못할 집을 찾아온 것처럼 슬그머니 켕기기까지 하는 판인데, 무어 잘났다고 요란하게 들어서느냐 말이다. 뿌뚜리의 뒤를 따라 사립을 들어서는 갑례는 다리가 약간 떨리기까지 했다.

부엌에서 저녁밥을 짓고 있던 순녀가,

"아이고 오나?"

하면서 뛰어나왔다.

순녀는 뛰어나와 갑례의 손목을 잡으며,

"얼마나 고생이고?"

한다.

"머 그저……."

갑례는 목이 칵 메이는 듯 말이 잘 나오지가 않는다.

"그동안 와 그렇게 한 분도 안 왔노?"

"……."

"야가 딸이구나."

"그래."

"어서 방에 들어가자."

그러나 두원이도 뒤란에서 돌아 나오며,

"갑례 왔나?"

한다.

"오빤교?"

"어서 들어가자."

"아부지는예?"

"몰라, 방에 기실껄……."

그러자 사랑방에서 땅땅땅…… 담뱃대 두들기는 소리가 들렸다. 마치 나 여기 있다는 듯이.

갑례는 찔끔 목이 움츠러드는 느낌이었다. 그러나 남이를 업은 채 얼른 사랑방 쪽으로 갔다.

방문이 닫혀 있었다. 갑례는 닫혀 있는 방문을 조심히 열었다. 그리고,

"아부지예."

했다.

떨리는 목소리였다.

그러자 윤 생원은 아랫목에 앉아서 대꼭지에 담배를 재며 나직한 목소리로,

"왔나?"

한다.

"예, 아부지. 그동안 벨고 없으싰능교?"

이때 남이가,

"외하이뿌찌—"

하고 소리를 지르며 웃었다.

그러자 윤 생원은 심히 난처한 듯한 표정이 되며,

"음—"

신음소리 비슷한 소리를 했다.

갑례는 힉 웃음이 나오려는 것을 얼른 참으며 방문을 닫았다. 굳어졌던 몸이 약간 풀리는 듯했다.

저녁을 먹고, 갑례는 부친의 바지저고리를 들고 사랑방으로 갔다.

저녁상을 물리치고 난 윤 생원은 여전히 아랫목에 앉아 담뱃대를 물고 있었다.

갑례가 들어오자, 윤 생원은 공연히 쿨룩 기침을 한 번 했다.

갑례는 윗목에 한쪽 무릎을 세우고 앉았다. 그리고 가지고 온 바지저고리를 아버지 앞으로 내놓으며,

"아부지, 이거 한 불*(한 벌) 해왔심더."

조심히 입을 열었다.

윤 생원은 담배를 뻐끔뻐끔 빨면서, 잠시 말없이 앞에 놓인 바지저고리를 바라보고 있었다.

"저고리 품이 좀 클지 모르겠심더."

"……."

"쪼끼까지 할까 했으나, 헹편이……."

그제야 윤 생원은,

"조끼는 머 할라꼬 두 개나 안 있나."
했다.

"그래, 너거는 어떻노?"

물었다.

그것은 이제 모든 것을 체념하고, 너희들의 관계를 기정사실로 인정한다는 그런 뜻이었다. 이미 허망하게 끝장이 나버린 줄을 모르고 말이다.

갑례는 얼른 무어라고 말이 나오지 않아 슬그머니 고개를 떨어뜨렸다.

좋아서 얼른 무슨 말이 나올 줄 알았는데, 의외의 반응에 윤 생원은 잠시 담뱃대를 입에서 떼고 멀뚱히 갑례를 바라보았다.

"아부지."

"……?"

그리고 갑례는 다시 말이 없다가, 그만 설움이 복받치는 듯 흐흐흑 흐느끼기 시작했다.

윤 생원은 두 눈이 휘둥그레졌다.

잠시 흐느끼고 나서, 갑례는 한쪽 저고리 소매 속에서 손수건을 꺼내어 물코를 풀었다. 그리고,

"죽었심더."
했다.

"머?"

"……."

"죽어?"

"예."

"음—"

담뱃대를 쥔 윤 생원의 손이 가늘게 떨렸다.

윤 생원은 두 눈을 지그시 내리감았다가 뜨며, 담배를 냅다 빨아댔다. 그리고 후유— 담배 연기와 함께 한숨을 내쉬며,

"아이고, 이년아—"

했다.

너무나도 어이가 없는 일이어서, 윤 생원은 가벼운 현기증 같은 것을 느끼며 잠시 턱수염을 덜덜 떨었다. 그리고 울화가 치밀어 못 견디겠는 듯,

"그누묵 자석, 죽긴 또 와 죽노. 더럽은 놈의 자석, 남의 신셀 망쳐놓아도 분수가 있지……."

담뱃대를 땅땅땅 마구 두들겨댔다.

갑례는 조그마하게 굳어져서 숨도 제대로 못 쉬었다.

"이년아! 그러니까 내가 머라카더노? 그렇게 사정을 안 하더나. 본서방한테 돌아가라고……."

"……"

"맘을 돌리 묵고 돌아갔으만 아무 일도 없을 게 앙이가. 그놈의 자석 뒤지기나 말거나 아무 상관없는 기 앙이가 말이다."

"……."

"애비 말을 그렇게 안 들어묵으니, 무신 일이 잘 대겠노 말이다."

"……."

"아이고, 이년아, 이년아— 그래 우얄라 카노?"

"……."

아무 대답이 없자, 윤 생원은 후유— 한숨을 한 번 쉬고 그제야

죽은 사람에게 너무 지나쳤다는 생각이 들어 좀 누그러진 목소리로,

"대체 우야다가 그래 댔노?"

물었다.

"부상을 당해 가지고 안 그래 댔십니꾜. 일선에서 부상을 당해 가지고, 육군병원으로 넘어왔는데, 병원에서 구만……."

"병원에 넘어왔는데, 병원에서 죽다니……."

"면회 가 봤더니, 반송장 같습띠더. 말도 몬 하고……."

"음―"

"……."

"언제 그래 댔노?"

"여름에예. 아부지가 다녀가시고, 한 달쯤 지나서예."

"음―"

윤 생원도 이제 안됐다는 표정으로 바뀌고 있었다. 입맛을 쩝쩝 다시고 나서, 윤 생원은 한참 뻐끔뻐끔 담배를 빨기만 했다. 그리고 착 가라앉은 목소리로 입을 열었다.

"죽은 사람은 이미 죽은 사람이니 할 수 없는 일이고…… 산 사람은 살아야 댈 끼니……."

"……."

"앞으로 우얄라카노?"

"……."

"야박한 노릇이긴 하지만, 할 수 있나. 본서방한테로 돌아가는 기지. 정 서방은 사람이 워낙 착해서 지금이라도, 니가 마음만 돌리면 받아줄 끼다."

"……."

"죽은 사람한테도 안됐고, 정 서방한테도 야박한 노릇이긴 하지만, 우야노. 눈 찔끔 감고 돌아가는 기라."

"……."

"그때는 미처 본정신이 안 돌아와서 그랬다고 비는 기라. 사람이 살다보면, 어디 꼭 바른 대로만 갈 수가 있나. 때로는 그렇게 마음이 옆으로 나가는 수도 있는 기지."

"……."

"안 그러나? 내 말이 어떻노?"

갑례는 더욱 눈앞이 캄캄해지는 느낌이었다. 울고 싶었다. 그러나 이번에는 울지 않고 가만히 이를 물었다. 그리고 조용히 말했다.

"아부지, 나 장사라도 하면서 혼자 살랍니더."

"머?"

"……."

"혼자 살아?"

"예."

"음—"

윤 생원은 다시 무거운 표정으로 바뀌고 말았다.

눈을 끔벅거리며 한참 담배를 빼끔빼끔 피우고 있던 윤 생원은 무뚝뚝한 목소리로,

"알았다."

하고 고개를 두어 번 크게 끄덕거렸다. 그리고 담뱃재를 재떨이에 떨며,

"가 자거라."

했다.

그러나 갑례는 얼른 일어나질 않고 가만히 아버지의 안색을 살폈다.

윤 생원의 얼굴에는 괴로운 듯한 빛이 어리고 있었다. 그러나 그것은 이미 격한 것도 아니었고, 기분 나쁜 듯한 것도 아니었다. 조용하게 가라앉은 괴로움이었다. 네 마음 알았으니, 이제 네 인생은 네가 알아서 해나가라는 그런 뜻의 것이었다. 측은하면서도 일면은 대견하기도 한 그런 것이었다.

갑례는 태석이가 이미 새장가를 들어버렸다는 이야기를 할까 하다가 그만두고,

"그럼 아부지 주무이시소."

들릴 듯 말 듯 말하고 조용히 일어섰다.

그날 밤, 갑례는 뿌뚜리에게 꽃요강 이야기를 했다. 작은방에 함께 누워서였다.

한 이불 속에 드러누워서 이런 이야기 저런 이야기 나눈 끝에 갑례는,

"힝이라 카는 기 니 시집가는데 아무것도 해오지 못해서 할 말이 없다."

이렇게 말을 꺼냈다.

"힝이 형편이 그런데 해오긴 멀 해온다 말이고. 이렇게 와주면 대는 기지."

"……."

"난 혹시 오지도 않을까 걱정했어."

“오지도 않다니, 니가 시집을 가는데 오지도 안 해? 편질 못 받았다면 모르지만…….”

“…….”

“아무것도 해올 것은 없고, 하는 수 없이 요강을 가지고 왔다.”

“……?”

요강을 가지고 오다니, 그게 무슨 말인지 뿌뚜리는 얼른 알 수가 없었다. 그러나 어쩐지 좀 재미있다는 생각이 들어 힉 웃었다.

“내가 시집갈 때, 어무이가 준 요강이다. 그런데 그기 보통 요강이 앙이라, 아주 보물 같은 물건인 기라.”

“……?”

보물 같은 물건이라는 말에 뿌뚜리는 귀가 솔깃해지는 모양이었다.

“어무이도 그 요강을 외할매한테서 물려받았다는 기라. 외할매는 또 자기 어무이한테서 물려받고, 그렇게 대대로 물려 내려오는 요강인데, 요강에 꽃도 새겨져 있고 나비도 새겨져 있고…….”

“어디 한분 보자. 어딨노?”

“저 방에 가서 내 보따리 갖고 온나.”

뿌뚜리는 얼른 일어나 큰방에 가서 보따리를 가지고 왔다.

등잔불 앞에 꽃요강이 놓였다.

새 빛이 나도록 반질반질 닦여진 꽃요강은 아닌 게 아니라 어딘지 귀물스럽게 보였다. 등잔불이 그다지 밝질 못해서 선명하지는 않았지만 함박꽃이 은은히 반짝거리고, 호랑나비가 반짝거리고, 두 송이 구름도 반짝반짝 솟구쳐 오르고 있었다.

뿌뚜리는 잠시 그 꽃이랑 나비랑 구름을 들여다보고 있더니,

"이 요강 나도 봤다. 어릴 때……."

하고 웃었다. 좀 기대에 어긋났다는 듯이.

"기억날 끼다."

"이기 보물이라 말이가?"

"누가 보물이라 카더나? 보물 같은 기라 캤지?"

"……."

"어디 반다시 금덩어리라야만 보물인 줄 아나? 그기 그래 봬도 몇 댈 물려 내리온 기라고…… 외가 쪽으로……."

"……."

"보물이라고 생각해도 대는 기라. 그걸 첨 만든 선조 외할아부지한테 딸만 다섯 있었단다. 그런데 그 딸들이 하나하나 시집을 가면 가는 쪽쪽 다 잘 살질 못하고 소박을 맞거나 과부가 대거나 그라느면*(그렇지 않으면) 명이 짧아서 일찍 죽거나 했다는 기라. 넷째 딸까지 그렇게 실패 보고 탄식으로 세월을 보내고 있는데, 하루는 과객이 들어왔더란다."

"과객이 머고?"

"지나가는 나그넬 과객이라 안 카나. 옛날에 과객이 날 저물면 잘 사는 집을 찾아들어가 하룻밤 자고 가는 기 보통이었단다. 과객이 들어오면 으레 밥을 주고 재워줄 줄 알고……."

"옛날엔 참 인심도 좋았네."

"그랬단다. 그런데 그 과객이 놋갓쟁이더란다."

"놋갓쟁이가 머고?"

"놋그릇 만드는 사람 말이다."

"놋그릇 만드는 사람을 놋갓쟁이라 카나?"

"그래."

"내사 생전 첨 듣는 말이다. 놋갓쟁이, 놋갓쟁이……."

뿌뚜리는 묘한 말도 다 있다는 듯이 두어 번 입 속으로 뇌어본다.

이때, 부헝 부헝 부헝…… 뒷산에서 부엉이 우는 소리가 들렸다.

갑례는 오래간만에 들어보는 부엉이 소리에 잠시 가만히 귀를 기울였다. 고향에 온 실감이 나는 듯했다.

"그래서 그 놋갓쟁이가 우쨌다 말이고?"

"그 놋갓쟁이하고 하룻밤을 지내면서, 이런 얘기 저런 얘기 끝에 선조 할아버지는 자기 딸들 이얘길 끄집어냈더란다."

"그랬더니?"

"그랬더니, 그 놋갓쟁이 하는 말이, 그기 다 남녀 간에 음양이 안 맞아서 그렇다 카면서 꽃하고 나비를 새긴 요강을 하나 만들어서 그것을 시집갈 때 가지고 가도록 해보라 카더란다. 그래서 선조 외할아부지는 그 놋갓쟁이한테 그럼 그런 요강을 당신이 하나 만들어 달라고 부탁을 했단다. 그 놋갓쟁이가 아매도 보통 사람이 아니었던 모양이지. 백일기도를 디리면서 만든 기 저 요강인데, 저걸 막내딸한테 주어가지고 시집을 보냈더니, 그 딸만은 아들딸 놓고 오래오래 잘 살더란다."

"그런 요강이니, 보물이라 캐도 안 대겠나 말이다."

그러자 뿌뚜리는 웃으면서,

"그럼 저것 가지고 시집가면 나도 아들딸 놓고 잘 살겠네?" 했다.

"그렇지."

"그런데 와 힝이는 그래 댔나?"

"내사 세상 잘못 타고나서 이래 안 댔나. 그놈의 난리 때문에…… 부부간에 음양이 안 맞아서가 앙이라……."

"힝이야, 음양이 머고?"

"음양이 음양이지 머라."

"헷헷헤……."

"웃기는…… 핫핫하……."

그리고 갑례는 문득 생각이 나서 물었다.

"신랑 될 사람 나이가 몇이고?'

"서른하나라 안 카나."

"서른하나?"

"응, 지랄같이……."

"지랄같기는 와. 남자 나이가 좀 많은 기 좋니라. 그래도 늙을 땐 같이 늙는대이."

갑례는 마치 자기가 그렇게 늙어보기라도 한 것처럼 말한다.

그리고,

"군대는?"

정작 궁금한 것은 이것인 것이다.

"군댄 갔다 왔다 카더라."

"그럼 댔다. 그럼 댔어. 그럼 아무 걱정 없다. 좋은 자리다."

"그런데 힝이야. 군대에 가서 부상을 당해서 제댈 했는데, 얼굴 한쪽이 좀……."

"……."

그 말에 갑례는 잠시 무슨 생각에 잠기듯 말이 없었다. 죽은 영칠이 생각이 나고 육군병원 생각이 나서, 섬찍하기도 하고 우울하기도 한 것이었다.

그러나 곧 다시 입을 열었다.

"선을 봤제?"

"맞선은 안 봤다. 아부지만 가보셨는데, 얼굴 한쪽이 좀 이상하다 카더라."

"……."

"살기는 개않게 사는 집이고……."

"……."

"그럼 댔다. 남자가 얼굴 좀 다쳤다고 머 어떨까 바. 아무 상관없다. 더구나 군대에 나가서 그랬는데……."

"……."

"그만한 자리도 드물대이, 그쩜 알고, 부디 신랑 잘 위하고, 시부모 섬기고, 아들 놓고 잘 살아야 댄대이."

뿌뚜리는 히힉! 웃었다.

"내사 낼 모레 보고, 신랑 얼굴 형편없으면 까짓것 구만둘 끼다. 어디로 도망가삐릴 끼다."

"머가 우째?"

"……."

"야가 참말로 카나, 부로*('거짓말'의 방언) 카나?"

"……."

"아이고 야야, 장난으로라도 그런 소리 하지 마래이! 까짓것 구만두다이, 그기 무신 소리고?"

"핫하…… 힝이도 걱정도 많다. 그 말에 와 그렇게 놀래노?"

"야야, 안 놀랠 수가 있나? 핫핫하……"

부헝 부헝 부헝…….

부엉이 우는 소리가 또 들려오고, 밤은 깊어가고 있었다.

16

"신랑이 온다—"

누군가가 사립 밖에서 소리를 질렀다.

그 소리에 집안은 갑자기 더 술렁거리기 시작했다. 별로 하는 일 없이 어정거리던 사람들은 신랑 구경을 하려고 사립 밖으로 뛰어 나가기도 했다.

갑례는 작은방에서 뿌뚜리의 신부화장을 시켜주고 있었다. 댕기 머리를 풀어서 새로 곱게 땋아가지고 틀어 올려 쪽을 쪘다. 그리고 족두리를 씌우고, 금박댕기를 드린 다음, 용잠(龍簪)을 찔렀다.

그러고 있는데, 신랑 온다—는 소리가 들렸다. 신랑 온다는 소리에 갑례는 공연히 자기가 가슴이 두근거렸다.

신랑이 사립 밖에 당도한 모양으로, 바깥이 웅성거리자 갑례는 그만 벌떡 일어나 방문을 열고 바깥으로 나갔다. 아무래도 얼른 좀 신랑 얼굴을 보아야만 속이 시원할 것 같은 것이었다. 어떻게 부상을 입은 얼굴인가 말이다.

그러자 뿌뚜리도 바깥을 내다보려고 족두리 쓴 얼굴을 내밀었다.

"아이고 야야, 신부가 어딜 내다보노!"

갑례는 킥 웃으면서 얼른 방문을 닫아버렸다.

상객 노인의 뒤를 따라, 옥색 바지에 흰 두루마기를 입고, 적갈색

구두를 신은 신랑이 사립으로 들어서고 있었다.

키는 큰 편도 작은 편도 아니었다. 남자 키로서 훤칠한 편은 못 되지만 그런대로 괜찮았다. 그리고 얼른 눈에 띄는 것은 두 눈썹이었다. 붓으로 덥석 먹을 묻혀 놓은 것처럼 새까맸다. 그래 그런지 얼굴이 선명한 인상을 주었다. 이마도 넓은 편이고, 코도 큼직한 편이었다. 그만하면 신랑감으로서 나무랄 데가 없어 보였다.

그런데 아닌 게 아니라, 멀리서 보아도 얼굴 한쪽이 좀 이상한 것 같았다. 그러나 상객의 뒤를 따라 얼른 사랑방으로 들어가 버렸기 때문에 자세히 볼 수가 없었다.

어쨌든 그만하면 됐다는 생각이 들어, 갑례는 안도의 숨을 내쉬었다.

혼례식이 시작된 것은 얼마 후의 일이었다.

사모관대로 차린 신랑이 두 손으로 목안을 들고 차일 밑의 초례상 앞으로 나와 서자, 갑례는 얼른 신랑의 부상한 옆얼굴이 보이는 쪽으로 돌아갔다.

귀였다. 부상을 당해서 이지러진 것은 한쪽 귀와 그 언저리였다. 사모를 눌러쓰고 있었으나 그 밑으로 불에 녹다가 만 것처럼 조그맣게 오그라붙은 귀가 내다보였다. 마치 햇볕에 말라 고드러진 버섯 쪼가리 같았다. 그리고 그 언저리가 서툰 다리미질을 해놓은 것처럼 뺀들뺀들했다. 어쩌다가 하필이면 저렇게 귀를 하나 망쳐버렸는지…… 틀림없이 그 귀는 못 쓰게 돼서 들리지 않으리라 싶었다.

갑례는 나직이 한숨을 쉬었다. 그리고 보아서는 안 될 것을 보고 있었던 것 같아 얼른 시선을 돌렸다.

"신부 출—"

홀기 부르는 노인이 소리를 질렀다.

갑례는 얼른 가서 작은방 문을 열었다. 활옷의 색동 소맷자락으로 얼굴을 가린 뿌뚜리가 대반(對盤)들에게 부축되어 나타나자, 마당 안은 온통 술렁거렸다.

담 너머에서는 마을 총각 몇이 안을 넘겨다보며 수군거리고 있었다.

"가시나 오늘은 얌전쿠나."

"쪽도리를 쓰니까 얼떨떨한 모양이지."

"저 신랑 어디서 온 놈팽인지 모르지만 안 댔다."

"안 댔기는 와 안 댔노, 뿌뚜리 허벅살이 얼매나 부드럽고 좋다고……."

"핫핫하…… 더 큰소리로 캐바라."

"남의 경사에 차마 그럴 수야 있나. 헛헛허……."

그러다가 한 녀석이,

"저 신랑, 귀 좀 보래!"

하고 눈을 번쩍 떴다. 희한한 것이라도 발견한 듯이.

"응, 글씨―"

"야― 그 참 멋쟁이로 생깄다."

"군대 가서 한 방 묵은 모양이로구나."

"그런 모양이지."

"그 귀 잘 들리겠는데……."

"헛헛허…… 뿌뚜리 목소리가 크니까 개앉다. 잘 들릴 끼다."

"뿌뚜리 가시나 목소리깨나 지르게 생깄구나."

"핫핫하……."

"헛헛허……."

혼례식이 거행되고 있는 동안, 갑례는 가만히 서서 구경을 하며, 십 년 전 일을 생각하고 있었다.

십 년 전 그날도 오늘처럼 맑고 좋은 날씨였다. 그러나 그때는 지금처럼 초겨울이 아니라, 신록이 눈부신 늦은 봄이었다. 눈부신 신록 속에서 희끗희끗 수없이 피어난 감꽃들은 뭐라고 형언할 수 없는 은은한 향기를 뿜고 있었다. 온 마을이 꽃향기에 싸여 있는 듯했고, 오늘처럼 이렇게 차일이 쳐진 마당 위로 이따금 나비들이 팔랑팔랑 날아들기도 했다.

그때, 지금 뿌뚜리처럼 활옷에 족두리를 쓴 신부는 말할 것도 없이 갑례였다. 지금 신랑처럼 사모관대로 차린 사람은 태석이였다. 태석이가 먼저 재배를 한 다음, 갑례가 대반들에게 부축을 받으며 사배를 하려고 첫 번째 절을 하고 다소곳이 일어서려 할 때, 난데없이 꺼꾸리란 녀석이,

"아구— 몽살겄네—"

소리를 질렀다.

그리고 꺼꾸리는 벌떡 물구나무를 서더니,

"아구 아구 아구—"

냅다 짐승 같은, 얄궂은 소리를 내며, 뿔뿔뿔 두 손으로 걸어가는 것이었다.

그러다가,

"네잇 이놈! 이기 무신 짓이고—"

윤 생원에게 호통을 듣고, 마구 사립 밖으로 뺑소니를 치고 말았다.

그날 일을 생각하면 갑례는 절로 웃음이 나온다. 꺼꾸리 그 녀석, 반편이 녀석이 그래도 제 딴에는 속이 다 있었던 것이다.

그리고 갑례는 아련한 그리움과 함께 감당할 수 없는 쓸쓸함이 밀어닥쳐, 가만히 서 있을 수가 없었다. 십 년 전 그날, 지금 저 신랑 자리에 섰던 태석이는 얼마 전에 다시 저런 옷을 입고 장가들어, 지금은 남의 남편이 되어버렸다는 것을 생각하면, 그리고 지금 저 뿌뚜리 서 있는 자리에 섰던 자기는 두 번째 남자마저 잃어버리고, 허공에 뜬 신세가 되어버렸다는 것을 생각하면, 자기가 결국 그런 결과를 가져오게 했으면서도 견딜 수 없이 가슴이 아렸다. 십 년이란 세월의 허전함이 폐부에 아프게 와 닿는 듯한 느낌이었다.

갑례는 얼른 뒤란으로 돌아갔다.

뒤란에는 뒷간이 있었다. 별로 볼일이 보고 싶은 것은 아니었지만, 갑례는 뒷간으로 들어가 앉았다. 그리고 억지로 오줌을 누며, 팽! 코를 풀었다. 코는 물코였다.

그날 밤, 신방은 작은방이었다.

갑례는 자기 손으로 정성껏 신방을 꾸몄다. 우선 방 구석구석을 깨끗이 쓸고, 걸레질을 하고, 아랫목에 이부자리를 깔았다. 그리고 이웃에서 빌려온 병풍을 쳤다. 병풍 앞에 꽃요강을 놓고, 황밀촉은 초꽂이에 꽂아 바로 꽃요강 곁에 놓았다.

곱게 타오르는 황밀촉 불빛을 받아 꽃요강은 반질반질 귀물스럽게 빛나고 있었다. 함박꽃도 은은히 반짝거리고, 호랑나비도 반짝거리고, 두 송이 구름도 은은한 금빛으로 반짝거리면서 솟구쳐 오르고 있었다.

신랑이 먼저 신방에 들어가고, 곧 이어 뿌뚜리가 예물 상을 든 갑례의 뒤를 따라 들어갔다.

갑례는 예물 상을 신랑 앞에 놓아주고 나오며,

"오늘 밤, 잘 인연을 맺으소."

하고 방문을 닫았다.

신랑은 예물 상 앞에 바싹 다가앉았다. 뿌뚜리는 약간 비켜 앉아 고개를 숙이고 있었다.

신랑은 옥색바지에 흰 저고리, 그리고 짙은 남색 모본단 조끼를 입고 있었다. 뿌뚜리는 노랑저고리에 다홍치마를 입고, 머리에는 족두리와 금박댕기, 그리고 용잠을 찌르고 있었다. 용잠은 불빛을 받아 금빛으로 귀물스럽게 반짝거렸고, 족두리의 보요(步搖)도 영롱한 빛으로 떨고 있었다. 금박 댕기도 반짝반짝 곱게 빛나고 있었다.

그런 반짝거림 속에 뿌뚜리의 알맞게 화장을 한 얼굴은 마치 잘 핀 한 송이 박꽃처럼 훤해 보였다. 신랑은 약간 주기가 있는 듯 눈언저리가 불그레했다.

예물 상에 놓인 술잔을 들며 신랑은,

"자, 한잔 쳐주소."

하고 히죽 웃었다.

그러자 뿌뚜리는 고개를 들었다. 그리고 상에 놓인 술 주전자를 두 손으로 들고, 신랑의 잔에 쪼르르 술을 따랐다.

신랑이 술잔을 입에 가져가자, 뿌뚜리는 얼른 신랑의 얼굴을 살폈다. 이것이 뿌뚜리가 신랑을 보는 최초였다.

얼굴 한쪽이 부상을 당해서 좀 이상하다는데, 어떻게 이상한가 싶어서 살폈으나, 마침 자기가 좀 비켜 앉아 있었기 때문에 눈에 띄는 쪽 얼굴은 아무렇지도 않았다. 얼른 보아도 이마가 넓고, 코가 크며, 눈썹이 시꺼먼 것이 사내답게 보였다. 이만하면 되었구나 싶었다.

쭉 잔을 비우고 나더니, 신랑은 그 잔을 뿌뚜리 앞으로 내밀었다.

"자, 당신도 한잔 받으소. 이건 보통 술이 앙이니까……."

뿌뚜리는 힉 웃으며 두 손으로 잔을 받았다.

뿌뚜리는 이런 잔 하나쯤은 자신이 있었다. 친구 집에 놀러가서, 더러 농주를 이만 한 잔으로 한잔 꿀컥해 본 경험이 있었다. 물론 얼굴이 화끈화끈 달아오르고, 가슴이 펄럭펄럭 뛰기는 했지만, 그러나 못 견디겠는 것이 아니라, 오히려 기분이 좋은 것이었다. 말하자면 장차 술을 마실 소질이 다분히 있는 셈이었다.

뿌뚜리는 한잔 받아 꿀컥 마셔버릴까 싶었으나, 머리에 족두리를 쓰고 있는 판인데, 그럴 수는 없는 노릇이어서, 조금 받아서 수줍은 듯 입에만 댔다가 주전자에 부었다. 그리고 다시 잔을 채워서 신랑 앞에 놓았다.

신랑은 그렇게 몇 잔을 마시고 나더니, 그제야 용기가 나는 듯이 말문을 열었다.

"나 오늘 밤에 미리 당신한테 말해 둘 끼 있소."

"……?"

뿌뚜리는 다소곳이 앉아 신랑을 바라보았다.

"다름이 앙이라……."

신랑은 고개를 돌려, 뿌뚜리 얼굴 앞으로 자기의 이지러진 귀가 오도록 했다.

"내 귀 하나가 이렇구마. 자, 보소."

"……."

그제야 뿌뚜리는 신랑의 부상당한 곳을 똑똑히 눈으로 볼 수가 있었다. 불에 녹다가 만 것처럼 조그맣게 오그라붙은 귀. 마치 햇볕에 말라 고드러진 버섯 쪼가리 같은 귀. 그리고 서툰 다리미질을 해놓은 것처럼 뻰들뻰들한 그 언저리……

뿌뚜리는 잠시 숨을 멈추고, 그 이지러진 신랑의 옆얼굴을 바라보다가 슬그머니 고개를 숙였다.

"일선에 나가 이래 댔구마. 이 귀는 먹통이 대서 들리지 않느마."

"……."

"어떻소? 보기가……."

뿌뚜리는 얼른 얼굴을 들고 대답했다.

"개않심더. 보기가 덜 좋지만, 전쟁에 나가서 그래 댔능 걸 우얍니꼬."

"……."

"너무 신경 쓰지 마이소. 남자가 귀 하나 그런 거 머 어떻십니꼬."

"음— 정말 고맙소. 자, 술 한 잔 더 쳐주소."

신랑은 술을 꽤 좋아하는 모양이었다. 그리고 입이 옆으로 크게 벌어지고 있었다.

신방 밖에서는 몇몇 아낙네들이 엿듣고 있었다. 그 중에 갑례도 끼어 있었다.

갑례는 뿌뚜리의 하는 말을 듣고, 어찌나 대견하고 자랑스러운지 그만 눈에 눈물이 핑 도는 것이었다. 이제 푹 마음이 놓이는 듯했다.

다른 아낙네들도 서로 얼굴을 마주 보며 혀를 내둘렀다. 아직 나이도 얼마 안 된 뻐뚜리가 그렇게 소견이 넓은 줄은 몰랐다는 듯이.

잠시 후, 예물 상을 한쪽으로 치우고, 신랑이 뻐뚜리의 족두리를 벗기는 모양이었다. 그리고 옷고름을 푸는 듯 부스럭거리는 소리가 나더니 마침내 불이 꺼졌다.

신방의 불이 꺼지자, 갑례는 자리를 떴다. 그러나 다른 아낙네들은 진짜 재미는 이제부터라는 듯이, 바짝 방문으로 다가붙으며, 침을 꿀컥 삼키기도 했다.

뻐뚜리가 시집으로 떠나는 날은 아침부터 하늘이 찌뿌듯이 흐려 있었다. 곧 무엇이 내릴 것만 같은 날씨였다.

아침을 먹고 얼마 있자, 신랑 집에서 가마가 왔다. 울긋불긋 고운 꽃가마였다.

가마가 오자, 마을 사람들이 모여들었다. 좋아서 야단인 것은 조무래기들이었다. 조무래기들은 곧장 가마 속을 들여다보기도 하고, 울긋불긋한 꽃무늬를 만져 보기도 하면서, 뱅글뱅글 그 주위를 돌았다.

"엄마, 저기 머꼬?"

갑례에게 안긴 남이도 신기한 모양이다.

"가매다. 가매."

"가매가 머꼬?"

"시집갈 때 타고 가는 거 앙이가."

"시찝까이 때?"

"그래. 오늘 이모가 타고 시집 안 가나."

"야—"

남이는 공연히 좋아서 짝짝 손뼉을 쳐댄다. 그리고,

"나도 나중에 시찝까이 때 타고 간다!"

하고 방글방글 웃는다.

뿌뚜리가 가마 속으로 들어가자, 조무래기들은 더욱 재미가 좋아서 야단이었다. 마을의 개들도 모여들어 꼬리를 치며 나부대고 있었다. 어떤 개는 겁을 집어먹은 듯 마구 짖어대기도 했다.

가마가 움직이기 시작하자 마을 아낙네들은,

"뿌뚜라, 잘 가재이!"

"가서 시집 잘 살아래이!"

"첫아들 낳아래이!"

"친정에 자주 와야 댄대이!"

제각기 한 마디씩 던졌다.

순녀도,

"액씨야, 그럼 잘 가재이! 설에 온내이!"

했고, 두원이도,

"뿌뚜라, 잘 가거래이!"

했다.

이렇게 온통 작별인사를 받는 뿌뚜리는 그만 눈언저리가 물컹해져서 손수건을 가져가고 있었다.

조무래기들은 가마 뒤를 우르르 따랐다. 신랑도 뒤를 따라 걸었고, 상객 가는 윤 생원도 담뱃대를 문 채 천천히 뒤따라 걸었다. 그리고 혼수 짐을 진 일꾼이 따르고, 갑례도 서낭고개까지 남이를 업고 따라가고 있었다.

갑례는 뒤를 따라가면서, 십 년 전 일을 또 생각하고 있었다. 자기가 시집가던 일 말이다.

갑례는 이 일 신행을 했었다. 어제 혼례식을 올리고 오늘 신행인 것이었다. 이 일 신행이란 없는 법이다. 삼 일 아니면 오 일 신행이 관례였다. 그러나 그때는 그런 관례를 좇고 있을 계제가 아니었다. 테이신타인가 뭔가에 끌려 나가다가 도망쳐 온 터이라, 말하자면 도둑시집을 가는 셈이었다. 세상에 참 무엇을 잘못했다고, 시집까지 도둑시집을 가느냐 말이다.

아무튼 걸어서 재를 넘어가니, 그쪽 산기슭에 가마가 와서 기다리고 있었다. 빨간 가마였다. 그 가마꾼 가운데 한 사람이 다름 아닌 마 서방이었다. 그러니까 갑례는 마 서방이 멘 가마를 타고 시집을 갔던 것이다. 그 사람 좋던 마 서방, 괴짜 노인…… 갑례는 불현듯 마 서방 생각이 짜릿하게 머리를 쳐드는 것이었다. 마 서방은 지금 어디서 남의 집을 살고 있는 것일까. 병이나 들지 않고 잘 지내고 있는지, 아무쪼록 혼자 늙는 몸이 병이나 걸리지 말아야 될 것인데…… 그리고 갑례는 부디 한 번 마 서방을 다시 만나볼 수 있었으면 싶었다. 세상에 우연이라는 것이 있으니 어쩌면 만날 수가 있을지도 모른다는 생각이 들기도 했다.

가마는 서낭고개 위에서 쉬었다.

가마가 땅에 내려지자, 뿌뚜리는 가마 문밖으로 가만히 홍싯골을 내려다보고 있었다. 신랑은 서낭바위 뒤로 돌아가서 소변을 보는 모양이었다.

잠시 후, 다시 가마꾼이 가마를 메고 일어서자, 갑례는 얼른 다가서서 안을 들여다보며,

"뿌뚜라, 그럼 난 여기서 작별할란다. 부디 신랑 잘 위하고, 시부

모 잘 섬기고 해래이."

하고 일렀다.

"응."

"그리고 종종 편지해 도고. 나도 편지하꾸마."

"응."

"옷고름 풀릴라 칸다. 잘 매라."

"……."

"그럼 뿌뚜라!"

"힝이야!"

갑례의 눈에도 눈물이 어리고, 뿌뚜리의 눈에도 눈물이 어리고 있었다.

곧 무엇이 내릴 것 같은 하늘이더니 마침내 희끗희끗한 것이 비치기 시작했다. 눈이었다.

첫눈이 오는 것이었다.

희끗희끗 묻어 내리는 눈 속으로 뿌뚜리를 태운 꽃가마는 서서히 멀어져 갔다. 가마 뒤를 따르는 신랑의 모습도, 윤 생원의 모습도, 그리고 혼수 짐을 진 일꾼의 모습도 차츰 작아져 가고 있었다.

"엄마, 이기 머꼬? 하양 거!"

"눈 앙이가."

"눈?"

"그래."

"야, 눈 온다—"

갑례에게 업힌 남이는 하늘을 쳐다보며 좋아서 냅다 소리를 지른다.

정말 서설이 아닐 수 없었다. 시집가는 날 눈이 오면 부자로 잘 산다고 한다.

"부디 너는 잘 살아라. 부디 아무 일 없이 아들 놓고 딸 놓고 잘 살아라. 부디, 부디……."

갑례는 이렇게 중얼거리며, 쏟아져 내리는 눈 속에 서서 멀어져 가는 뿌뚜리의 꽃가마를 언제까지나 바라보고 있었다.

사방은 차츰 하얗게 눈에 덮여가고 있었다.

해설

겹겹의 전쟁을 살아낸 사람들

-『야호(夜壺)』가 만든 세계

장수희(문학연구자)

1. 꽃요강 전설과 벼랑 끝의 세계

생각해 보면, 전쟁이 끊이지 않는 역사 속에서 여성들이 살아온 세계라는 것은 언제나 불안하고 위태위태한 것이 아니었을까. 그 위태로운 세계 속에서 외할머니는 어머니에게, 어머니는 딸에게, 언니는 여동생에게로 전한 꽃과 나비가 새겨진 귀물스러운 놋요강이 만들어낸 그 '이어짐'은 남성들의 '족보'에는 기록되지 않는 이어짐의 감각이었다. 시대가 이리저리 바뀌고 전쟁이 몇 번이나 이어져도 있는 듯 없는 듯 방의 한 구석에 밀려나 있었던 요강이 전해온 전설이 바로 『야호』의 세계이다.

하근찬은 1957년 《한국일보》 신춘문예에 「수난이대」가 당선된 이후 한국전쟁과 전후 현실을 중심으로 자기 문학의 영역을 확장해 간 작가이다.* 1970년은 하근찬이 전업작가로서 본격적인 창작

* 서승희, 「전후 작가의 식민지 기억과 민족주의-하근찬 소설을 중심으로」, 『현대문학이론연구』 Vol.0 No.53, 2013, 182쪽.

활동을 나서게 된 시기*이다. 등단 이후 줄곧 단편소설을 발표해온 그는 1970년 1월부터 1971년 12월까지 약 2년에 걸쳐 《신동아》에 첫 장편소설을 연재하게 되는데 그것이 바로 『야호』이다.

총 3부로 구성된 장편소설 『야호』는 태평양전쟁 시기부터 한국전쟁 직후까지를 배경으로 한다. 제1부 '꽃요강의 전설'에서는 1942년부터 1945년 해방 직후까지, 제2부 '불타는 나무'에서는 한국전쟁이 시작되기 직전부터 가을까지, 제3부 '벼랑에 서서'에서는 휴전 직전부터 휴전 직후 초겨울까지가 그 배경이다. 하근찬은 원래 『야호』의 서사를 일제강점기 말부터 1960년 4.19혁명까지로 구상했었다고 밝힌 바 있는데 "제1부에서는 8.15 전후를, 제2부에서는 6.25가 나던 해를, 그리고 제3부에서는 4.19 전후를 다루려고 했었다. 그런데 1부, 2부는 구상대로 나간 셈이지만 제3부는 휴전 전후가 되고 말았다."고 한다.** 해방—한국전쟁—4.19로 이어지는 남한의 현대사를 구상했지만 태평양전쟁—한국전쟁이 겹쳐진 세계를 완성한 것이다. 하근찬이 처음 구상했던 해방—한국전쟁—4.19의 서사가 만들어질 수 없었던 까닭은 무엇일까? 이 글은 이 질문에서 먼저 시작해보고 싶다. 우선 『야호』의 줄거리를 살펴보자.

'대동아전쟁'을 선전하는 활동사진이 홍싯골까지 들어왔다는 말을 듣고 활동사진을 보러 갔던 갑례는 영칠이와의 사랑을 확인한

---

* 류동규, 「식민지 학교의 기억과 그 재현-하근찬의 경우」, 『우리말글』 제51집, 2011, 252쪽.

** 염창동, 「하근찬 장편소설 『야호』의 관전사적 연구-국가권력의 폭력구조와 국민 정체성의 이동을 중심으로」, 『한국문학의 연구』 Vol.0 No.66, 2018, 264쪽 각주 20) 재인용.

다. 연이은 놋그릇 공출에 이어, 영칠의 징용과 갑례와 친구 분임의 정신대 징용이 정해진다. 분임과 갑례가 정신대로 함께 출발했지만, 갑례는 도중에 대열에서 탈출하여 집으로 돌아온다. 갑례의 아버지는 갑례를 정신대로 다시 보내지 않기 위해 급히 갑례를 태석과 혼인시킨다. 갑례의 어머니는 대대로 내려오는 꽃요강을 갑례가 시집갈 때 물려준다. 그러나 혼인한 지 얼마 지나지 않아 태석도 군대로 징병되어 '대동아전쟁'에 나간다. 이후 다시 한 번 갑례에게 정신대 통지가 나오고 얼마 지나지 않아 해방되었다는 소식이 전해진다. 해방이 되자 만주로 갔던 홍싯골의 최 서방도 돌아오고, 북해도에 갔던 갑례의 오빠 두원과 영칠도 홍싯골로 돌아온다. 영칠은 이미 시집가서 아들을 업고 있는 갑례를 보고 실망한다.

이처럼 1부의 내용은 1942년부터 해방 직후 가을까지의 경북지역 홍싯골에 사는 갑례가 간신히 정신대를 피하고, 해방을 맞이하는 이야기가 주를 이루고 있다. 2부 '불타는 나무'는 1부에서 5년 정도 지난 이후부터 이야기가 서술된다.

홍싯골의 오래된 나무에 불이 붙는 불길한 징조로 2부가 시작된다. 해방이 된 지 5년이 지났는데도 갑례의 남편 태석이 돌아오지 않고 있었다. 5년 사이에 동네의 망나니로 취급되던 최 서방이 공산주의와 관계된 이야기를 떠든 적도 있었으나 최 서방을 신임하지 않았기 때문에 그런 이야기는 없던 것이 되어 버린다. 6.25 전쟁이 일어나고 마을이 '빨갱이 세상'이 되었을 때 최 서방이 돌아온다. 동네 사람들은 제비뽑기로 의용군을 뽑고 영칠은 의용군으로 전쟁터로 가게 된다. 전쟁이 나던 해에 면장이 된 갑례의 시아버지 정 참봉은 인민위원회에 잡혀간 뒤 읍내 강변에서 처참하게 학살당한다. 이후 세상이 다시 뒤집혀 인민위원회에 협력한 부역자들이 자수하는데 신분이 낮아 토지개혁위원이 되었던 마 서방은 구속당하게 되지만 곧 석방된다. 한편, 의용군에서 도망친 영칠은 갑례를 찾아오고 둘은 사랑을 확인하고 마을에서 도망친다. 밤에는 공비가 된 최 서방이 민가에 내려와 홍싯골을 공격하고 불바다로 만들어버린다.

3부 '벼랑에 서서'에서는 계속된 한국전쟁 시기의 모습들이 그려지고 있다. 영칠과 갑례는 포로수용소 부근으로 도망쳐 같이 살게 된다. '대동아전쟁'에 나갔다 소식을 알 수 없게 된 갑례의 남편 태석은 관동군이 되었다가 전쟁이 끝난 후 포로로 소련에 억류되어 있었다. 한국전쟁이 시작되었을 때, 이북에 있었기 때문에 인민군이 되었고, 이후 미군 포로가 되어 있었다. 한국전쟁이 계속되고 있었기 때문에 영칠은 군대에 징병되어 갑례가 포로수용소의 빨래를 하며 생계를 꾸려가고 있었다. 반공포로 석방으로 태석은 포로수용소에서 석방되어 집으로 돌아간다. 태석은 갑례를 찾아가 다시 같이 살자고 하지만, 아들만 데리고 돌아와 다시 장가를 간다. 한편 영칠은 군대에서 부상을 당해 죽고, 갑례는 영칠의 딸을 데리고 살아간다. 어느 날 막내 여동생인 뿌뚜리가 시집간다는 편지를 받고, 결혼 선물로 줄 꽃요강을 가지고 뿌뚜리의 결혼식에 참석한다. 갑례는 뿌뚜리가 시집가는 가마를 바라보며 뿌뚜리의 행복을 빌어준다.

이처럼 『야호』에는 갑례라는 여성인물을 중심으로 식민지시기와 한국전쟁으로 이어지는 시기의 수난사가 그려진다. 소설의 배경이 된 42년부터 53년까지는 해방이 되고, 남북한에 정부가 세워지고,

전쟁과 휴전까지 하는 격변이 계속되었던 시기였다. 그러나 이 시기가 전경화되고 격변의 시기 속에서 갑례의 삶이 어떻게 휘둘리는지가 쓰여 졌다면, 아마도 이 소설은 전혀 다른 소설이 되었을 것이다. 갑례 개인의 10년 동안의 생활이 전경화 되면서 이 시기의 공적 사건과 기억은 손쉽게 조정된다. 어떤 사건은 갑례와 좀 더 깊은 관계를 가지게 하여 앞으로 드러나게 하고, 어떤 사건은 그저 먼 곳의 이야기처럼 되어 버리는 것이다. 이는 아마도 1970년대 반공주의와 검열의 영향도 있을 것이다.

그렇다면 이 소설 속에서 전경화 된 사건들과 후경화되어 없었던 것처럼 지나가버린 일들이 어떤 것들이었나 다시 되돌아보자. 우선 42년부터 해방직후까지의 1부와 1950년 한국전쟁 발발부터 시작하는 2부 사이에는 5년의 공백이 있다. 이 5년 사이에 있었던 일은 2부에서 간략하게 언급하고 지나가는 장면이 있다.

> 해방 오 년— 그동안 세상은 꽤 뒤숭숭했다. 어쩌면 거세게 출렁거렸다고도 할 수 있다. 특히 산 가까운 고장은 공비들 때문에 많은 화를 입기도 했다. 그러나 홍싯골에는 그런 일도 없었다. 노인들 말마따나 명당자리인지도 몰랐다. 노인들은 홍싯골을 명당자리라고 했다. 예부터 전해 오는 말이라는 것이었다. 그래서 감이 그렇게 잘 열고, 맛이 그렇게 달다고 했다. 마을 형세로 보아 그럴 것도 같았다. 아주 구석지기는 했으나, 산자락에 아늑하게 안긴데다가 남향이어서 사철 햇볕이 잘 들었다. 그리고 물이 좋았다.
>
> 그러나 명당이란 지형지세로만 결정되는 것이 아니라 어쩌면 그 속에 담겨 사는 사람들에 의해서 좌우되는 것인지도 몰랐다. 한때

이 면내에까지 남로당의 손길이 뻗쳐 왔었다. 세포니 뭐니 하는 것이 부락마다 박혀서 세월을 뒤숭숭하게 만들었다. 그러나 홍싯골 사람들은 용케 아무도 그런 데 휩쓸리지 않았다. 그래서 자연 딴 마을들이 발칵 뒤집혀질 때도 홍싯골만은 무풍지대처럼 아무 일도 없었다. 달리 명당인 것이 아니라, 바로 이래서 명당인 것이었다.

실은 홍싯골도 자칫했으면 딴 마을들과 마찬가지로 명당이긴 커녕 쑥대밭일 뻔했었다. 최 서방이 슬금슬금 그런 쪽으로 눈을 돌렸던 것이다. 최 서방이 곧잘 남로당이 어떻고 공산주의가 어떻고 하면서 그 허풍 잘 치는 입에 거품을 물어댔다. 어디서 얻어들었는지, 노동자 농민이니 무산대중이니 하는 소리를 유식한 체 섞어가면서 말이다 그리고 끝에 가서는 우리 홍싯골도 이러고 있을 게 아니라고 은근히 사람들의 마음을 떠보는 것이었다. 아마 은밀히 그쪽 손길에 닿아서 홍싯골에 세포 조직을 하라는 지령을 받은 모양이었다.(제2부-2)

해방 직후의 경북은 1946년 10월 항쟁이 격렬하게 일어났던 지역이었다. 특히 하근찬의 고향인 영천의 10월 항쟁은 영천 인구 15만 명 중 1/3 가량이 참여*할 정도로 대규모로 일어났다. 군경의 강경한 10월 항쟁 진압은 많은 청년들을 입산이나 남로당에 가입하게 한 한편, 서북청년단은 총을 들고 다니며 민간인 즉결 처형을 하기도 했다.** 이 격렬하고 무시무시했던 시기가 『야호』에서는 삭

---

* 김상숙, 「1948~1949년 지역 내전과 마을 청년들의 경험-경북 영천의 사례를 중심으로」, 『경제와 사회』 통권 제101호, 2014, 120쪽.

** 김상숙, 같은 논문, 123쪽.

제된 것처럼 후경화되어 있다. "딴 마을들이 발칵 뒤집혀질 때도 홍싯골만은 무풍지대처럼 아무 일도 없었다"는 문장으로 말끔히 덮인 저 5년간의 시간과 서사의 공백을 어떻게 해석해야 하는 것일까?

대구 경북의 10월 항쟁과 기억의 전유를 둘러싼 기억투쟁에 대해 연구한 이동진*은 10월 항쟁의 기억 투쟁 과정을 5시기로 나누어 구분한다. 첫 시기가, 대구 10.1 사건**의 발발과 1960년 4.19시기 까지, 두 번째 시기가 4.19 이후 '학살'에 대한 기억 운동이 전개된 시기, 세 번째 시기가 5.16 쿠데타 이후 유족회가 반국가단체로 처벌 받은 시기, 네 번째 시기가 민주화 이후 희생자들에 대한 기억 운동이 전개된 시기, 다섯 번째 시기가 2005년 진실과화해를위한 과거사정리위원회가 발족되어 '학살'에 관한 진실규명이 이루어진 시기이다.

『야호』가 삭제함으로서 공백으로 처리하고 있는, 10월 항쟁과 민간인의 희생에 대한 논의는 실제로 4.19 이후에 유족회가 결성되면서 진실규명에 대한 요구가 '기억운동'으로 존재했었다. 그러나 5.16 쿠데타로 10월 항쟁과 관련된 유족회 자체가 반국가단체로 처벌 받음으로써 애도되거나 기억되지 못한 채 긴 시간을 지나게

---

* 이동진, 「기억의 '10.1사건': 기억의 변경에서 변경의 기억으로」, 『사회와 역사』 제97집, 2013.

** "'10.1 사건'은 대구에서 1946년 10월 1일에 노동자 시위대를 향한 경찰의 발포로 노동자 2명이 사망하고 2일에 시위가 확대되어 경찰 4명을 포함하여 20여명의 사망자를 낳은 사건을 지칭한다. '10월 항쟁'은 '10.1사건'이 도화선이 되어 10월 2일부터 인근 농촌 지역으로 확산되고 다시 전국으로 확산된 일련의 사건을 총칭"한다.(이동진, 같은 논문, 7쪽, 각주1) 재인용.)

된다. 『야호』가 연재되기 시작한 1970년은 5.16 군사쿠데타로 집권하기 시작한 박정희 정권이 여전히 지속되고 있었던 시기였음을 감안한다면, 홍싯골은 반드시 "무풍지대"여야 하는 공간이었을 것이다.

이로써 『야호』 1부의 서사는 2부로 연결될 수 없는 벼랑 끝에서 숨을 흡 들이마신 채 언어화되지 못한다. 1960년 4.19와 1961년 5.16 사이에 잠깐 다시 나타날 수 있었던 10월 항쟁의 이야기는 1970년 『야호』가 연재될 때 다시 수면 위로 부상할 수 없었다. 어쩌면 이것은 하근찬이 『야호』의 서사를 4.19로 끌고 갈 수 없었던 이유였을지도 모른다. 10월 항쟁의 서사가 부상하기 위해서는 4.19가 반드시 필요하지만, 삭제된 10월 항쟁은 4.19를 끌어들일 수 없었기 때문이다. 그리하여, 그가 완성한 세계는 태평양전쟁과 한국전쟁이 겹쳐진 끝나지 않는 전쟁의 세계가 된다.

2. 태평양전쟁과 한국전쟁이 겹쳐진 세계

식민지시기부터 한국전쟁 직후까지를 배경으로 하는 『야호』의 등장인물들은 태평양전쟁과 한국전쟁을 체험한 세대들이다. 이들이 겪는 첫 전쟁은 일제시기 '대동아전쟁'이고 이를 원체험으로 하여 '한국전쟁'을 다시 겪어내는 인물들이다. 1970년대 하근찬의 소설을 다룬 연구에서 하근찬 소설을 민족수난사로 읽어내는 연구가 두드러지는 것은 식민지 체험과 연이은 한국전쟁 체험을 '민족의 수난'으로 부각시켜 읽어내기 때문이다.

근래에 들어 하근찬 소설을 새롭게 읽는 방법으로 등장한 것이 바로 '관전사(貫戰史)'의 방법이다. 관전사란 '전쟁과 전쟁을 관통하는 역사'라는 말인데, 전전(戰前)과 전후를 단절해 인식하는 것이 아니라 연속적인 역사의 흐름으로 보는 것이다.* 태평양전쟁과 한국전쟁을 연이어 겪어내는 몸에는 겹쳐진 전쟁의 흔적이 남는다. 인민군이 홍싯골을 점령하고 의용군을 제비뽑기로 선발할 때 영칠은 다음과 같이 행동한다.

> 이렇게 영칠이가 사태에 대해서 민감하게 대처할 수 있는 것은 그만큼 훈련이 된 탓이었다. 이런 경우, 아무 대답이 없이 무뚝뚝한 표정을 짓고 있으면 그 다음은 어떻게 된다는 것을 그는 너무나도 잘 알고 있었다. 북해도 탄광에 징용을 갔을 때, 수없이 몸으로 익혔던 것이다.(2부-5)

강압적인 분위기 속에서 강제된 부역을 하거나 의용군에 가게 되었을 때, 그는 식민지시기의 경험을 떠올리며 행동한다. "북해도 탄광에 징용을 갔을 때 수없이 몸으로 익혔던 것"은 한국전쟁시기 인민군이 마을을 점령했을 때에도 유용한 자원이 된다. 「수난이대」가 태평양전쟁에 호명된 '신민'으로서의 아버지 세대와 한국전쟁에 '국민'으로서 호명되었던 아들 세대의 이야기였다면 『야호』는 이 두 개의 전쟁이 겹쳐진 세계를 살아내는 사람들의 이야기인 것이다. 사람의 삶은 이어지지만 그 몸을 규정하는 시대와 구조는 계속

* 나카무라 마사노리, 『일본전후사 1945~2005』, 유재연 · 이종욱 옮김, 논형, 2006, 15~16쪽.

해서 바뀐다. 갑례의 남편이었던 태석이 겨우 집으로 돌아오게 되는 여정은 그를 규정하는 전쟁이 바뀌고 호명되는 이름이 바뀌는 것과 그 궤적을 같이 하고 있다.

> 만주에서는 소련군의 포로가 되어 시베리아로 끌려가더니, 이번에는 미군에게 사로잡힌 몸이 되어 거제도로 끌려간 것이었다. 그리고 거기에서 반공포로로 분리되어, 이곳 육지의 수용소에 옮겨와 있는 처지가 된 것이었다.(3부-1)

갑례와 결혼한 지 얼마 되지 않아 태평양전쟁의 일본 병사로 만주에 간 태석은 전쟁이 끝나자 소련군의 포로가 된다. 포로생활을 마쳤을 때는 한국전쟁이 일어나고 그는 포로가 되어 '사로잡힌 몸'으로 거제도에 끌려간 뒤, 다시 '반공포로'로 분리되는 것이다. 스스로 정체화하지 않은 이 이름들이 태석의 몸에 겹겹이 쌓이는 것을 보면 역사에 기록된 것처럼 우리가 두 번의 전쟁을 겪은 것이 아니라 두 겹의 전쟁을 계속하는 몸을 살고 있음을 알게 된다. 한편, 태평양전쟁이 끝나고 홍싯골로 일찍 돌아와 남편 태석의 생사를 알지 못하는 갑례와 살림을 차린 영칠의 신분도 태석 못지않게 여러 가지 이름으로 호명된다. 식민지시기 태평양전쟁 때문에 북해도로 징용 당했던 영칠은 인민군이 홍싯골로 들어왔을 때 '의용군'이 되고, 갑례와 살게 되었을 때는 다시 '국군'으로 복무하게 된다. 한국전쟁 막바지에 부상을 당해 육군병원에 입원하게 된다.

> 벌써 영칠이의 마누라라는 것을 눈치 챈 모양이었다.

영칠이는 한쪽 가에 중환자답게 누워 있었다. 갑례가 온 것을 눈으로 번히 보고 있으면서도, 자리에서 일어나지도 못했고 말도 못했다. 온통 붕대에 칭칭 휘감겨 있는 것이었다. 머리도 휘감겨 있었고, 가슴도 휘감겨 있었고, 팔도 하나 휘감겨 있었다. 그리고 다리도 휘감겨 있는 모양이었다.

홑이불 밑으로 붕대에 감긴 발이 하나 내다보이고 있었다.

그렇게 온통 붕대에 허옇게 휘감겨 있는 것이 영칠이라는 것을 알자, 갑례는 입이 딱 벌어지고 말았다.

그리고 휘둥그레진 두 눈에는 어느 새 핑 뜨거운 것이 돌고 있었다.

남이를 업고 보따리를 손에 든 갑례와 시선이 마주치자 영칠이도 그만 움푹 파인 두 눈에 서러운 것이 가득 괴는 것이었다.

잠시 병실 안은 물을 뿌린 듯 조용했다.

창만이는 멀뚱히 서서, 붕대의 덩어리 같은 영칠이를 바라보고 있었다. 그게 홍싯골에 살던 영칠이라는 것을 아는지, 모르는지…… 아리송한 표정이었다.(3부-10)

전쟁이 끝났다는 소식은 몇 번이나 갑례와 사람들에게 전해졌다. 태평양전쟁이 끝났다는 소식도, 한국전쟁이 끝났다는 소식도 전쟁이 끝난 생활과 삶을 의미하는 것이 아니었다. 태평양전쟁의 전후(戰後)를 사는 것이었고, 그 위에 한국전쟁은 심지어 '종전'이 아닌 '휴전'으로 겹쳐진 삶을 이어가는 것이었다. 육군병원에 중환자가 되어 누워있는 영칠의 몸에 몇 겹이나 칭칭 감겨 있는 것은 다만 '붕대'가 아니라 전쟁과 전후, 다시 전쟁이 중첩되어 사람의 입을 막아버린 관전(貫戰)의 폭력이었다. 한국전쟁과 태평양전쟁이 겹쳐진 세계에 산다는 것은 한국전쟁에서 태평양전쟁의 구조를 찾아내는 것이기도 하다. 갑례는 한국전쟁기의 모습, 군인의 모습을 보면서 태평양전쟁기 자신에게 닥쳤던 위기를 떠올린다.

> 물론 군대에 나가는 장정들이었다. 갑례는 그 광경을 내다보며 참 알 수 없는 일이라고 생각했다. 전쟁이 끝났는데, 또 뭐하려고 장정들을 저렇게 많이 데리고 가는지, 얄궂다 싶었다. 집에서 농사나 짓도록 놓아두지 않고 말이다.
>
> 그렇게 화물열차에 실려 있는, 머리에 수건을 질끈질끈 동여맨 장정들을 보니, 문득 옛날 일이 머리에 떠오르는 것이었다. 십 년 전, '테이신타이'에 나가게 되어, 이마에 하치마키를 매고 떼를 지어 기차를 타러 정거장으로 몰려가던 일 말이다. 그날 밤은 마침 안개가 몹시 끼어 있었지. 그렇지 않았더라면 도망을 치지 못하고, 그대로 어디론지 끌려가고 말았을 것인데…… 생각하니 지금도 아슬아슬하기만 했다. 만일 그때, 도망을 치지 못하고 그대로 끌려갔더라면 어떻게 되었을까? 어쩌면 태석이 같은 운명이 되었을지도 몰랐다. 그보다도 더 못한 신세가 되었을지도 모른다. 죽었을지도 모르는 것이다. 갑례는 절로 온몸이 으스스했다.(3부-10)

군대로 징집되는 군인들은 분명히 한국이라는 국가에 동원되는 것이지만, 그 모습은 태평양전쟁시기의 징병과 별다른 차이가 없다. 이름만 바뀐 국가에 호명당한 군인들을 보면서 갑례는 태평양전쟁기에 자신이 일본군 '위안부'가 될 뻔했던 기억을 떠올리며 으스스한 기분을 느낀다. 갑례가 느낀 이 '으스스함'은 과거의 태평양전쟁기의 기억 때문에 느끼는 것뿐만이 아닐 터이다. 소설 속에 드러나지 않지만 한국전쟁기 한국 육군에 만들어졌던 한국군 위안부가 실제로 존재했던 것을 생각한다면 계속되는 전쟁과 폭력의 중첩 속에서 갑례가 감각한 폭의 예감이었다. 대한민국 군대의 근간은 일본군과 만주국군 출신이었고* 태평양전쟁 시기 경험했던 군대의 시스템은 한국전쟁 중의 한국 군대의 제도와 문화에 그대로 적용되었다. 전쟁이 겹쳐진 시기를 살았던 여성의 삶을 갑례의 '으스스함'으로 드러내는 것이다. 이는 해방 이후 생산된 귀환 서사들과 함께 논의해볼 수 있을 것이다.

3. 귀환하는 이야기들

해방은 돌아옴이었다. 태평양전쟁으로 먼 곳의 전장으로 떠났던 학병들이 귀환하고, 독립운동을 위해 타국으로 갔던 사람들도, 징용으로 생각지도 못한 곳에서 강제노동으로 고생하고 있던 사람들도 고향으로, 집으로 돌아왔다. 해방은 '말'의 돌아옴이기도 했다. 금지 당했던 조선어를 다시 말할 수 있게 되고, 출판할 수 없었던 수많은 잡지와 신문들이 봇물 터진 듯이 생산되었다. 그리고 해방은 '기다림'이기도 했다.

* 김귀옥, 「일본 식민주의와 친일파의 합작품, 한국군 위안소 제도」, 『식민주의, 전쟁, 군'위안부'』, 선인, 2017, 166쪽.

그러나 정말 해방의 고마운 점은 징용이나 테이신타이, 혹은 징병으로 끌려간 사람들이 돌아오게 된다는 사실에 있었다. 아들이나 딸, 혹은 손자, 혹은 남편을 빼앗긴 가족들은 그저 이게 꿈이 아닌가 싶었다. 일본 놈들은 모조리 쫓겨 가고, 대신 우리 아들딸, 혹은 손자, 남편이 돌아오게 되다니…… 정말 해방의 고마움이 피부에 와 닿는 것 같았다.

자, 누가 먼저 돌아올 것인가. 모두 무사히 잘 돌아와야 할 것인데…… 가족들은 말할 것도 없고, 그렇지 않은 사람들도 절로 가슴이 설레지 않을 수 없었다.(1부-11)

해방이 되고 한바탕 풍물놀이를 하며 동네잔치를 한 홍싯골 사람들은 끌려간 사람들을 설레어하며 기다리고 있었다. 홍싯골을 중심으로 전개되는 『야호』에서 해방은 징용에 가게 된 사람들, 징병에 가게 된 사람들이 가지고 오는 '이야기'의 돌아옴이기도 했다. 돌아온 사람들이 가져오는 '이야기'를 모두가 공유하여 홍싯골 이야기 중 하나로 받아들였기 때문이었다. 해방과 함께 먼 곳의 서사들이 귀환하고 있었다. 제일 먼저 돌아온 사람은 분임의 아버지 최 서방이었다.

최 서방이 돌아오자, 마을 사람들은 한동안 심심한 줄을 몰랐다. 최 서방의 만주 이야기 때문이었다. 그는 입담도 남달리 좋았고, 풍도 꽤 세었다. 그 좋은 입담으로 풍까지 많이 섞어 가지고 줄줄이 엮어대는 만주 이야기는 듣는 사람으로 하여금 군침을 삼키게 하고도 남음이 있었다. 별의별 이야기가 다 많았다. 칠팔 년 동안 얼마

나 지저분하게 굴러다녔는가를 스스로 털어놓는 셈이었다.(1부-11)

최 서방은 만주에서 돌아온 인물로 한국전쟁이 계속되는 시기에는 '인민위원회' 관련자, 그리고 '공비'가 되기도 하는 인물이다. 그는 마을에서 신임을 받지 못하는 인물, 도덕적으로 문제가 있는 인물로 그려진다. 그가 돌아 왔을 때, 동네 사람들의 '만주 이야기를 해달라'는 요청에 만주에서 본 마적들의 이야기, 만주의 여자들에 관한 이야기를 허풍을 섞어 해대기 때문에 그는 마을에서 더욱 도덕적이지 못한 난봉꾼 취급을 당한다. 냉전시기에 생산된 서사들 속에서 사회주의자가 비도덕적인 인물로 그려진 바 있음을 생각하면 홍싯골 사람들의 평가와 상관없이 그가 하는 말을 살펴보자.

> 최 서방은 그렇게 별의별 이야기를 다 늘어놓았으나, 자기의 얼굴에 생긴 흉터에 대해서만은 끝내 시원하게 입을 열지 않았다.(중략)
>
> 잠시 우물우물하다가,
>
> "독립운동을 하다가 안 그랬나."
>
> 이런 뚱딴지같은 소리를 하는 것이었다.(중략)
>
> 그 뒤부터 최 서방의 별명은 독립운동가가 되었다.
>
> "독립운동가 일찍 일어났네그려."
>
> "독립운동가 낮잠 자는가?"
>
> "심심한데 또 만주 여자 이바구(이야기)나 해보시지. 독립운동가."(1부-11)

민족주의적인 서사 속에서 '만주 벌판'으로, 항일 독립투사들의 독립운동 근거지로 회자되던 만주에서 귀환한 최 서방의 이야기는 '독립운동가'로 놀림거리가 되어버린다. 가정을 돌보지 않고 만주로 떠났던 최 서방의 '만주 이야기'는 어딘지 석연찮은 놀림거리로 마무리된다. 이후 그가 인민위원회 활동을 하거나 공비가 되거나 그것은 모두 최 서방이라는 개인의 비도덕적인 성품으로 인한 것으로 뭉뚱그려져버린다. 1970년 냉전의 한가운데에서 쓰여진 『야호』에 만주의 조선의용대나 김원봉, 김일성의 이야기 같은 것은 들어오지 못한다. 해방과 함께 '이야기'가 되어 돌아오지 못한 것도 있었던 것이다. 다음으로 홍싯골에 귀환한 서사는 갑례의 오빠 두원이가 북해도로 징용을 갔던 이야기이다.

> 북해도 이야기는 별로 무시무시하지도 않았고 짜릿짜릿한 것도 없었다. 사람의 대가리를 장대에 꽂는 것도 아니고, 여자를 발가벗겨 세워놓고 이리저리 눈요기를 하는 것도 아니고, 그저 탄광에서 석탄이나 파고 공습이나 당하고 배나 곯고 하는 이야기니 그럴 수밖에. 그러나 그것은 또 그것대로 들을 맛이 있었다. 가슴의 피가 벌떡거려지고 콧속이 뜨거워지는 그런 분한 맛이라고나 할까. 두원이의 입담도 괜찮은 편이었다. 전혀 허풍이 섞이지 않는 이야기는 오히려 또박또박 가슴에 와 닿는 힘이 있었다.(1부-11)

"석탄이나 파고 공습이나 당하고 배를 곯"았던 징용 가서 고생하는 이야기로서의 징용 서사는 홍싯골 사람들에게 훨씬 납득 가능하게 다가온다. 두원의 이런 고생담은 반공포로 석방으로 귀환하게 되는 태석의 일본군—소련 포로—인민군—반공포로로 이어지는 귀환 서사에 감정이입을 하는 근거가 되기도 한다. 앞서 살펴보았던 전쟁이 겹쳐진 세계 속에서 한국전쟁시기의 경험이 그 시기에 한정되어 감각되는 것이 아니라 이전에 겪은 전쟁의 경험이 투영되어 감각되는 것이다.

이처럼 해방 직후라는 시기는 '태평양전쟁'으로 아시아 곳곳에 벌여져 있던 이야기들이 남한으로 모여들던 시기였다. 만주로 갔던 최 서방과 북해도로 갔던 두원과 영칠의 서사가 홍싯골로 무사히 귀환했다면, 수십 년 동안 귀환하지 못한 서사가 있다. 바로 정신대로 징집된 분임의 서사이다.

4. 귀환하지 못한 이야기

소설의 말미가 되면 갑례는 근 10년 동안의 자기 삶을 되돌아보며 자기 삶이 "두 개의 전쟁 때문에 신세를 망쳐버린 셈"이라고 평가한다. 태평양전쟁 때 정신대 징용이 나와 급히 시집을 가게 되고, 그 전쟁에 징병된 전 남편의 생사를 알 길이 없어 다시 영칠과 같이 살지만 한국전쟁에서 영칠이 죽어버렸다. "도대체 사람을 죽이고, 집을 불태우고, 남의 신세를 망쳐버리는 그런 놈의 전쟁을 무엇 때문에 하는 것인지 도무지 알 수가 없었다." 전쟁은 갑례의 친구였던 분임도 끌어가 버렸다. 식민지시기에 전쟁 때문에 홍싯골에서 떠나게 된 사람들이 해방 후 되돌아 왔지만, 분임이만은 돌아오지 못했다. 소설 속에서 갑례는 문득문득 분임을 떠올린다.

그대로 끌려간 분임이는 도대체 어떻게 되었을까? 죽은 것일까, 아니면 아직도 어느 하늘 아래 살아 있는 것일까? 갑례는 해방되고 들은 이야기가 생각났다. 듣자하니, 그 무렵 그렇게 끌려간 처녀들은 남양군도로 가서, 일본 군인들의 위안부 노릇을 했다는 것이다. 그때도 '헤이타이상'의 '시다지키'가 되러 간다는 말이 있었으나 그게 무슨 뜻인지 몰랐더니, '시다지키'란 바로 밑에 깔려 그 짓하는 것을 의미했던 것이다. 도대체 그 이야기가 정말일까? 정말이라면 그럼 분임이도 그런 신세가 되어버렸단 말인가.(3부-10)

분임이 정신대로 간 이후의 서사는 『야호』에 등장하지 않는다. 그러나 몇 번이나 이렇게 분임이라는 여성이 있었고, 그것을 기억하는 사람들이 있었음을 기록해두고 있다. 돌아오지 못한 서사로서 분임의 이름이 기록되고 있는 것이다. 한국의 일본군'위안부' 서사에서 1960년대—1970년대의 특징은 일본군'위안부'가 되기 전의 서사—일본군 위안소에서의 서사—전쟁이 끝난 후의 서사로 완결된 하나의 서사를 보여주지 않는다는 점이다. 일본군'위안부'가 되기 전—일본군 위안소의 경험—태평양전쟁이 끝난 이후의 일본군'위안부'라는 완결된 하나의 서사를 보여주는 것은 1980년대부터라고 할 수 있다. 1960년대와 70년대에 일본군'위안부'와 관련된 작품으로는 1969년 김정한의 「수라도」와 1977년의 「오끼나와에서 온 편지」 정도가 있을 뿐이어서 『야호』는 일본군'위안부' 서사 연구에서도 중요한 작품이다. 특히 일본군'위안부'의 기억이 공공의 기억이 되지 못했던 시기에 분임을 기억하고 생각하는 인물이 소설 속에서나마 존재하게 했다는 것은 여타의 이 시기 일본군'위안부' 서사와의 차이를 보여주는 것이기도 하다. 『야호』에서는 일본군'위안부' 징모와 관련된 내용에 상당부분 지면을 할애하고 있다.

> 공출은 아니었다. 말은 달랐다. '테이신타이(정신대)'라는 것이었다. 나라를 위해 앞장서서 몸을 바치러 나간다는 것이다. 여자들 중에서 미혼자만 해당이 되는데, 이번에 홍싯골에서는 갑례와 분임이 두 사람이 뽑혔다는 것이다. (중략) 말하자면 징용이었다. 여자들의 징용인 셈이었다.(1부-4)

일본군'위안부' 징모는 이처럼 '정신대'라는 이름으로 식민지 지방행정을 이용하여 실시되었다. 당시의 많은 사람들이 "여자들의 징용"이라고 받아들였지만, 이 여성들은 군대와 전쟁의 부품처럼 취급되었다. 일본군'위안부' 관련 명부 분석과 연구가 계속 진행되고 있지만, 이러한 연구에서도 일본군'위안부'는 인격체가 아닌 '기호'로 존재했음이 밝혀지고 있다.* 이는 그녀들의 존재를 기억하는 사람들, 서사들이 조금이나마 남아있는 소설들이 소중하고 중요한 이유이기도 하다.

> "자시한 건 저, 저 사람한테 물어보이소. 저 사람이 계원이니까요."
>
> 또 이러는 것이었다.

* 한혜인, 「일본군'위안부'제도의 운영과 기록되지 않는 이름」, 『덧칠된 기록에서 찾은 이름들』, 일본군위안부연구소, 2019, 57쪽.

턱으로 가리키는 사람을 보니, 아까 처음에 부닥뜨린, 이마가 시퍼런 그 젊은 녀석이 아닌가. 그런데 그 젊은 서기는 자기에게 가서 물어보라는 소린 줄을 번히 알면서도 한 번 거들떠보지도 않고 못 들은 체 딴전만 부리고 있었다.(중략) 사람을 앉혀 놓고만 병신을 만드는 것이 아니라, 빙빙 돌려가면서 병신을 만들 작정인 모양이었다.(1부-4)

식민지 지방 행정조직을 이용하여 조직적으로 여성들을 징모하는 모습과 면사무소와 같은 지방행정에서는 이에 대한 책임을 체계적으로 방기하는 모습이 『야호』의 서사 속에서 단계적으로 드러난다. 책임자를 찾고 일본군'위안부'로 가게 된 딸을 구하기 위해 면사무소로 간 갑례의 아버지는 면사무소의 부서를 돌다가 책임자를 찾지 못하고 돌아 나온다. 피식민지 시스템 속에서 일본군'위안부'를 구하고 책임을 묻는 방법은 행방을 알 수 없게 되는 것이다. 피해자가 국가에 직접 문제를 제기하고, 책임을 묻는 서사인 영화 〈아이캔 스피크〉와 〈허스토리〉가 나올 수 있게 되기까지 일본군'위안부' 서사는 오랜 시간이 필요했다.

환송식이 끝나자, 잠시 후 일행은 출발을 했다. 젊은 면서기의 인솔하에 읍내로 가는 것이었다. 열댓 명이나 되는 큰아기들이 머리에 하치마키를 매고 손에는 옷 보따리들을 들고 줄을 지어 신작로를 걸어가는 광경은 구경거리가 아닐 수 없었다. 처녀들의 뒤를 가족들이 따르고 있었다.(1부-5)

정신대로서 출발하는 여성들의 모습을 끝으로 『야호』에서는 더 이상 그녀들의 삶을 알 수 없다. 그들의 서사는 1991년 김학순이 커밍아웃을 할 때까지 반세기 동안 어둠속에 있었다. "구경거리"로 그녀들을 목격한 많은 사람들이 그녀들의 존재를 망각하고 있었을 때, 그 어둠 속에서 그들이 존재하고 있었음을 기록하고 있는 『야호』는 그녀들을 기억하고 있는 사람들에게 윤리를 질문하는 작품이라고도 할 수 있을 것이다.

5. 학살과 도달할 수 없는 혁명

한국전쟁은 수많은 민간인 희생자를 발생시킨 전쟁이었다. 1950년 6월부터 1951년 3월까지 서울의 주인이 네 번 바뀔 정도로 전쟁은 격렬했다.* 『야호』에서도 인민군이 마을을 점령했을 때 국군과 유엔군이 다시 마을로 오게 될 거라며 '세상이 뒤집힌다'는 표현이 나온다. 반공주의가 강한 사회의 이데올로기였던 1970년에 연재된 이 소설은 주로 인민군의 민간인 학살의 장면을 자세하게 다루고 있다.

> 현장까지 간 마 서방은 또 한 번 놀라지 않을 수 없었다. 시체라도 그냥 시체가 아닌 것이었다. 이건 사람을 죽여도 어떻게 죽였는지, 시체라는 것이 도무지 말이 아니었다. 온통 난도질을 해놓은 것

* 정병준, 「한국전쟁기 남한 민간인 인명피해 조사의 유형과 특징」, 『역사학의 시선으로 읽는 한국전쟁』, 휴머니스트, 2010, 473쪽.

같았다. 찍히고 할퀴고 맞아서 제대로 제 꼴을 지니고 있는 시체는 하나도 없었다. 어느 것이 어느 것인지, 분간도 할 수 없는 그런 시체들 가운데서 정 면장의 시체를 찾아낸다는 것은 여간 힘 드는 일이 아닐 것 같았다. 그러나 마 서방은 한 손으로 코를 막은 채 시체 하나하나를 살펴나가기 시작했다. 퉁퉁 부어오른 시체가 있는가 하면 시퍼렇게 멍이 든 게 있고, 어떤 것은 팔이 떨어져나가기도 했고, 다리가 꺾어지기도 했고, 머리가 깨진 것, 배가 찢어진 것, 눈깔이 흘러나온 것, 혓바닥이 쏟아져 나온 것……. 그야말로 처참하기 형용할 길이 없었다. 몸서리가 쳐졌다. 아무래도 끝까지 찾아볼 수 있을 것 같지가 않아 그만두고 돌아설까 하는데, 문득 시선이 끌리는 곳이 있었다. 저만큼 떨어진 곳이었다. 거기 아무렇게나 누워 있는 시체가 이상하게도 얼른 눈에 들어왔다. 틀림없었다. 틀림없이 그것은 정 면장이었다.(2부-11)

이 부분은 면장이었던 갑례의 시아버지가 강변에서 많은 사람들과 학살당한 채 발견되는 장면이다. 세상이 도로 뒤집히기만을 기다리며 붙잡혀 있던 정 면장은 인민위원회에게 학살당한다. 세상이 도로 뒤집혔을 때에는 면인민위원회에 부역했던 사람들이 공격대상이 된다.

면인민위원회가 도로 면사무소가 되고, 분주소가 도로 지서로 바뀌었다. 그리고 온 면내에 자수 선풍이 불었다. 공산당 세상이 되었을 때, 본의든 본의 아니든 그들에게 협력을 한 사람들은 모두 자수를 하라는 것이었다. 그러면 관대히 처리를 한다는 것이었다. 굵은 부역자들은 이미 어디론지 자취를 감추고 없었으나, 소소한 사람들은 너도나도 자수하러 지서로 몰려들었다.

평촌에서도 꽤 많은 사람들이 자수를 했다. 부락 인민위원장은 물론이고, 당에 가입한 사람들, 민청과 여맹에 가입한 사람들, 그리고 토지개혁위원이 된 사람들도 모두 자수를 했다.(2부-12)

하루아침에 인민군 쪽이 마을을 점령했다가 또 하루아침에 국군 쪽이 마을을 점령하게 되면서 민간인들은 두 개의 권력에 양쪽으로 동원되는 생활을 하게 된다. 국군이 마을을 점령했을 때에는 공산당에 부역한 사람은 자수를 해야 하고, 공비가 산에서 내려오면 그들의 요청을 도와주어야 했다. 많은 사람들이 인민군에 부역했다고 자수를 하는데, 정 면장네 머슴이었던 마 서방만은 자수를 하지 않는다. 강제로 토지개혁위원을 했으니 죄가 없다는 것이었다. 결국 마 서방은 구속을 당하지만 곧 석방된다.

만주에 갔다 온 최 서방 말이다.

이번 공산당 세상 때, 팔에 붉은 완장을 두르고 날뛰다가 도로 세상이 뒤집히자 어디로 달아났는지 행방이 묘연하더니, 이렇게 공비가 되어 홍싯골에 나타난 것이다. 머리에는 토리우치 모자를 푹 눌러쓰고 있었고, 옷은 군복인지 평복인지 잘 분간이 안 가는 그런 것을 탱탱하게 입고 있었다. 얼른 보아도 바로 산손님인 것 같았다.(2부-14)

『야호』의 이러한 이중권력 하의 서사는 인민군의 학살과 비인간

성에 더 많은 비중을 할애한다. 영칠의 의용군 체험이나 마을에서 비도덕적 인물로 낙인찍힌 최 서방이 '산손님'이 되어 다시 등장하는 것도 같은 맥락이다. 실제로 이중 권력의 교체로 마을공동체가 해체되기까지 했던 한국전쟁기 학살의 공포는 이 소설에서 드러나지 않는다. 오히려 남쪽의 행정부나 군사력이 작동하고 있는지 알 수 없을 정도로 가해의 주체로는 서사 속에 드러나지 않는다. 어쩌면 이 소설이 쓰여진 반공국가주의 시대의 1970년이 『야호』의 서사 속으로 침투해 들어갔기 때문일지도 모르겠다.

여기서 다시 하근찬의 "제1부에서는 8.15 전후를, 제2부에서는 6.25가 나던 해를, 그리고 제3부에서는 4.19 전후를 다루려고 했었다. 그런데 1부, 2부는 구상대로 나간 셈이지만 제3부는 휴전 전후가 되고 말았다."는 발언을 생각해 본다. 1970년에도 반공국가주의는 계속되고 있었고, 2부를 가득 채우고 있었던 한국전쟁은 휴전 상태로 지속되고 있었다. 언제든 '너는 어느 쪽이냐?'라는 폭력적인 질문에 목숨을 걸고 대답할 수밖에 없었던 시간이 계속되고 있었던 것이다. 4.19는 혁명이라는 사건이자, 해방의 경험이었다. 『야호』의 서사가 도달할 수 없었던 서사적 시간이었을 터이다.

1942년의 징용과 해방기의 학살과 1950년의 전쟁과 어느 쪽의 학살을 기억에 묻어둔 채 1970년대에 세상에 나왔던 이 소설은 여성수난사 이야기로만 회자되어 왔다. 해방과 혁명은 먼 곳의 소문일 뿐 도달하지 못한 채, 여전히 어느 편인지를 물어야하는 70년대의 상황 속에서 묻어두었던 이야기들은 이제는 조금씩 다른 눈으로 읽어내야 할 때이다.